रामकथा आराम

रामकथा आराम

विवेकी राय

ग्रंथ अकादमी, नई दिल्ली

प्रकाशक : ग्रंथ अकादमी,
भवन संख्या–19, पहली मंजिल, 2, अंसारी रोड, दरियागंज, नई दिल्ली–110002
 / संस्करण : प्रथम, 2019 / मूल्य : तीन सौ पचास रुपए
मुद्रक : आर–टेक ऑफसेट प्रिंटर्स, दिल्ली ISBN 978-93-86870-42-1

RAMKATHA AARAM *by* Dr. Viveki Rai ₹ 350.00
Published by Granth Akademi, Building No. 19, First Floor
2, Ansari Road, Daryaganj, New Delhi-110002

‘समीक्षा’-संघर्ष के नायक

स्मृति शेष

भाई साहब

डॉ. गोपाल रायजी

को

विनम्र श्रद्धा भाव

के साथ

दो शब्द

आयु-जीवन के 93वें पड़ाव पर पहुँचते-पहुँचते मैं दाहिने अंग के भयंकर पक्षाघात को झेलते-झेलते यह सोलह रचनाओं का ताजा संकलन पाठकों को सौंपते हुए बहुत प्रसन्नता का अनुभव कर रहा हूँ। इन रचनाओं में लक्षित लोग साहित्य, पत्रकारिता, धर्म-दर्शन, समाज-सेवा और संस्कृति आदि क्षेत्र से संबंधित हैं। इन पर मैंने भेद-भावरहित हो कर कलम चलाई है तथा 'रामकथा आराम' नाम के इस संकलन में वर्णन-विश्लेषण, संस्मरण, समीक्षा और रम्य रचना जैसे शिल्प में सँजोया है। संकलन का नामकरण इसकी अंतिम रचना 'रामकथा विश्राम' की ध्वनि के आधार पर किया गया है। इसका फ्लैप मैटर डॉ. बरमेश्वर के एक निबंध से साभार लिया गया है। मैं बहुत कृतज्ञ हुआ। पाठकों को मेरा प्रयास पसंद आया तो समझूँगा एक श्रम सफल हुआ।

—विवेकी राय

अपनी बात

'जातस्य हि ध्रुवोर्मृत्यु ध्रुवजन्म मृतस्य च', अर्थात् जिसकी मृत्यु निश्चित है, उस मृतक का जन्म भी निश्चित है। बाबूजी इस विधान से बाहर कैसे रह सकते थे। आप जीवन के 93वें वर्ष में प्रवेश कर इस नश्वर संसार से विदा हो शिवसायुज्य को प्राप्त कर लिये। उनके सृजन-संसार का विपुल भंडार साहित्य-जगत् को उपलब्ध है। हालाँकि उनके रचना कर्म की अमूल्य गठरी में अभी बहुत कुछ है, जिसे लोकमानस तक पहुँचाया जाना शेष है। उसकी एक महत्त्वपूर्ण कड़ी जो बाबूजी की शुचिता और संबंधों के बीच रचना विधान का लोकसृजन करती 'रामकथा आराम' कृति है। उनकी यह धरोहर पाठक तक पहुँचे, जिससे साहित्य की विपुल संपदा को और समृद्धि मिले। इस कृति को आपके जीवनकाल में ही प्रकाशित हो जाना चाहिए था, परंतु होनी को कौन टाल सकता है। बाबूजी के शब्दों में—'रोग मित्र बनकर आए हैं, उनका स्वागत है।' उनके ये मित्र लंबे समय तक अपनी मित्रता निभाते रहे।

सोलह रचनाशिल्पियों की विधागत दक्षता को पन्नों पर उकेरती यह कृति न सिर्फ ऋषि-परंपरा की साहित्यिक विपुलता को आम पाठक वर्ग तक संप्रेषित करेगी बल्कि विविध विधाओं में रचे विधान को आपके समक्ष प्रस्तुत कर एक नई दृष्टि का सूत्रपात करेगी।

अंत में बाबूजी के शिष्य मित्र श्री शेषनाथ रायजी, जिन्होंने कीमती समय देकर इसके प्रूफ रीडिंग का कार्य किया है, मैं उनके प्रति कृतज्ञता ज्ञापित करती हूँ। श्रद्धेय श्री रामबहादुर रायजी, डॉ. अच्युतानंद मिश्रजी, डॉ.

वेदप्रकाश अमिताभजी, डॉ. मान्धाता रायजी एवं अन्य सभी रचनाकारों का आशीर्वाद एवं मार्गदर्शन सदैव हमें मिलता रहता है। इन महानुभावों के प्रति विनीत भाव से आभारी हूँ।

—विनीता राय

अनुक्रम

अच्युतानंद मिश्र : हिंदी पत्रकारिता के संरक्षक

अच्युतानंद मिश्र से मेरा परिचय तो बहुत पहले से था, परंतु वह अधूरा परिचय था। भली-भाँति पूरे परिचय का माध्यम एक आधार-पत्र बना। 'हिंदी साहित्य और हिंदी पत्रकारिता के सरोकार' विषयक एक विशाल संगोष्ठी का आयोजन 5-6 अप्रैल, 1997 को दिल्ली में आयोजित था। संयोजक मिश्रजी थे और यह महत्त्वपूर्ण परिपत्र निमंत्रण पत्र के साथ संलग्न था। उसे पढ़कर लगा कि साहित्य और पत्रकारिता के रिश्तों पर एक ऐसा जीवंत संवाद का यह बहुत सुविचारित राष्ट्रीय अनुष्ठान है, जिसकी पहल और पक्षधरता में विद्यानिवास मिश्र, केदारनाथ सिंह, अशोक वाजपेयी, प्रभाष जोशी, राहुल देव, कर्पूरचंद कुलिश आदि पच्चीस चुने हुए साहित्यकार और पत्रकार खड़े हैं।

इस संवाद गोष्ठी के तीन पृष्ठोंवाले विस्तृत खोजपूर्ण आधारपत्र से भलीभाँति विदित हो जाता है कि साहित्यधर्मी पत्रकार मिश्रजी में सोच की साझेदारी के लिए तड़प है, साथ ही हिंदी-साहित्य के इतिहास में उनकी गहरी पैठ है तथा पत्रकारिता के साथ उसके रिश्ते की पहचान और पुष्टि को वे सूक्ष्मता के साथ प्रस्तुत करते हैं। इस प्रक्रिया से यह भी स्पष्ट विदित होता है कि पत्रकार के साथ-साथ उनके भीतर एक संवेदशील सर्जक साहित्यकार भी प्रतिष्ठित है। उनकी कृति 'सरोकारों के दायरे' इसी सर्जनशील प्रवृत्ति का प्रकाशन है।

उक्त आधार-पत्र में डॉ. मिश्र ने पत्रकारिता और साहित्य के अंतरसंबंधों को व्याख्यायित करते हुए बीसवीं शताब्दी के, स्वतंत्रतापूर्ववाले संघर्षशील सेनानी पत्र-पत्रिकाओं जैसे—'प्रताप', 'आज', 'सैनिक', 'कर्मवीर', 'माधुरी', 'सुधा', 'सरस्वती', 'चाँद', 'कल्पना', 'अभ्युदय' और 'स्वदेश' आदि का उल्लेख किया है। इनसे जुड़कर कितने ही लोग साहित्यधर्मी पत्रकार बन गए और अपनी कृतियों से हिंदी-साहित्य को समृद्ध किया। निराला, शिवपूजन सहाय, प्रेमचंद, रामवृक्ष बेनीपुरी, माखनलाल चतुर्वेदी, पद्माकांत मालवीय और बनारसीदास चतुर्वेदी आदि के योगदान को रेखांकित करते हुए डॉ. मिश्र कहते हैं कि इनमें कौन विशुद्ध साहित्यकार था और कौन विशुद्ध पत्रकार था, यह तय कर पाना किसी के लिए भी दुष्कर है। कुछ और अतीत में जाकर दयानंद, तिलक, गांधी, सप्रे, गर्दे और श्यामसुंदर सेन जैसे लोगों की सामूहिक विरासत का विश्लेषण कर डॉ. मिश्र ने अपने इस मंतव्य को पुष्ट किया है कि इन सब महान् लोगों ने पत्रकार के रूप में साहस, संवेदशीलता और समर्पण के साथ स्वतंत्रता की अलख जगाई थी।

स्वतंत्रता के बाद दोनों की एक साथ मिलकर और खड़े होकर संघर्ष करने की प्रवृत्ति मर गई। डॉ. मिश्र कहते हैं, "उन्होंने बौद्धिक कर्म के पाखंड जरूर किए। सैद्धांतिक बहसों में उलझे रहे। मूल्यों, नीतियों और सांस्कृतिक हमलों पर लिखते रहे, लेकिन अधिकतर अपने वाग्विलास में भटककर विश्वसनीयता और पहचान खोते रहे। ठगे जाते रहे, कभी सत्ता, कभी विपक्ष और कभी प्रकाशकों के हाथों। आजादी के बाद साहित्य और पत्रकारिता से जुड़े अनेक बुद्धिजीवी पश्चिमी चिंतन और प्रतिमानों से जुड़े रहे। शायद इसीलिए दूरी बढ़ती गई। चुनौतियों से जूझते हुए भी वे अपने-अपने दायरों और खेमों में बँटे थे और आज भी बँटे हुए हैं, शायद अपने अहंकार, कुंठा और संवादहीनता के कारण एक साथ कभी खड़े नहीं हुए।

अपने पत्रकार जीवन के लगभग आधी शताब्दी के अनुभवों को निचोड़कर डॉ. मिश्र ने जो उक्त वक्तव्य में अपनी पीड़ा का इजहार किया

है, उसमें स्वतंत्रता के बाद की बहुआयामी गिरावट और साहित्य तथा पत्रकारिता के बीच की बढ़ी दूरी की चर्चा की है। उन्होंने कहा है कि इसी के चलते 'धर्मयुग', 'साप्ताहिक', 'हिंदुस्तान', 'सारिका', 'रविवार', 'चौथी दुनिया' और 'दिनमान' आदि की अकाल मौत हो गई। इस चिंता-चिंतन की और गहराई में जाकर उन्होंने एक प्रश्न उठाया है कि उक्त दूरियाँ केवल हिंदी में ही क्यों हैं? बँगला, मराठी और गुजराती आदि में तो परस्पर सम्मान और सहकार और भी मजबूत हुआ है।

उक्त आधार-पत्र में पुरानी पीढ़ी के बाद स्वातंत्र्योत्तर साहित्यिक पत्रकारिता से जुड़ी नई पीढ़ी के अति प्रसिद्ध लोगों का मिश्रजी ने उल्लेख किया है। इनमें अज्ञेय, रघुवीर सहाय, विद्यानिवास मिश्र, धर्मवीर भारती, कमलेश्वर, मोहन राकेश, मनोहरश्याम जोशी, सर्वेश्वर दयाल सक्सेना, श्रीकांत वर्मा, विष्णु खरे, राजेंद्र यादव, श्री कृष्ण दत्त पालीवाल, कमलापति त्रिपाठी, अक्षय कुमार जैन, रतन लाल जोशी, विद्या भास्कर, अशोकजी, श्रीकांत ठाकुर, राहुल वारपुते, जगदीश प्रसाद चतुर्वेदी, लक्ष्मीकांत वर्मा, प्रभाष जोशी और राजेंद्र माथुर का उल्लेख बतौर धरोहर के रूप में किया और इसके साथ ही इस समय की स्थिति के चिंतन के भीतर से कुछ गिरावट के प्रमुख बिंदुओं की ओर ध्यान आकर्षित कराया। ये बिंदु हैं—साहित्य से उपेक्षित पत्रकारिता का राजनीति की ओर झुकाव, सामाजिक सरोकार-दृष्टि और सक्रिय भागीदारी की घटना, अभिव्यक्ति का भोथरा होना और बिक्री बढ़ाने के प्रायोजित फॉर्मूलों का प्रयोग आदि। कुल मिलाकर ये सब हिंदी की दुर्गति के ही आधार बने। अंत में डॉ. मिश्र ने प्रश्न उठाया कि क्या ये सब हमारे संयुक्त सरोकार के दायरे में नहीं हैं, यदि नहीं हैं तो क्यों? और यदि हैं तो इसका हल क्या है? कहने की आवश्यकता नहीं कि उस संगोष्ठी का केंद्रीय मुद्दा यही सब रहा, जिसके आधार-पत्र की विस्तृत चर्चा की गई है। वास्तव में इस चर्चा में डॉ. मिश्र की संतुलन-दृष्टि, साझा सोच और साहित्यिक पत्रकारिता सहित पत्रकारिता की खोई गरिमा की वापसी की तड़पन और छटपटाहट को

ठीक-ठीक समझा जा सकता है।

यह छटपटाहट और अंतरमंथन चलता रहा। विमर्श-गोष्ठियाँ चलती रहीं और स्वप्न-सिद्धि के लिए आठ वर्षों बाद माखनलाल चतुर्वेदी पत्रकारिता एवं संचार विश्वविद्यालय, भोपाल (म.प्र.) के कुलपति के रूप में डॉ. अच्युतानंद मिश्र ने 15 जनवरी, 2005 को पदभार ग्रहण किया। इसी वर्ष 30 मई से स्वतंत्र भारत में भारतीय भाषाओं की शोध परियोजना का आरंभ हुआ। इस महत्त्वाकांक्षी योजना के अंतर्गत पत्रकारिता विषयक पुस्तक लिखना, हिंदी पत्रकारिता का राज्यवार इतिहास लिखना, अन्य भारतीय भाषाओं पर भी शोध चलाना, हिंदी पत्रकारिता संदर्भ कोष, कृति संपादकों का मोनोग्राफ और उक्त उद्‌देश्यों की पूर्ति के लिए सहभागिता संबंध विमर्श चलना आदि का लक्ष्य निर्धारित हुआ। स्पष्ट है कि परियोजना बहुत गंभीर और विस्तृत संदर्भों को समेटते हुए सामने आती है।

हिंदी पत्रकारिता शोध परियोजना की जो प्रस्तावना प्रकाशित हुई, वह बहुत विस्तृत, गंभीर, सुविचारित एवं दिशानिर्देशक है। इसमें डॉ. मिश्र ने संबंधित इतिहास-लेखन के इर्द-गिर्द की अनुकूल-प्रतिकूल परिस्थितियों को रेखांकित किया है। मुख्य समस्या राष्ट्रीय स्वाभिमान की रक्षा और एकता की है। इसे पत्रकारिता से जोड़ते हुए डॉ. मिश्र बहुत सटीक ढंग से उसकी भूली-बिसरी तेजस्वी मुद्रा का स्मरण दिलाते हैं और चुनौतियों को स्वीकार करने के लिए ललकारते हैं। वे हिंदी पत्रकारिता के पौने दो सौ वर्षों के शानदार इतिहास की याद दिलाते हैं। इसी क्रम में उन्होंने जुझारू संपादकों को स्मरण किया है और बहुत दुःख के साथ लिखा है, ''ऐसे लोगों का समग्र मूल्यांकन नहीं हुआ है, जिन्होंने विशाल राष्ट्रीय कैनवास में रंग भरने के लिए अपने रक्त की एक-एक बूँद का इस्तेमाल किया था।'' इस पीड़ा से जोड़ते हुए एक और पीड़ा की ओर भी संकेत है कि स्वतंत्रता के बाद वाली पत्रकारिता में प्रयोगधर्मिता तो बढ़ी है, परंतु इसके साथ पलायनवादिता लगी रही है। परियोजना की इस प्रस्तावना के अंत में वे एक मार्मिक अपील करते हैं, ''अब आप सबका सक्रिय हस्तक्षेप जरूरी

है, सार्थक संवाद जरूरी है, तभी यह परियोजना पूरी होगी।''

साहित्यधर्मी पत्रकार होने के नाते डॉ. मिश्र ने उक्त परियोजना की प्रस्तावना में साहित्य की शक्ति का बार-बार स्मरण दिलाया है। वे कहते हैं, ''स्वतंत्रता-संग्राम के दौर की हिंदी पत्रकारिता ऋषि-प्रज्ञा से अनुप्राणित मनीषी पत्रकारों की तपस्या और बलिदान की महागाथा है। राष्ट्रीयता, राष्ट्रभाषा, लोकमंगल और पारदर्शी प्रामाणिकता के आदर्शों से संचालित उस पत्रकारिता के द्वारा ही अखबारों, पत्रिकाओं और पत्रकारों का समाज में सम्मान और विश्वास स्थापित हुआ था। मीडिया और बाजार के इस दौर में उसे गल्प और मिथ्या बताकर हाशिए पर धकेल देने की कोशिश हो रही है। यह उन राष्ट्र-निर्माताओं के पुण्य चरित्र का अपमान है, जिन्होंने अपनी साहित्यिक प्राणशक्ति और सांस्कृतिक साधना से करोड़ों लोगों में उत्कट देशभक्ति का ज्वार पैदा किया था। स्वतंत्रता का जन्मसिद्ध अधिकार और सामाजिक दायित्वबोध को जोड़कर पत्रकारिता के सहारे दुनिया की सबसे बड़ी ताकतवर ब्रिटिश हुकूमत को स्वाधीनता की चुनौती दी थी।''

स्वातंत्र्योत्तर भारतीय पत्रकारिता अनुसंधान परियोजना, जिसके विषय में ऊपर चर्चा की गई है, वास्तव में माखनलाल चतुर्वेदी राष्ट्रीय पत्रकारिता विश्वविद्यालय (भोपाल) की स्थापना के उद्देश्यों की पूर्ति के लिए चलाई गई इस महत्त्वाकांक्षी परियोजना का क्षेत्र बहुत विशाल है। इसमें पूरे देश के समाचार-पत्र समूह के संपादकों आदि-आदि सहित मुद्रक, हॉकर, एजेंट और पाठक तक को अपने दायरे में समेटा गया है। व्यापक सहभागिता के आधार पर इन सबसे जुड़े इतिहास, संस्मरण आदि की गहरी खोज का निर्देश है। समसामयिक सरोकारों के प्रति जागरूकता, मानवाधिकार के परिप्रेक्ष्य और लोकतांत्रिक दायित्वों के निर्वाह की चिंता भी इसमें निहित है। निदेशक की हैसियत से डॉ. मिश्र ने सुविचारित ढंग से एक सर्वथा नया कदम इस परियोजना के रूप में बढ़ाया है और उन्हें सफलता मिली है। इसके पाठ्यक्रम और संचालन प्रक्रिया को देखते हुए स्पष्ट विदित होता है कि उनमें साहित्यिक जुड़ाव बहुत गंभीर है। अलग-अलग

कालखंडों को समेटती यह परियोजना अंतिम कालखंडों में प्रिंट मीडिया के बाद इलेक्ट्रॉनिक मीडिया और इंटरनेट को भी जोड़कर इसे पूर्णता तक पहुँचाती है।

एक मुद्दा यह रहा कि कैसे बाजारीकरण और वैश्वीकरण का दबाव जो भाषायी विकास में रोड़ा बना है, उससे निपटा जाए और कैसे पत्रकारिता का खोया गौरव लौटे, कैसे अपने देश की तत्संबंधी गौरवमयी विरासत की वापसी हो? प्रश्न में ही उत्तर निहित था कि परियोजना के भीतर कुशल पत्रकारों की देशव्यापी सेना खड़ी हो जाए, तो इसके लिए हुआ? प्रथम सत्र से ही अध्ययन-अध्यापन और बहुआयामी विमर्श की चुस्त व्यवस्था के साथ पत्रकारिता में बहुस्तरीय डिप्लोमा पाठ्यक्रम (उपाधियों और पदक के साथ) में पढ़ाई शुरू हुई। प्रत्येक छात्र के लिए छात्रवृत्ति की व्यवस्था हुई और प्रथम दीक्षांत समारोह में ही विविध पाठ्यक्रमों में कुल छह सौ तेरह प्रशिक्षित सुयोग्य पत्रकारों की सेनावाली पहली खेप निकलकर खड़ी हो गई। देश की साधनहीन जमीनी प्रतिभा को विकसित करने के लिए विश्वविद्यालय के अंतर्गत 63 मीडिया संस्थाएँ, 514 कंप्यूटर संस्थाएँ और लगभग 50 हजार अध्ययनरत छात्रों की संख्या बताती है कि परियोजना की नींव बहुत गहरी और मजबूत है। विशिष्ट और वरिष्ठ संपादकों का योगदान लेकर, उन्हें फेलोशिप प्रदान कर परियोजना के उद्देश्यों की पूर्ति के लिए पुस्तक-लेखन का भी एक ठोस कार्य आरंभ हुआ।

माखनलाल चतुर्वेदी राष्ट्रीय पत्रकारिता विश्वविद्यालय, भोपाल की स्थापना तो सन् 1990 में ही मध्य प्रदेश शासन द्वारा हो गई थी, परंतु इसमें एक देशव्यापी आंदोलनी सक्रियता उसके डेढ़ दशक बाद तबसे दृष्टिगोचर होती है, जब से डॉ. अच्युतानंद मिश्र उसके कुलपति पद पर आसीन हुए हैं। इसकी स्थापना का एक उद्देश्य था मीडिया कर्म में वांछित दृष्टि तथा सामाजिक प्रतिबद्धतावाले उच्च कोटि के वृतिज्ञ (प्रोफेशनल्स) तैयार करना तथा इस क्षेत्र में जो भी अवसर उपलब्ध हैं, उनका पूरा-पूरा लाभ समाज को प्रदान करना। विश्वविद्यालय के उद्देश्यों की पूर्ति के लिए डॉ.

मिश्र के बहुत ठोस दो कदम उठे, एक 'मीडिया मीमांसा' (त्रैमासिक) का प्रकाशन (प्रवेशांक जून-अगस्त 07) और दूसरा पत्रकारिता शोध परियोजना, जिसकी चर्चा हो चुकी है, संचालन तथा इसके अंतर्गत निर्दिष्ट पुस्तकें प्रकाशित कराना आदि। यहाँ 'मीडिया मीमांसा' के विषय में कुछ विस्तृत चर्चा आवश्यक लग रही है।

पत्रिका में इसके अखिल भारतीय स्वरूपगत सामंजस्य के लिए हिंदी और अंग्रेजी भाषा दोनों के लिए समान स्थान रखा गया है, परंतु प्रमुख रूप में पत्रिका हिंदी की प्रतीत होती है। पत्रिका उलटते ही 'प्रेरक विचार' के रूप में स्वामी श्रद्धानंद के बहुत ही प्रभावशाली विचारों से सामना होता है। उसके एक अंश 'सत्य के बिना राजनीति धिक्कारने योग्य है', 'मीडिया मीमांसा' का प्रकाश-स्तंभ प्रतीत होता है। इस प्रवेशांक के संपादकीय में डॉ. मिश्र ने मीडिया समूहों पर लगाए गए आरोपों का विस्तारपूर्वक जिक्र करते हुए लिखा है कि 'मीडिया को इसका जवाब देना होगा कि उसका दायरा संपूर्ण नागरिकों के हितों से जुड़ा है या केवल उपभोक्ताओं तक सीमित है?' संपादकीय के अंत में सारांश रूप में कहा गया है कि मीडिया के लोकतांत्रिक स्वरूप की प्राथमिकता को ध्यान में रखते हुए नई उम्मीद के साथ की गई इस नई शुरुआत के संकल्प को पूरे विश्वास के साथ प्रस्तुत किया गया है।

जैसा कि ऊपर कहा गया है कि पत्रिका द्विभाषी है। अंग्रेजी को लेकर एक प्रश्न अवश्य मन में उठता है और यह भी लगता है कि आग्रहरहित सोचने पर इसका उत्तर भी स्वयं ही मिल जाएगा। अपने देश में हिंदी पत्रकारिता अभी संपूर्ण रूप से विकसित होकर समय से संघर्ष करने के लिए तैयार नहीं हो पाई है और तो और अपनी भाषा हिंदी को भी आत्मसम्मान की स्वतंत्र और तेजस्वी भाषा के रूप में खड़ी नहीं कर पाई है। इस प्रवेशांक में छपे एक निबंध 'शुद्ध हिंदी और हिंदी पत्रकार' (नारायण दत्त) में कहा गया है कि 'अंग्रेजी एक और ढंग से इस समय अखबारी हिंदी को डस और ग्रस रही है। हम अंग्रेजी के शब्दों, मुहावरों

और पदपुंजों का अर्थ ठीक समझे बिना ही शाब्दिक अनुवाद करके उन्हें हिंदी पर थोप रहे हैं। हिंदी भले ही संस्कृत की बेटी हो, पर वह स्वतंत्र विकसित भाषा है। उसका अपना शब्द भंडार, मुहावरा, व्याकरण और वाक्य विन्यास है। अंग्रेजी से हिंदी का श्रृंगार करना नहीं, उसे बिगाड़ना है और बेजान करना है।' इस प्रकार की चिंताओं और इनके इर्द-गिर्द सप्रमाण चिंतन को 'मीडिया मीमांसा' के इस प्रवेशांक में जोर के साथ स्थान देना डॉ. मिश्र के भाषा संबंधी स्वाभिमान को प्रकट करता है। इसके साथ ही यह आशा भी जगती है कि पत्रिका हिंदी भाषा के उद्धार की दिशा में भी सार्थक पहल करेगी। यह आशा अगले अंकों को देखते विश्वास में बदल जाती है।

इस प्रवेशांक में 'भाषा में अराजकता की प्रयोगशाला-हिंदी पत्रकारिता' (प्रो. हेमंत जोशी) का एक और निबंध भी भाषा संबंधी गंभीर चिंता से ओत-प्रोत है। इस प्रकार के निबंधों को प्रवेशांक में प्रस्तुत कर डॉ. मिश्र क्या चाहते हैं? मंशा स्पष्ट है। वे भाषायी शील-स्वभाव, शक्ति और आकृति-प्रकृति-विकृति के प्रति सावधान हैं। पत्रकारिता का यह भाषायी हथियार जितना ही अकुंठ और अपने स्वाभिमान से दीप्त होगा, उतना ही प्रभावशाली होगा। 'मीडिया मीमांसा' को देखने से यह स्पष्ट ज्ञात हो जाता है कि पत्रिका इन संबंधों में तथा पत्रकारिता के तेजस्वी स्वरूप की सुरक्षा में न केवल शब्दों अथवा सिद्धांत बघारने के रूप में आगे बढ़ रही है, बल्कि पत्रिका के रूप में एक सक्रिय-सटीक आदर्श उपस्थित कर रही है। रचनात्मक पहल, सार्थक हस्तक्षेप और स्वस्थ संदेश पत्रिका की निजी विशेषताएँ हैं। प्रवेशांक के बाद नियमितता-निरंतरता बनी है और हर अंक अपने प्रथमवाले से निखरे रूप में सामने आता है। चमकते चिकने आर्ट पेपर पर सजा-धजा सचित्र बहिरंग ही नहीं, इसकी विषय-वस्तु चयन की आंतरिक समृद्धि पाठक को संतुष्ट और आश्वस्त करती है।

प्रवेशांक में एक ध्यानाकर्षक स्तंभ रहा 'वैश्विक मीडिया परिदृश्य' और अगले अंक से उसके साथ एक और स्तंभ जुड़ गया, 'राष्ट्रीय

मीडिया परिदृश्य।' अनुभव, पाठकों की माँग और समय के बदलते तेवर के साथ पत्रिका में नए-नए उपयोगी परिवर्द्धन होते गए। हाँ, एक बात और पत्रकारिता विषयक इस पत्रिका के समग्र रूप को सूखा नहीं रहने दिया गया है। व्यंग्य, निबंध और कार्टून वीथिका भी हैं, चर्चित चित्र हैं और प्रेरक विचार भी, सभी की पृष्ठभूमि मीडिया। कृष्ण बिहारी मिश्र, डॉ. रंजन सूरिदेव, आलोक पुंडरीक, हेमंत जोशी, गोपाल चतुर्वेदी, बच्चन सिंह, हजारीप्रसाद द्विवेदी, राममोहन पाठक और कमलकांत बुधकर दिखाई पड़ते हैं, गंभीरता है, मगर पठनीयता में लिपटी हुई। ध्यान रखा गया प्रतीत होता है कि हर अंक में सामान्य पाठक के लिए भी कुछ हो, बहुत कुछ तो मीडिया से जुड़े जनों के लिए है ही। इस प्रकार पत्रिका के कदम बढ़ते गए और प्रथम वर्ष के चार अंक और फिर इन पंक्तियों को लिखते समय तक दूसरे वर्ष के तीन अंक आ गए हैं, एक वातावरण बनकर, एक आंदोलन बनकर और पत्रकारिता-जगत के लिए एक खुशगवार मौसम बनकर।

'मीडिया मीमांसा' का दूसरा (सितंबर-नवंबर, 07) अंक अपने ठीक समय पर पाठकों के सामने आ गया। मराठी पत्रिका के आद्य संपादक पं. बालशास्त्री जामेकर के भव्य चित्र से सज्जित मुखपृष्ठ और 'मराठी पत्रकारिता : मराठी मिट्टी की खुशबू' शीर्षक डॉ. सुधीर गह्वाण का विचनात्मक आलेख अर्थात् प्रादेशिक भाषाओं की पत्रकारिता पर प्रकाश डालने की पुष्ट परंपरा चल निकली, मगर हिंदी-अंग्रेजी की रचनाओं के सम्मेलन में यह अंक दर्शाता है कि सीधे आधा-आधा बँटवारा है। विपरीत इस प्रवृत्ति के 'प्रेरक विचार' वाला स्तंभ कुछ और बोलता है। 21 जनवरी, 1942 को बी.एच.यू. के रजत जयंती समारोह में सम्मिलित हुए महात्मा गांधी के उस भाषण का उल्लेख है, जिसमें उन्होंने अंग्रेजी को गले का हार बनाने की प्रवृत्ति की खूब खिंचाई की है। आखिर कब तक यह रोना चलेगा कि पत्रकारिता से संबंधित अच्छी रचनाएँ हिंदीवाले नहीं दे पाते हैं। प्रस्तुत अंक में डॉ. रंजन सूरिदेव ने अंग्रेजी की धाक मानने और उसके घालमेल पर गहरी चिंता व्यक्त की है। 'पत्रकारिता में भाषा का प्रशिक्षण'

शीर्षक अपने आलेख में लिखा है कि पत्र-पत्रिकाओं में भाषा अब शुद्ध हिंदी न होकर अंग्रेजी मिश्रित संकर हिंदी यानी हिंग्लिश बनती जा रही है और बहुत खेद प्रकट किया है। (खैरियत है कि डॉ. मिश्र सजग हैं और यह रोग 'मीडिया मीमांसा' में नहीं दिखता है।) अब समय आ गया है कि अंग्रेजी की धार को ढीला किया जाए, समय की माँग और जरूरत को देखते पत्रिका में अंग्रेजी को स्थान दिया गया है, परंतु उक्त प्रकार के निबंधों को पत्रिका में प्रकाशित करना संपादकीय ईमानदारी का भी परिचय देता है। वास्तव में मिश्रजी हिंदी के पत्रकार हैं और इसके प्रबल पक्षधर हैं। इसके प्रमाण उनके प्रकाशन हैं।

शोध परियोजना के अंतर्गत अल्प समय में ही नीति निर्दिष्ट आठ पत्रकारिता विषयक हिंदी पुस्तकें प्रकाशित हुईं। ये सभी आधिकारिक विद्वानों द्वारा लिखवाई गई हैं। इनके नाम हैं, साहित्यिक पत्रकारिता, विज्ञान पत्रकारिता, फिल्म पत्रकारिता, फोटो पत्रकारिता और भारतीय इलेक्ट्रॉनिक पत्रकारिता। उक्त आठ पुस्तकों के लोकार्पण-समारोह (27.07.2007) में डॉ. मिश्र ने बताया कि ये प्रकाशन प्रथम चरण के हैं। यहाँ कुछ रुककर कुछ और बिंदुओं पर ध्यान आकर्षित कराना चाहता हूँ, जो आठ पत्रकारिता संबंधी पुस्तकें छपी हैं, उनकी कड़ी में आगे आंचलिक पत्रकारिता को भी सम्मिलित किया जाना चाहिए। इसके अतिरिक्त यदि दलित साहित्य उभरकर सामने आया है, तो दलित पत्रकारिता पर भी विचार होना चाहिए। अब तो इससे जुड़े विष्णु खरे, विष्णु नागर, महरुद्दीन आदि के नाम भी चर्चा में आने लगे हैं। भोजपुरी-मैथिली आदि कुछ समर्थ बोलियों की पत्रकारिता की भी चर्चा अनेक पत्र-पत्रिकाओं में होती है। देर-सबेर इन पर भी विचार करना पड़ेगा। दूसरे चरण में हिंदी-पत्रकारिताओं के इतिहास पर राज्यवार पुस्तक शृंखला, बँगला, असमिया, मराठी, गुजराती, तेलुगु, कन्नड़, उड़िया, उर्दू, तमिल, मलयालम पत्रकारिता का इतिहास और तीसरे चरण में हिंदी पत्रकारिता कोश और हिंदी पत्रकारिता संदर्भ कोश प्रकाशित होंगे। परियोजना का कार्य समयबद्ध ढंग से जिस प्रकार सार्थक

परिणाम देता दिखने लगा, उसे देखते हुए शेष के विषय में भी आश्वस्त होना स्वाभाविक है। समयबद्धता विश्वसनीयता जगाती है।

'मीडिया मीमांसा' के प्रकाशन की समयबद्धता भी रेखांकित करने योग्य है। इसका तीसरा अंक मीडिया से संबंधित व्यंग्य, शोधपरक आलेख, कार्टून, मीडिया से जुड़े जन-साक्षात्कार, महत्त्वपूर्ण समाचार, सूचनाएँ, समस्याएँ, 'आर्यावर्त' के बहाने महाबली अखबार के दुर्दिन का इतिहास और उससे मिलती नसीहतें, पिछले अंकों से चली आती परंपरा में किसी प्रांत की पत्रकारिता की दशा, दिशा, विवेचन (उड़िया पत्रकारिता पर दृष्टिपात), विश्व पत्रकारिता के स्तर को छूती खेल पत्रकारिता की समस्या, मीडियागत विज्ञानों की छानबीन और उनकी संगतियों-विसंगतियों का विश्लेषण, महत्त्वपूर्ण भाषण, टेक्नोलॉजी और मीडिया के संबंधों की छानबीन और उसके महत्त्वपूर्ण ज्ञातव्य पहलुओं पर गंभीर चिंतन और प्रेस की स्वतंत्रता जैसे विषयों पर मंथन, इन सबको साथ लिये ठीक समय पर आया। स्पष्ट है कि मीडिया के इर्द-गिर्द सार्थक और सटीक बहसों को यह पत्रिका संपूर्णता के साथ समेटने की प्रवृत्ति से अपने को सज्जित करती लक्षित होती है। यह सब मिलाकर क्या है, जैसे संपादकीय टिप्पणी में व्यक्त किए गए विचारों की व्याख्याएँ हैं, "पिछले दशकों में उपग्रह संचार और प्रौद्योगिकी के सहारे संचार माध्यमों के वैश्विक विस्तार ने लोकहित की पहरुआ पत्रकारिता को अकूत मुनाफा देनेवाले कॉरपोरेट मीडिया में रूपांतरित कर दिया है।" निश्चय ही यह निराशाजनक स्थिति है, परंतु संपादक भविष्य के प्रति आशावान है। उसने इस 'मीडिया और नई चुनौतियों की पड़ताल' शीर्षक टिप्पणी के अंत में एक शेर प्रस्तुत किया है—

"अलविदा उस वर्ष को जो अतीत बन गया,
नया साल तो हर साल नया इतिहास रचता है।"

बात 'मीडिया मीमांसा' के विषय में सत्य है। प्रथम वर्ष का इसका जो नया अंक नए वर्ष में पाठकों के सामने आया, वह लगा सचमुच एक नया

इतिहास रच रहा है। इस अंक के विषय में संपादक ने लिखा, ''वर्तमान अंक न्यू मीडिया की चुनौतियों को ध्यान में रखकर तैयार किया गया है। इंटरनेट ने अभूतपूर्व ऊँचाइयों को स्पर्श किया है और परंपरागत स्वरूप को झकझोर दिया है। इस अंक के अतिथि संपादक हैं बालेंदु, जिन्होंने इस अंक को सँवारकर विशेषांक बना दिया है। आरंभ में ही बाबूराव विष्णु पराड़कर के एक भाषण का अंश उद्धृत किया गया है। भाषण सन् 1925 का है और शीर्षक है—'समाचार-पत्रों का आदर्श'। लोकशिक्षण और देश की जनता की सच्ची सेवा जैसे आदर्शों के इर्द-गिर्द प्रेरक विचारों को प्रस्तुत करते हुए आगे चलकर भविष्य के प्रति उन्होंने कहा है, ''भय है कि हमारी स्वतंत्रता सुरक्षित नहीं रह पाएगी।'' उन्होंने यहाँ तक कहा, ''वेतनभोगी संपादक जन मालिक के लाभ का काम करेंगे।'' यह यथार्थ न्यू मीडिया तक आते-आते कितना भयानक हो उठा, कोई आदर्श कहाँ रह गया? डॉ. मिश्र इस प्रकार परंपरागत स्वरूप के ढहते रूप की रक्षा के लिए चिंतित हैं। इस अंक की रचनाएँ भी इसी चिंता से उबार के यत्नों को तलाशती प्रतीत होती हैं। न्यू मीडिया में संभावनाओं को, सहभागिता को, माध्यम मुक्त समाचारों को, संतुलन को, सह-अस्तित्व को, देश की सभ्यता और संस्कृति से जुड़ाव आदि को वे तलाश रहे हैं, मगर ऐसा लग रहा है कि सहम-सहमकर। युगीन पेचीदगियाँ शायद आड़े आती दिख रही हैं। मात्र आर्थिक लाभ की आँधी बहुत तेज है। स्थितियाँ पकड़ से बाहर जैसी लगती हैं। इतने पर भी यदि पत्रकारिता के खोए गौरव और आदर्शों की वापसी की दिशा में सुदृढ़-सुविचारित कदम बढ़ते गए तो दूर दीखता लक्ष्य निकट आ सकता है। पत्रकारिता परियोजना और 'मीडिया मीमांसा' के बढ़ते कदमों में दृढ़ सुविचारणा तो है ही, आंतरिक छटपटाहट भी है। उनकी कार्यशैली विश्वसनीयता जगाती है।

हैदराबाद (आंध्र प्रदेश) से प्रकाशित पत्रिका 'संकल्य' (त्रैमासिक) में डॉ. मिश्र का एक साक्षात्कार जनवरी-मार्च 07 वाले अंक में प्रकाशित है। साक्षात्कारकर्ता डॉ. गोरखनाथ तिवारी (सहायक संपादक) ने प्रश्न

किया था कि राष्ट्रीय पत्रकारिता विश्वविद्यालय के कुलपति के रूप में आप कैसे स्वस्थ परंपराओं के निर्माण का प्रयास कर रहे हैं? डॉ. मिश्र ने उत्तर देते हुए कहा है, "स्वस्थ परंपरा का अर्थ है विषय को उसके सही अर्थों में ढालना अर्थात् आज तक जो नहीं हुआ है, उसे चरितार्थ करना।" आगे वे इसकी व्याख्या करते हुए दृष्टिगोचर होते हैं कि क्या ऐसा नहीं हुआ, जो आवश्यक रहा है? वे ऐसे कार्यों की आगे चर्चा करते हुए कहते हैं, "टीम भावना से काम हो रहा है। सब लोग मिल-बैठकर योजना निरूपित करते हैं, राष्ट्रीय हित को प्रमुख मानकर देश में कुशल पत्रकारों की एक नई फौज उगाने का संकल्प लिया गया है।" पुनः आगे इसी नई फौज के विषय में कुछ व्यावहारिक बातें बताते हैं, "छात्रों का पाठ्यक्रम तैयार करना, शोध के नए सार्थक विषयों का चयन करना, पत्रकारिता क्षेत्र के लिए विशिष्ट महापुरुषों (पत्रकारिता क्षेत्र के) की जीवनियों का प्रकाशन।"

स्पष्ट है कि मूल्य-आधारित, समय-सापेक्ष और राष्ट्रीय चेतना से उद्बद्ध पत्रकारिता के लिए डॉ. मिश्र संघर्ष कर रहे हैं। योजनाधारित लक्ष्यों की ओर वे कदम बढ़ाते जा रहे हैं। उन्होंने कृती-वृती संपादकों की कर्मभूमि में उनके समग्र अवदान को केंद्र में रखते हुए पत्रकारिता की भूमिका और कृतित्व की पड़ताल करने का जो निर्णय लिया था, उस श्रृंखला का श्रीगणेश 25 मार्च, 08 को कानपुर में शहीद गणेश शंकर विद्यार्थी के स्मरण-पर्व से हुआ। दूसरी कड़ी में माधव राव सप्रे-स्मृति प्रसंग रायपुर (मध्य प्रदेश) में 19 जून, 08 को आयोजित किया गया। तीसरी कड़ी का आयोजन पत्रकारिता के भीष्मपितामह बाबूराव विष्णु पराड़कर की कर्मभूमि वाराणसी में उनके 125वें जन्म-वर्ष पर किया गया। इस संगोष्ठी को डॉ. नामवर सिंह और डॉ. प्रभाष जोशी आदि वरिष्ठ पत्रकारों ने संबोधित किया था। उक्त समस्त आयोजन माखनलाल चतुर्वेदी राष्ट्रीय पत्रकारिता मुक्त विश्वविद्यालय (भोपाल) की ओर से उसके कुलपति डॉ. अच्युतानंद मिश्र द्वारा संपन्न हुए। यह कड़ी आगे अपना देशव्यापी विस्तार करती चलनेवाली है और पत्रकारिता संबंधी

स्वस्थ वातावरण के निर्माण की उम्मीदें जग रही हैं। जहाँ तक इस क्रम में विशिष्ट महापुरुषों की जीवनियों के प्रकाशन का संबंध है, इसकी शुरुआत कर्मयोगी पं. माधव राव सप्रे नामक एक पुस्तक 'मीडिया मीमांसा' के ही आकार–प्रकारवाले 52 पृष्ठों में उनकी उक्त स्मृति–संगोष्ठी आयोजन के अवसर पर श्री विजयदत्त श्रीधर के संपादन में प्रकाशित हो चुकी है। इस पुस्तक में नवजागरण के अग्रज तेजस्वी पत्रकार सप्रेजी के इर्द–गिर्द पर्याप्त सामग्री इस दृष्टि से प्रस्तुत की गई है कि नए पत्रकारों को मूल्याधारित समय–सापेक्ष और राष्ट्रीय दृष्टिवाली पत्रकारिता, विशेषकर साहित्यिक पत्रकारिता संबंधी प्रेरणा प्राप्त हो सके। कार्यशैली की समयबद्ध नियमितता विश्वसनीयता को जगाती है। ऊपर जिन संगोष्ठियों की चर्चा हुई है, वे ऐसी ही विश्वसनीयता जगाती हैं।

प्रसंगवश इस बात की पुनः याद दिला दें कि परियोजना में एक लक्ष्य रखा गया विशिष्ट स्मृतिशेष पत्रकारों की जन्मभूमि पर जाकर उनके स्मृति प्रसंग में संगोष्ठी करना और इसका श्रीगणेश गणेश शंकर विद्यार्थी (कानपुर) से हुआ और एक पुस्तक उनके ऊपर प्रकाशित हुई। इस कड़ी की रायपुर और वाराणसी वाली संगोष्ठियों की चर्चा हो चुकी है। डॉ. मिश्र ने सन् 08 में ही आगे की कुछ संगोष्ठियों के आयोजन की घोषणा कर दी। वे कुछ इस प्रकार हैं—इस कड़ी की चौथी संगोष्ठी पटना (बिहार) में नववर्ष 09 के प्रथम दिन आचार्य शिवपूजन सहाय की स्मृति में, पाँचवीं 30 मई, 09 को कलकत्ते में हिंदी के प्रथम पत्र 'उदंत मार्तंड' की स्मृति को ताजी करती हुई और यह कड़ी आगे ही बढ़ती गोरखपुर में पं. दशरथ द्विवेदी, लखनऊ में श्रीनारायण चतुर्वेदी तथा गाजीपुर में श्रीकृष्ण राय 'हृदयेश' आदि को स्पर्श करेगी। सब पूर्व निर्धारित, सबकुछ ठीक समय पर, एक स्वस्थ संदेश छोड़ती, एक उत्साहवर्धक वातावरण निर्माण करती, एक विशिष्ट लक्ष्य को सामने रखकर इन संगोष्ठियों की कड़ी से पृथक् हटकर कुछ विशेष विमर्श गोष्ठियाँ भी साथ–साथ, जैसे 28–29 को भोपाल में पत्रकारिता विश्वविद्यालय और राष्ट्रभाषा प्रचार समिति के

तत्त्वावधान में 'भाषा, संस्कृति और मीडिया' विषय पर, इस प्रकार की गोष्ठियों के आयोजन पूरे देश में, हिंदी-अहिंदी समस्त क्षेत्रों में, भाषण और विमर्श से जुड़ी पुस्तकों का प्रकाशन तथा उनका प्रचार, लगता है यह सब पत्रकारिता विश्वविद्यालय के बढ़ते कदम मीडिया और पत्रकारिता क्षेत्र में गुणात्मक सुधार की दिशा में एक आंदोलन का स्वरूप लेते चल रहे हैं। एक नए पुनर्जागरण का परिवेश निर्मित हो रहा है। लोकतंत्र, राष्ट्रीय स्वाभिमान और लोकहित की सुरक्षा के प्रति नई उम्मीदें जगती हैं।

वर्ष 07-08 के चौथे अंत वाले 'मीडिया मीमांसा' में डॉ. मिश्र ने अपनी संपादकीय टिप्पणी के अंत में एक शेर प्रस्तुत करते हुए लिखा था, ''हर नया वर्ष एक नया इतिहास रचता है।'' सो दूसरे वर्ष के प्रथम अंक से 'मीडिया मीमांसा' की नई करवट को देख पाठकों को नई आहट मिलने लगी। मीडिया और पत्रकारिता की सार्थकता की यह आहट रही। समाज-परिवर्तन का कुंठित हो गया हथियार कैसे अपनी उपयोगी स्थिति में लौटे? पत्रकारिता बनाम बाजारवाद की नकारात्मक स्थितियों से कैसे निजात मिले? तो इस इतिहास रचने की आहट में तीन बातों का उल्लेख करना चाहूँगा। एक तो यह है कि अपने प्रकाशन के दूसरे वर्ष में 'मीडिया मीमांसा' ने अपने कुछ नए विशेष क्षेत्रों को लेकर मीडिया को आमने-सामने रखकर पड़ताल करने का प्रयत्न किया है। दूसरे वर्ष का पहला अंक 'विश्वविद्यालयों के बदलते परिसर' के इर्द-गिर्द, दूसरा अंक 'मीडिया और राजनीति' और तीसरा आतंकवाद-विमर्श जैसे ज्वलंत विषय को उठाता है। स्पष्ट है ये देश की भस्मासुरी समस्याओं से ग्रस्त क्षेत्र हैं और इनसे जुड़ी मीडिया की भूमिका की पड़ताल समय की माँग है। 'मीडिया मीमांसा' ने 'लक्ष्यभ्रष्ट' होते विश्वविद्यालयों की स्थितियों का आकलन चुने हुए अधिकारीजनों से कराकर जो प्रस्तुत किया है, वह एक प्रकार से प्रस्तावना है, कैसे इस क्षेत्र की गरिमा सुरक्षित रहेगी!

इसी प्रकार देश की बीमार राजनीति को गलत पथ्य देकर और अधिक रोग-ग्रस्त करते मीडिया की भली-भाँति खबर दूसरे अंक में ली गई है।

'बाजार के आगे नृत्य-मुद्रा में मीडिया और राजनीति', 'केवल तकनीकी दक्षता ही नहीं है पत्रकारिता' और 'राजनीति की बदलती कसौटियाँ और मीडिया की नाकामी' जैसे उच्च कोटि के चिंतकों के आलेख बहुत रचनात्मक स्वरवाले और विचारोत्तेजक हैं। संपादक ने अपने संपादकीय में ठीक ही चेताया है, "विदेशी पूँजी से नियंत्रित मीडिया और राजनीति का गठजोड़ भारतीय लोकतंत्र पर भारी पड़ने लगा है।" इसी प्रकार बहुत भारी पड़ते आतंकवाद के इर्द-गिर्द एक अंक योजित कर समय की एक माँग को उत्तरदायी रूप में प्रस्तुत किया है। इसी क्रम में दो और तथ्यों का उल्लेख आवश्यक है। पत्रकारिता संबंधी पुस्तकों का प्रकाशन, हिंदी में और फिर देश के अहिंदी क्षेत्रों की भाषाओं, गुजराती, मराठी, बँगला, तमिल और तेलुगु आदि-आदि में। ऊपर हिंदी भाषा की आठ पुस्तकों के प्रकाशन और लोकार्पण की चर्चा हो चुकी है। सन् 09 के आरंभ में अन्य प्रादेशिक पत्रकारिता से संबंधित चालीस पुस्तकें प्रकाशित होकर लोकार्पित होने के लिए तैयार हैं। दक्षिण भारत की विभिन्न भाषाओं की पुस्तकें उनकी अपनी ही भाषाओं में अधिकारी और सुलझे हुए पत्रकारों द्वारा तैयार कराई गई हैं। सोच की साझेदारी, सामूहिक उत्तरदायित्व और टीमवर्क जैसी बातें डॉ. मिश्र कहते हैं तो मात्र कहते नहीं है, उसे चरितार्थ कर समयबद्ध और योजनाबद्ध कार्य का एक ठोस उदाहरण प्रस्तुत करते हैं। 'मीडिया मीमांसा' सहित समस्त प्रकाशन और गोष्ठियों आदि के आयोजन निश्चित रूप से एक विशेष अर्थ में, सकारात्मक और सृजनात्मक-सक्रियता के अर्थ में ध्यान आकर्षित करते हैं। यह युग की संगठित चुनौतियों को संगठित रूप में स्वीकार कर उद्‌देश्य की ओर आगे बढ़ते जाना है ही स्वस्थ परंपराओं का निर्माण करना। ऐसी ही परंपरा साहित्यिक पत्रकारिता के संबंध में भी बनती जा रही है। इससे संबंधित पुस्तकों का प्रकाशन हो चुका है और 'मीडिया मीमांसा' में भी कुछ रचनाएँ ऐसी आ जाती हैं, जो साहित्यिक पत्रकारिता के रस-गंध से परिपूर्ण होती हैं।

वास्तव में साहित्यिक पत्रकारिता को लेकर डॉ. मिश्र के भीतर गंभीर

छटपटाहट है। जैसा कि आरंभ में उल्लेख कर चुके हैं, वे पत्रकारिता के स्वास्थ्य के लिए साहित्य सापेक्षता को अपरिहार्य मानते हैं। 7 मार्च, '07 को 'भारत भवन' भोपाल में 'अज्ञेय स्मृति दिवस' के आयोजन में भाषण करते हुए डॉ. मिश्र ने कहा था, ''मैं रेखांकित करना चाहता हूँ कि महानायकों के साहित्य पर जिस गंभीरता से विमर्श हुआ है, विश्वविद्यालयों में शोध-कार्य हुए हैं, ऐसी कोशिशें उनके पत्रकार-लेखन को लेकर नहीं हुई हैं। अज्ञेय अकेले नहीं भारतेंदु हरिश्चंद्र, प्रेमचंद या निराला ने अपने दौर की पत्रिकाओं या पत्रों में जो टिप्पणियाँ की थीं, उन पर कोई काम नहीं हुआ है। माखनलाल चतुर्वेदी की कविताएँ चर्चित हुईं, लेकिन 'कर्मवीर' की फाइलों में बंद टिप्पणियाँ, जिन्होंने अंग्रेजी सरकार को हिला दिया था, कभी चर्चित नहीं हुईं। उन्हीं मनीषियों की तपश्चर्या के कारण पत्रकारिता की विश्वसनीयता आज तक कायम है।''

माखनलाल चतुर्वेदी आदि सिद्ध मनीषी साहित्य-देवताओं के कृतित्व का एक महत्त्वपूर्ण पक्ष उपेक्षित पत्रकारिता की उक्त गंभीर चिंता के भीतर मूलतः साहित्यिक पत्रकारिता की ही चिंता है। साहित्यधर्मी पत्रकार के द्वारा लिखी समसामयिक टिप्पणियों में कुछ वैसा प्राण-स्पर्श निहित होता है कि वे सार्वकालिक मूल्यों से स्पंदित रहती हैं और बीतते समय के साथ, बदलती स्थितियों के बीच उनका प्रभाव और रोमांच बना रहता है। वे अगली पीढ़ियों के लिए प्रेरणा-संबल होती हैं। उनकी अंतर्निहित तेजस्विता और संप्रेषणशील भाषा-संस्कार को अँधेरी गुफा से निकलना चाहिए था। नई पीढ़ी उनके लेखन से परिचित हो, ऐसा कुछ ठोस कदम उठना चाहिए था। डॉ. मिश्र की परियोजना के अंतर्गत ऐसा कदम उठ रहा है, काम हो रहा है, बहुत कुछ हो गया है, विमर्श की गोष्ठियों के रूप में, पुस्तक और स्मारिकाओं के प्रकाशन के रूप में। ऊपर संक्षेप में इसकी चर्चा हो चुकी है। इसी साहित्यिक पत्रकारिता के साथ एक और महत्त्वपूर्ण चिंता है, जिस पर डॉ. मिश्र समय-समय पर प्रकाश डालते हैं तथा दिग्भ्रमित पीढ़ी को कुरेदकर जगाने का काम करते हैं, वह चिंता है भाषा संबंधी।

आठवें विश्व हिंदी सम्मेलन न्यूयॉर्क (जनवरी 07) में डॉ. मिश्र ने जो भाषण किया था, उसका एक अंश भाषा के संबंध में बहुत ही विचारोत्तेजक है। उनका कहना है, ''यह सत्य है कि हिंदी पत्रकारिता की तेजस्वी, शालीन और संवेदनशील भाषा को बाजार की वर्णसंकर भाषा बनाने के लिए अंग्रेजी और उसके मानसिक गुलामों ने बाध्य किया है, लेकिन इस तसवीर का एक दूसरा पहलू भी हमको कम शर्मिंदा नहीं करता है। भारत में हिंदी सहित भारतीय भाषाओं को एक बार फिर अंग्रेजी की चेरी बनाने की जो साजिश शिक्षा, राजनीति, प्रशासन या आर्थिक प्रबंधन के क्षेत्र में हो रही है, वह कहीं अधिक भयावह है।''

इसी क्रम में वे भयावहता की यह तसवीर भी खींचते हैं, जिसमें मीडिया के मालिक उसे आर्थिक मुनाफे की भाषा बनाए बैठे हैं। दो-टूक शब्दों में उनका कहना है, ''ग्लोबलाइजेशन के नए हथियार की मदद से मीडिया ने लोक-कल्याण के पुराने आदर्शों को तिलांजलि देकर मुनाफा बाजार के नए मंत्र को स्वीकार कर लिया है। मीडिया के इस आत्मसमर्पण ने पूरी दुनिया में साहित्य, संगीत और ललित कलाओं के विद्वानों और चिंतकों को हिलाकर रख दिया है।''

पत्रकारिता के परंपरागत स्वरूप के दब जाने और मीडिया में उसके विलीनीकरण जैसी स्थितियों से जो विसंगतियाँ उत्पन्न हुई हैं, वे वास्तव में बहुत चिंतनीय हैं। सबसे बुरा प्रभाव हिंदी भाषा और साहित्य पर पड़ा है। हिंदी के राजभाषा होने में अड़ंगे-ही-अड़ंगे, उसमें ऊटपटाँग तकनीकी शब्दावली बनाकर किनारे करने जैसा षड्यंत्र, अंग्रेजी के प्रभुत्व का साफ होता जाता रास्ता, हिंदी सहित पूरी भारतीय भाषाओं का पारस्परिक अंतर संवाद का रह नहीं जाना और पत्रकारिता प्रतिष्ठानों की ओर से कुंठित होती जाती भाषायी पत्रकारिता, यह सब क्या है ? कुल मिलाकर यह देश को अधोगति में ले जाने का एक कुचक्र है। पत्रकारिता विश्वविद्यालय इन कुचक्रों से दो-दो हाथ करने के लिए कटिबद्ध है। इस दिशा में बढ़ते हुए डॉ. मिश्र के कदम बहुत सुदृढ़ हैं और उनकी दृष्टि पूर्णतः निर्भ्रांत है।

उनकी कार्यशैली, अब तक की, अल्प समय की उपलब्धियों और समय-समय पर व्यक्त किए गए उनके विचारों के बीच से गुजरते हुए इस तथ्य को स्पष्ट रूप में अनुभव किया जा सकता है।

4 मई, 2008 को 'राँची एक्सप्रेस' के साहित्य पुरस्कार समारोह में पढ़े गए 'साहित्य पत्रकारिता और मीडिया' शीर्षक डॉ. मिश्र के वक्तव्य के कुछ अंश को उक्त संदर्भ में प्रस्तुत करूँगा। वे लिखते हैं, "आज की मीडिया पत्रकारिता का विस्तारित रूप नहीं है। पत्रकारिता जहाँ विचार-प्रधान और लोक-सेवा के लिए प्रतिबद्ध विधा है, वहीं मीडिया संचार माध्यमों की तंत्र-प्रधान अभिव्यक्ति है। उसमें विचार गौण है और व्यावसायिक प्रतिस्पर्द्धा अधिक है। पत्रकारिता जहाँ समाज, देश और मानवता के लिए अपरिहार्य मूल्यों के बीच सामंजस्य स्थापित करती रही है, वहीं मीडिया सूचनाओं और मनोरंजन का ऐसा अनियंत्रित उत्पादन बन गया है, जिसमें गंभीर दर्शकों, श्रोताओं और पाठकों की भागीदारी घटती जा रही है। पत्रकारिता जहाँ राष्ट्रीय स्वाभिमान, भाषायी अस्मिता, लोक शिक्षण और सांस्कृतिक गौरव की हर चुनौती से हमें जोड़ती रही है, वहीं मीडिया बाजार की अपसंस्कृति और मनोरंजन की विकृतियों की ओर खींच रही है।"

आगे डॉ. मिश्र भारतेंदु और महावीर प्रसाद द्विवेदी युग की याद के साथ एक सौ बयासी वर्षीय साहित्य और पत्रकारिता के अटूट रिश्ते की याद दिलाते हुए कहते हैं, "अपने दौर के श्रेष्ठतम साहित्य-सर्जकों और संपादकों ने इतिहास के इस शानदार और गौरवपूर्ण अध्याय को साथ-साथ लिखा और जिया है।" अंत में साहित्य और पत्रकारिता को एक उद्‌देश्य, एक दिशा और एक मंच पर खड़े होने की मार्मिक अपील के साथ इस भाषण का समापन करते हैं। बीच-बीच में सामाजिक सरोकार और संवेदनशीलता की प्राथमिकता का भी स्मरण दिलाते हैं और कुल मिलाकर यह सब तड़पन छूटी-छिटकी साहित्यिक पत्रकारिता के लिए है। इसे केंद्र में रखकर डॉ. मिश्र स्वतंत्रता के बाद वाली कालावधि के

तीन आदर्श संपादकों, अज्ञेय, रघुवीर सहाय और धर्मवीर भारती पर एक पुस्तक लिखकर स्थिति को बहुत स्पष्ट कर रहे हैं। नई पीढ़ी देख सकेगी कि साहित्य और पत्रकारिता के बीच की बढ़ती दूरी से किस प्रकार एक ओर मूल्यहीनता बढ़ी है और दूसरी ओर राष्ट्रभाषा हिंदी की दुर्गति हुई। सन् 05 में डॉ. मिश्र की एक पुस्तक 'सरोकारों के दायरे' प्रकाशित हो चुकी है। यह समाचारात्मक निबंध-रूपक प्रकृति की रचनाओं का संकलन रचनात्मक साहित्य की एक सर्वस्वीकृत विधा परिवृत्य रूपक (फीचर) के अंतर्गत आती है और श्रेष्ठतम साहित्यिक पत्रकारिता का आदर्श बनती है।

समसामयिक राष्ट्रीय स्तर की घटनाओं तथा सामाजिक, राजनीतिक आदि क्षेत्रों से संबंधित महत्त्वपूर्ण समाचारों और हलचलों के शब्द-चित्र, रम्य रूप में, शुष्क विवरण नहीं, समीक्षात्मक विश्लेषण, दिशा-निर्देश अथवा कोई संदेश, यही प्रकृति है फीचर विधा की, जिसका स्तरीय प्रयोग 'सरोकारों के दायरे' में हुआ है। इस विधा के लिए जो असाधारण प्रतिभा चाहिए, वह डॉ. मिश्र में विद्यमान है। उनके पास 'अमर उजाला', 'जनसत्ता', 'नवभारत टाइम्स' और 'लोकमत' जैसे प्रसिद्ध पत्रों के संपादन की विशाल अनुभव-संपदा है। इसी संपदा को लेकर इस सत्तर के इर्द-गिर्द पहुँचती वयवाले मँजे-मँजाए सिद्ध पत्रकार द्वारा शुद्ध सर्जनात्मक मूल्य-संपन्न यह साहित्यिक कार्य हो गया। ताजे सवालों पर अखबार के पाठकों को केंद्र में रखकर लिखी गई और कभी-कभी छिटपुट की गई टिप्पणियों का यह संकलन साहित्यिक पत्रकारिता का प्रतिमान बन गया है। इस कृति को पढ़कर डॉ. मिश्र की साहित्यिक पत्रकारिता के लिए उठती उस तड़पन को समझा जा सकता है, जो इस आलेख के आरंभ में प्रस्तुत की गई है।

'सरोकारों के दायरे' में संकलित रचनाओं में समकालीन भारतीय जीवन में उछलते पार्श्वों, प्रश्नों, समस्याओं, विडंबनाओं, वैश्विक हलचलों से लेखक टकराता है और फिर पाठकीय चित्त को मथने लगता है। रचनाएँ प्रायः सूचना से शुरू होकर गंभीर संश्लेषण-विश्लेषण तथा सार्थक चिंतन से गुजरती हुईं अंत में कोई दिशा-निर्देश या संदेश तथा सर्वहितकारी

निष्कर्ष पर पहुँच जाती हैं। लेखक में राष्ट्रीय-अंतर्राष्ट्रीय जीवन से जुड़े ज्ञान-विज्ञान आदि की बहुज्ञता है, आधुनिकतम चिंतन से परिचय है और दायित्व-बोध के साथ विश्वसनीयता है। दैनिक 'लोकमत' (नागपुर) के लोकप्रिय रविवासरीय स्तंभ 'जान-पहचान' में लेखक द्वारा समय-समय पर लिखी गई टिप्पणियों में से चयनित सामग्री का प्रयोग इस पुस्तक में हुआ है। इनमें समाज, संस्कृति, धर्म और राजनीति आदि से जुड़े सरोकारों और मानदंडों संबंधी गंभीर सवाल पठनीयता के कुतूहल भरे आकर्षणों के बीच उठाए गए हैं।

ये फीचर हिंदी साहित्य की एक बहुत चुस्त-दुरुस्त कड़ी से जुड़ते हैं। इनके बीच से गुजरते हुए पाठकों को बालमुकुंद गुप्त के 'शिवशंभु के चिट्ठे', निराला के 'चाबुक' कर्पूरचंद कुलिश के 'मैं देखता चला गया' और विद्यानिवास मिश्र के 'भ्रमरानंद के पत्र' वाले स्तंभों की रचनाओं का स्मरण आ जाना स्वाभाविक है। भारतेंदु की रचनाएँ 'पाँचवें पैगंबर' या 'दिल्ली दरबार-दर्पण' आदि, बदरीनारायण चौधरी 'प्रेमघन' की 'आनंदकादंबिनी' में छपी टिप्पणी 'भारतीय प्रजा की दुहाई और ढिठाई पर गवर्नमेंट की कड़ाई' आदि में लेखकों ने अपने समय की विडंबनाओं पर कस-कसकर चोट की है, मगर साहित्यिक स्पर्श होने के कारण उनका मूल्य-मान सामयिकता से ऊपर उठ गया है। यह स्थिति 'सरोकारों के दायरे' की रचनाओं की है। पेप्सी कोला, नदियों को जोड़ने से लेकर धर्मांतर, संसद् बनाम सुप्रीम कोर्ट जैसे आधुनिक विषय इसमें उठे हैं, किंतु यह शिल्प-सौष्ठव है कि ये मात्र समाचार या सामयिक टिप्पणी मात्र न होकर एक स्थायी स्वाद-गंध की रचनाएँ बन गई हैं। बीतते समय के साथ इनका मूल्य बढ़ता जाएगा। वास्तव में नई पीढ़ी के लिए एक आदर्श है। पत्रकारिता को पुनः गौरवास्पद स्थिति में पहुँचाने के लिए डॉ. मिश्र के समस्त यत्नों के बीच यह ठोस रचनात्मक यत्न है, जो मार्ग-दर्शन कराता है।

अंत में अच्युतानंदजी की दो पुस्तकों की चर्चा हो जाना आवश्यक है। एक 'पत्रों में समय-संस्कृति' (हनुमान प्रसाद पोद्दारजी के कुछ विशिष्ट

पत्रों का संकलन) पुस्तक (सन् 2015) प्रकाशित है। दूसरी पत्रकारिता से जुड़े कुछ विशिष्ट रचनाकारों की समीक्षा से संबंधित कृति है।

'पत्रों में समय-संस्कृति' लगभग सन् 1930 और 2010 के बीचवाले पूरे सांस्कृतिक भारत का बोलता विशाल चित्र-फलक है, जिसमें इस अवधि के प्रायः सभी उच्च स्तरीय संत, विद्वान्, साहित्यकार, पत्रकार, महापुरुष, राजनेता और महान् जन रंग भरते हुए दृष्टिगोचर होते हैं। अधिकांश पत्र उस समय के बीच के हैं, जब स्वतंत्रता-प्राप्ति के लिए देश कसमसा रहा था। श्रद्धेय भाईजी ने धर्ममार्ग का उन्हें बल प्रदान किया। यह पुनीत कार्य 'गीता प्रेस' और 'कल्याण' के माध्यम से हुआ। भाईजी स्वयं स्वतंत्रता संग्राम सेनानी थे। यह कहना बहुत सही है कि 'भाईजी भारतीय संस्कृति के उन्नायक ऐसे महापुरुषों की परंपरा में शामिल हैं, जिन्होंने अपने जीवन-दर्शन, कर्म और आध्यात्मिक स्पर्श से स्वाधीनता संग्राम और स्वाधीन भारत की संस्कृति, समाज, धर्म और राजनीति को प्रभावित किया।' इसमें यह भी जोड़ा जा सकता है कि न केवल प्रभावित किया, बल्कि उसे परिष्कृत किया।

अच्युतानंदजी ने ऐसे महान् व्यक्ति से जुड़े शताधिक पत्रों के संकलन को अत्यंत श्रम और ढंग से सजा-बजाकर संपादित कर हिंदी भाषा और हिंदी-विश्व का बहुत उपकार किया है। महात्मा गांधी, पं. मदनमोहन मालवीय, प्रभुदत्त ब्रह्मचारी, स्वामी अखंडानंद, मैथिलीशरण गुप्त, नंददुलारे वाजपेयी, बनारसीदास चतुर्वेदी, ल.ना. गर्दे, गुलाब राय, 'निराला', महावीर प्रसाद द्विवेदी, प्रेमचंद, बलदेव उपाध्याय, वियोगी हरि, विद्यानिवास मिश्र, वासुदेवशरण अग्रवाल, रायकृष्णदास, वारान्निकोव, नगेंद्रनाथ बसु, डॉ. राजेंद्र प्रसाद, श्री प्रकाशजी, मोरारजी देसाई, सीताराम चतुर्वेदी और रामनरेश त्रिपाठी आदि के पत्र और भाईजी द्वारा उनका उत्तर दिया जाना, यह सब क्या है ? पूरी एक शताब्दी के सांस्कृत भारत का सात्त्विक रोमांच है। ऐसे वातावरण में पहुँचानेवाले इस प्रकाशन के लिए इसके यशस्वी संपादक मिश्रजी की जितनी भी प्रशंसा की जाए, थोड़ी होगी।

दूसरी पुस्तक पत्रकारिता और विशेषकर साहित्यिक पत्रकारिता के ऊपर आधारित है। मिश्रजी स्वयं इस विधा के यशस्वी कृतिकार हैं। पत्रकारिता की पीढ़ियों का उन्होंने गंभीर अध्ययन किया है और माखनलाल चतुर्वेदी पत्रकारिता विश्वविद्यालय के उपकुलपति-काल में इस दिशा में कुछ मानक कार्य भी संपन्न हुआ है। माखनलाल चतुर्वेदी और गणेश शंकर विद्यार्थी पर विशेषांक प्रकाशित हुए। अस्सी महान् पत्रकारों पर पुस्तकें प्रकाशित हुईं। गोष्ठियों और कार्यशालाओं के कार्य निरंतर चलते रहते रहे। इस प्रकार पत्रकारिता और साहित्यिक पत्रकारिता से संबंधित जो अनुभव, अध्ययन, विस्तार हुए, वह सब झोंककर आपने इस पुस्तक की रचना की है।

कृति का नाम स्वयं उसके क्षितिज-विस्तार का प्रमाण है। 'हिंदी पत्रकारिता : शिखरों की पड़ताल'। इसके दो भाग हैं। प्रथम में अज्ञेय, रघुवीर सहाय और धर्मवीर भारती विवेच्य हैं और दूसरे में प्रभाष जोशी, राजेंद्र माथुर और मनोहर श्याम जोशी। कृति में इन शिखरों की पड़ताल सामान्य-सपाट रीति-नीति से खतियाई नहीं गई है, अपितु इनके इर्द-गिर्द के पत्रकारिता के पूरे परिवेश को, उसकी स्वनामधन्य पत्रिकाओं, जैसे—'प्रताप', 'कर्मवीर', 'सरस्वती', 'चाँद' और 'अभ्युदय' इत्यादि के अवदान और इनके संपादकों के वरदान सहित आधुनिक काल तक के समस्त परिदृश्यों की गहन पड़ताल है। समूचा विवरण मिश्रजी के इस प्रश्नात्मक प्रस्थान-बिंदु से हुआ लक्षित होता है कि 'इनमें कौन विशुद्ध साहित्यकार था और कौन विशुद्ध पत्रकार था, यह तय कर पाना किसी के लिए भी दुष्कर है।'

उक्त दुष्कर कार्य में यहाँ लेखक ने हाथ डालकर छानबीन की है। लेखक बौद्धिक पाखंड के विरुद्ध खड्गहस्त है। उसे खोखली बहसें भी नहीं सुहाती हैं। इसीलिए विश्वसनीयता और संपूर्ण रूप से सही पहचान की तलाश में वह इस कृति के निर्माण में संलग्न हुआ प्रतीत हुआ है और कसौटियों पर खरे-निखरे रूप में उतरे पत्र का (महारथियों का) चयन

किया है। 'दिनमान', 'धर्मयुग', 'जनसत्ता' और 'साप्ताहिक हिंदुस्तान' आदि मात्र पत्रिका नहीं रहीं, वे एक सुदृढ़ मंच रहीं, जहाँ से साहित्य, राजनीति, संस्कृति और समाज आदि से जुड़े सरोकारों-सवालों से जूझने के लिए सुदृढ़ राष्ट्रीय चेतना उद्‌बुद्ध होती थी और एक आश्वस्तकारी वातावरण बनता था। मिश्रजी की पुस्तक इसी प्रकार के वातावरण के परिप्रेक्ष्य में प्रकाशित होकर पत्रकारिता संबंधी एक विशेष अभाव की पूर्ति करती है।

□

रामबहादुर राय : हिंदी पत्रकारिता के कीर्तिमान

श्री रामबहादुर राय के विषय में कुछ लिखने चला हूँ, तो बहुत असमंजस में फँस गया हूँ। कहाँ से शुरू करूँ? ढेर सारी जानकारियाँ अब भीतर भर गई हैं। इस स्थिति में मैं बहुत लज्जित भी महसूस कर रहा हूँ और अपने अज्ञान को कोस रहा हूँ कि सन् 2002 तक मैं उनके बारे में बहुत कम, आधा-अधूरा ही जानता था। उनका गाँव सोनाड़ी और मेरा गाँव सोनवानी, दोनों गाजीपुर (उ.प्र.) जनपद के पिछड़े गाँव, एक ही करइल अंचल के अंतर्गत आते हैं। पुराने लोग बताते थे कि सोनवानी से सोनाड़ी साढ़े चार कोस पर है। उक्त अंचल के दो और गाँवों को जोड़कर एक कहावत प्रचलित रही है—

सोन सोनाड़ी खैराबारी।
बीच ताल में बसे सियाड़ी॥

उक्त कहावत में 'सोन' शब्द का अर्थ लोग लगाते हैं मेरा गाँव, सोनवानी। इसको गाँवों के अविकसित होने के संदर्भ में कहा जाता रहा है। पैदावार की दृष्टि से सर्वोत्तम होते हुए भी आवागमन के साधनों की शून्य स्थिति के कारण ही इस बाढ़ग्रस्त और ताल-खालवाले अंचल को अविकसित या पिछड़ा कहा जाता था। अब वह स्थिति नहीं रही। गाँव-गाँव सड़कों से जुड़ गए हैं। रामबहादुर राय के गाँव सोनाड़ी में तो गाँव को चारों ओर से घेरता एक रिंग रोड भी बन गया है। रोड पर एक दमदार

चट्टी विकसित होकर शहरी सुख बाँटती है। नई खेती ने इस गाँव को और करइल अंचल के सभी गाँवों को चमका दिया है। स्वयं राय साहब के भाई विजयबहादुर राय एक विकसित किसान हैं। अच्छी खेती है। चुस्त व्यवस्था है कि राय साहब के साथ दिल्ली से प्रभाष जोशी और मुरलीमनोहर जोशी आदि जैसे राष्ट्रीय स्तर के अति विशिष्ट अतिथि पधारते हैं तो उन्हें पूरी सुख-सुविधा मुहैया होती है।

अपने गाँव के बारे में रामबहादुर राय एक साक्षात्कार में कहते हैं कि 'ठीक-ठाक गाँव है। हमारे गाँव में सामाजिक लिहाज से सभी जाति-धर्मों के लोगों के प्रेम से रहने की परंपरा है। छोटी-सी नदी है 'गंगहर', सत्रह-अठारह किलोमीटर लंबी है। इस गंगहर शब्द की व्युत्पत्ति 'गंग नैहर' के रूप में प्रसिद्ध भाषा वैज्ञानिक डॉ. भोलानाथ तिवारी कहते हैं। इसमें नै शब्द का लोप हो गया है। एक अध्यापक कहते हैं कि 'गंग रह' से बना है। इसमें 'रह' का विपर्यय हो गया। 'गंगहर' बन गया। पहले पूरा करइल क्षेत्र सोनाड़ी सहित गंगा के प्रवाह में था। गंगा इस क्षेत्र को छोड़ पूरब चली गईं, तो मूल स्थान में थोड़ा रहकर एक निशानी 'गंगहर' रूप में छोड़ गईं। एक किसान इसे 'हर' अर्थात् शंकर से जोड़ता है, पर छाड़न को शिव से जोड़ना ठीक नहीं। एक नेता कहता है यह 'गंगनहर' से 'गंगहर' बना है। 'न' शब्द घिसकर उड़ गया है। मैं स्वयं इसे गंगाघर 'गंगा के घर' के रूप में देखता हूँ। ऊपर की गंगा से जुड़ी सारी बहस इसमें सिमट जाती है। ऐसी पावन है राय साहब की जन्मभूमि।

गाजीपुर शहर अथवा अपनी तहसील मुहम्मदाबाद से सीधे जुड़ने में यह 'गंगहर' नदी (नाला) बाधक रही है। अब नव विकास में इस पर रोड बन गया है। रोड इस गाँव से सटा-सटा, आगे चलकर तिराहे-चौराहे में छितराकर अन्यान्य गाँवों से जुड़ता है। वह गंगहर पार कर जहाँ सोनाड़ी से मिलता है, वहाँ कोने पर एकांत में एक छोटी सी चमकीली मसजिद है। ऐसा लगता है कि इस गाँव में गंगाजी के घर की रखवाली खुदा के घर से होती है। राय साहब ठीक ही कहते हैं कि यहाँ सभी जाति-धर्म के लोगों

के बीच प्रेम-सद्भाव से रहने की परंपरा है। यह सत्य है। यहाँ का मुसलिम समुदाय, जो ताजिया रखता है, उसमें हिंदू समाज की जबरदस्त भागीदारी होती है। यहाँ पूर्व परंपरानुसार विजयदशमी के पाँच दिन बाद अर्थात् शरत् पूर्णिमा को रामलीला का आयोजन होता है और शानदार घुड़दौड़ होती है। मेले में आस-पास के गाँवों के लोग जुटते हैं और जबरदस्त भीड़ होती है।

यह सोनाड़ी का मेला मिठाइयों की खपत के लिए प्रसिद्ध है। क्वार का यह अंतिम मेला होता है। आस-पास के कस्बे और चट्टियों की मिठाईवाली दुकानें यहाँ उठ आती हैं और भीड़ उन्हें खाली कर देती है। इस मेले में मैं स्वयं भी एक बार गया हूँ और आनंदित हुआ हूँ। वह मिठाइयों के उठने का दृश्य देख चुका हूँ।

रामबहादुर रायजी पर आधारित इस आलेख में मुझे उक्त चर्चाएँ प्रासंगिक लगीं। राय साहब पूरे परिवेश में रेखांकित हों, यही उचित है। उनकी जन्मभूमि वास्तव में एक पृथक् ध्यानाकर्षक पहचानवाली है। इस पहचान के विषय में एक स्मरणीय तथ्य है, जो स्मृति पर उतर रहा है, उसे सुनें।

अब तो खेती का सारा नक्शा ही बदल गया है और वह बैलों पर आश्रित न रहकर ट्रैक्टर आदि यंत्रों के सहारे संपन्न हो रही है, अन्यथा हल-बैलवाले पुराने युग में पूरे क्षेत्र की कृषि संबंधी महत्त्वपूर्ण सार-सँभाल यहीं सोनाड़ी गाँव से होती है। इस गाँव के कुछ मुसलिम परिवार के लोग थे, जिन्हें वंश परंपरागत रूप में बैलों की, जिनके ऊपर कृषि अवलंबित थी, संपूर्ण रूप में चिकित्सा और अन्यान्य प्रकार की सुरक्षा संबंधी दक्षता प्राप्त थी, विशेषकर बैलों के खुरों में लोहे की नाल बाँधने और 'गहनी' नामक एक दाँत-मुँह की बीमारी से बचाव के लिए जुताई-बुआई, कटाई और दवाई के समय इन 'डॉक्टरों' की माँग बेहद बढ़ जाती थी। न केवल बैलों के, बल्कि पूरे पशुधन के ये चिकित्सक हुआ करते थे। समय के धक्के से अब पता नहीं क्या स्थिति है, वे डॉक्टर क्या हुए?

यह अजब स्थिति है कि मैं राय साहब पर कुछ लिखने चला हूँ और मेरी कलम फिर उनके गाँव को रँगने लगी है। ऐसा होने का एक कारण

समझ में आ रहा है। यह गाँव साधारण आदमी का गाँव, उसकी मातृ-पितृ भूमि, उसकी प्रारंभिक शिक्षा-दीक्षा और संस्कार की ऊर्जस्वित प्रेरणा-भूमि ही नहीं है, अपितु उस असाधारण राष्ट्रीय व्यक्ति का गाँव है, जो हिंदी पत्रकारिता का शिखर पुरुष है, जिसे जनता का वकील बताते हुए तथा जिसकी दो पुस्तकों, चंद्रशेखर पर आधारित 'रहबरी के सवाल' और वी.पी. सिंह पर आधारित 'मंजिल से ज्यादे सफर' का उल्लेख करते हुए पत्रकार प्रभात झा लिखते हैं, ''एक राजनीतिक विश्लेषक के रूप में उनकी टिप्पणियाँ राजनेताओं के लिए मार्गदर्शक सिद्ध होती हैं तथा जिसकी कलम की नोक के झटके से भारतीय राजनीति में भूचाल आ जाता है।''

दूसरा कारण यह है कि यह गाँव भी एक प्रकार से मेरा ही गाँव है। मेरे एक अध्यापक भतीजे को इस गाँव में नवासा मिला है और उसका परिवार यहीं रहता है। फिर यहाँ मेरी ज्येष्ठ पुत्री का विवाह हुआ है। जामाता श्री श्यामनारायण राय स्थानीय मिडिल स्कूल से रिटायर होकर पुनः वहीं, उसी स्कूल में से शत प्रतिशत नियमितता के साथ लगभग एक दशक से निःशुल्क सेवा कर रहे हैं। इस सेवा के लिए शिक्षा विभाग द्वारा सम्मानित भी हो चुके हैं। ये भी इस गाँव की असाधारणता को रेखांकित करते हैं। इस हिंदी के संत अध्यापक को कविताएँ नहीं, महाकवियों के ग्रंथ के ग्रंथ कंठस्थ हैं। 'रामचरितमानस', 'रश्मिरथी', 'साकेत' और 'मधुशाला' आदि को पूरी ऊर्जा के साथ सुननेवालों को सुनाते हैं। इन बातों के साथ यह भी स्मरणीय है कि मेरे उपन्यास 'सोनामाटी' की पृष्ठभूमि करइल अंचल के अंतर्गत यह गाँव है। इस अंचल के केंद्रीय गाँव खरडीहा के सर्वोदय कॉलेज में मैं तेरह वर्षों तक सेवारत रहा हूँ। खरडीहा गाँव सोनाड़ी का पड़ोसी है। वास्तविकता है कि इस करइल अंचल के सभी गाँव मुझे बहुत प्रिय लगते हैं, अपने गाँव जैसे लगते हैं। सोनाड़ी से यह अपनापन इसलिए भी बढ़ जाता है कि सन् 43 के अंग्रेजी सरकार विरोधी गुप्त आंदोलन में यह गाँव भी एक केंद्र था। इसकी चर्चा मेरे उपन्यास 'श्वेत पत्र' में देखी जा सकती है। उस आंदोलन में मेरी भी भागीदारी थी।

वास्तव में सीधा-सादा किसानों का यह गाँव ऊर्जा-संपन्न गाँव है, आंतरिक ऊर्जा। इसी ऊर्जा के प्रभाव से हिंदी पत्रकारिता के उस संत पुरुष का आविर्भाव हुआ, जो भारतीय पत्रकारिता-जगत् में क्रांति की मशाल लिये, आगे बढ़ते, 'सच, साहस और भरोसे का प्रतीक' बन गया है। हिंदी का शीर्षस्थ पत्रकार जगत् मानता है, 'राय साहब आखिरी आदमी के प्रथम प्रवक्ता हैं।' 'भारतीय पत्रकारिता के विशिष्ट प्रतिमान हैं' और 'व्यापारिक समय में एक मिशनरी पत्रकार' हैं। उनके लिए कुछ और चुने हुए विशेषण उछल आते हैं कि वे कभी न झुके और न रुके और सदा बहादुर कलम क्रांतिकारी बने रहे। 'राम' शब्द पूरी शक्ति से बहादुर शब्द में समाहित हो गया।

क्रांतिकारी! बहुत ऊँचे दरजे का शब्द है। आज इसका बहुत अवमूल्यन हो गया है। लोग हैं कि समय को पछाड़नेवाले इस शब्द को ही पछाड़ दिए हैं। शब्द बासी जैसा लगने लगा है। लोग हैं कि जम्हाते हुए बोलते हैं, अब क्या क्रांति होगी? अरे यारो, इतने निराश मत हो जाओ। आओ, साहस, सत्य और चरित्र-बल संपन्न, भरोसेवाले, उत्तम राष्ट्रभक्त, आशावादी, पत्रकार, क्रांतिकारी से भेंट कराऊँ। उसकी कलम से दिनकर का आह्वान कार्यान्वित होता है—

"धारा का पथ रोक इंद्र के
गज जो अड़े हुए हैं।
कह दो उनसे हटें, नहीं तो-
ऐरावत पत्तों से उड़ जाएँगे।"

उन्नीसवीं-बीसवीं शताब्दी ने अपनी आँखों से क्रांति-धारा को रोकनेवाले ऐरावतों का उड़ना देखा है। हाँ, इस क्रांति के उपकरण, अस्त्र-शस्त्र बदल गए हैं। बदलाव की प्रक्रिया बदलते समय के साथ बदल गई है। तलवार, तोप, बंदूक, गोला और बम आदि से नहीं, बदलाव बहादुर कलम से घटित होता है। महात्मा गांधी के नेतृत्व में स्वराज्य की लड़ाई में इस चमत्कार का साक्षात्कार हुआ। वह स्वराज्य भटक गया तो सन् 1971 में दूसरे स्वराज्य का आंदोलन जयप्रकाश नारायण के नेतृत्व में खड़ा हुआ।

वह संपूर्ण क्रांति का युवा आंदोलन रहा। एकदम तख्ता-पलट आंदोलन। कहते हैं, यह आंदोलन मुख्य रूप से रामबहादुर राय के दिमाग की उपज थी और वे उसके सक्रिय रथी थे। कलम का दिव्यास्त्र उनके हाथों में था। पूर्वी उत्तर प्रदेश और बिहार में इसकी चमक दिखाई पड़ती थी। लोगों ने माना, यह संपूर्ण क्रांति की कलम संपूर्ण रूप से ईमानदार कलम है। उसमें केवल सेवाभाव है। सेवा के बदले मिलनेवाला मेवा उसके लिए विष तुल्य है। जे.पी. आंदोलन के बादवाला वह प्रलोभन साधारण नहीं था।

रामबहादुर राय को अत्यधिक उत्प्रेरित किया गया कि वे बनारस से लोकसभा के लिए चुनाव लड़ें, विजय शत प्रतिशत सुनिश्चित थी, किंतु वे डिगे नहीं। अधिक दबाव देख भाग खड़े हुए। छह-सात महीने तक हरिद्वार का एकांतवास रहा। साधु जीवन स्वीकार था, मगर राजसत्ता की मादक सुख-सुविधावाली जिंदगी स्वीकार नहीं थी। 'संत को कहा सीकरी सो काम?' कभी समझौता न करनेवाला छात्र-आंदोलन का महानायक पत्रकारवाले मिशन की अपनी मशाल लिये राष्ट्रीय जीवन की विसंगतियों से लड़ता रहा, लड़ रहा है। पत्रकार प्रकाश दुबे कहते हैं, "खादी का कुर्ता-पाजामा पहनकर सर्वोदयी सादगी में जीनेवाले राय साहब सत्ता के चोरों की पड़ताल करनेवाले जासूस हैं।" इस कथन से हवाला कांड, बोफोर्स घोटाला, कॉमन-वेल्थ घोटाला, सहारनपुर दंगा, अयोध्या प्रकरण और पेड न्यूज आदि से संबंधित राय साहब के खुलासे देश के बुद्धिजीवियों और प्रबुद्धजनों के सामने उभर जाएँगे। 1990 में क्या हुआ, जैन हवाला डायरी के खुलासों के बाद? हड़कंपी तूफान खड़ा हो गया। अडोल जैसे प्रतीत होनेवाले आसन डगमगा गए। कुछ शिखर भरभरा गए। उनकी अचूक और दो-टूक खोजी पत्रकारिता के निशाने बने बड़े-बड़े शक्तिशाली नेता। जिस क्रांति का नाम ऊपर आया, वह यही है, ऐसी ही है और वह क्रांतिकारी पत्रकार कैसा है? बताया न गँवई संस्कृति में रसे-बसे देसिल आम आदमी जैसा, अति सहज, अकुंठ और अल्हड़, मगर छेड़ो या कुछ छिड़ा तो बीहड़, उत्पाती तूफान।

ऊपर चर्चा उभर आई क्रांति की; क्रांति! बसूरत इन्कलाब, उथल-पुथल, बदलाव। इस चर्चा से फिर मैं राय साहब के गाँव सोनाड़ी में पहुँच जा रहा हूँ। गाँव का लेखक हूँ। गाँव मेरा देवता है, उपजीव्य है। उसी की जमीन की रसभीनी कलम कुछ राय साहब पर लिखने चली है तो गाँव के छोर से ही उन्हें पकड़ना मुझे सरल लग रहा है और मैं बार-बार सोनाड़ी पहुँच जा रहा हूँ। मैं स्पष्ट देख रहा हूँ कि इस गाँव की धरती में ही कुछ इन्कलाबी विशेषता है। राय साहब के जन्म के तीन साल पूर्व यहाँ का एक अनपढ़ बूढ़ा किसान अपने प्राइमरी पास अधेड़ पुत्र के साथ ब्रिटिश सरकार को उखाड़ फेंकने और स्वराज्य को अपनी पावन भूमि पर उतारने के लिए खप रहा है, तप रहा है। मैं इसका प्रामाणिक साक्षी हूँ। इस किसान के उल्लास और अकुलाहट का सहभोक्ता हूँ। अब मैं संक्षेप में पूरी बात बताऊँ।

सन् 42 के आंदोलन के बाद 43 तक सभी नेता जेल चले गए, तो बाहर बच गए जयप्रकाश, लोहिया और अरुणा आसफ अली आदि द्वारा संचालित गुप्त आंदोलन चल निकला। हमारे जनपद में यह आंदोलन सक्रिय था। रेवतीपुर गाँव केंद्र था। अपने करइल क्षेत्र के हम चार लोग उसमें जुटे थे। अगुआ था तिवारी (सुरेंद्रनाथ त्रिपाठी)। करइल क्षेत्र के सोनाड़ी सहित सात-आठ गाँवों में अड्डे थे। एक दिन गर्मी की दोपहरी में तिवारी के साथ सोनाड़ी पहुँचा। गाँव के बीच में शिवबहाल राय का घर था। घर पर कोई नहीं था, मगर हम लोगों के लिए खुला था। तिवारी को मालूम था कि कहाँ कुंजी रहती है। भीतर घुसकर आजादी से खोज-खोजकर चीनी-भुजना पर हाथ साफ हुआ। फिर तिवारी ने उसी प्रकार खाद्य सामग्री ढूँढ़कर चार व्यक्तियों के लिए उस सूने घर में भोजन बनाया। शिवबहाल की धर्मपत्नी मर गई थी। इसीलिए घर सूना था। भोजन के वक्त पाँच व्यक्ति हो गए। एक युवा तेजस्वी संन्यासी बाप-बेटे के साथ था। बाप-बेटा खेत से काम कर लौटे थे। संन्यासी कोई बिहार का प्रबुद्ध और समर्पित फरारी था और गुप्त आंदोलन को उत्तर प्रदेश से जोड़ता था।

अब संक्षेप में यह कि पर्याप्त अनुरंजक-वार्त्ता के साथ भोजनोपरांत

कार्यक्रम पर बात चली। कार्य था चौबीस घंटे के भीतर एक पैंफलेट को पूरे जनपद में प्रसारित कर देना। अपने क्षेत्र की जिम्मेदारी हम लोगों पर थी। सो, काम बाँट लिया था। शिवबहाल राय पट्टीदार के विवाह में बझे थे। समस्या खड़ी देखकर वृद्ध पिता बोले, यह कौन सा बड़ा काम है! यह हमारे जिम्मे रहा। गड़बड़ है कि पढ़ा-लिखा नहीं हूँ। आप लोग समझा दें कि क्या करना है। इस पर तिवारी उन्हें समझाता है, ''कुर्ते की एक पॉकेट में लेई और दूसरे में पैंफलेट लें। पेशाब करने के बहाने बैठकर मील-फर्लांग के पत्थरों पर चिपकाते चले जाएँ। इस प्रकार रात के अँधेरे में कार्य संपन्न हो जाता है।'' साठोत्तर, गँवार दमदार है। देशभक्त है, क्रांतिकारी है।

वह संक्षिप्त घटना मेरे ऐतिहासिक उपन्यास 'श्वेतपत्र' के सातवें अध्याय में विस्तार से चित्रित है। मैं उपन्यास का लेखक सोचता हूँ 'ठेठ धरती ने जब इस प्रकार करवट लेना शुरू कर दिया, तब अंग्रेजों के पैरों तले की जमीन भला कब तक रहनेवाली है?' (पृ. 44)

तो, इसी गाँव की उर्वर माटी की उपज हैं मूल्यों और मुद्दों पर अडिग पत्रकार रामबहादुर राय, जहाँ का एक अनपढ़, विधुर किसान अंग्रेजी हुकूमत को उखाड़ फेंकने के लिए अपने अधेड़ पुत्र के साथ कटिबद्ध है। वह शरीर से वृद्ध है, पर मन से युवा है। वह अति सादगी से रहता है। यश कमाने का कोई चक्कर उसके व्यक्तित्व में नहीं है। वह कर्मठ, सरल, निश्छल, निर्भीक और ईमानदार है। उसकी कथनी-करनी में एकता है। इन शब्दों को लिखते हुए मुझे ऐसा लग रहा है कि राय साहब के बारे में ही लिखने लगा हूँ। मिट्टी से जुड़े सही लोगों के गुण-धर्म की मूलभूत समानताएँ स्वाभाविक हैं। राय साहब अपनी मिट्टी से जुड़ने, उसके स्नेहिल ताप से ऊर्जस्वित होने के निमित्त प्रायः सोनाड़ी आ जाते हैं। वे अपनी जड़ से जुड़े हुए हैं। यही कारण है कि सुदृढ़-सुस्थिर, सदाबहार आंतरिक परिवेशी हैं। उन्हें विरोध-अवरोध के झंझाझकोर उखाड़ नहीं पाते। नगरों-महानगरों में धँसे और अपनी जड़ों से कटे लोगों के लिए उनका जीवन अपने आपमें एक शिक्षा है कि शक्ति का स्रोत अपनी जड़ें हैं,

उनसे जुड़े रहें। मैं सोचता हूँ कि यही सब कारण है राय साहब के अपने उस गाँव सोनाड़ी आते रहने का, जिससे मेरा भी जुड़ाव है।

यहाँ पर यह प्रश्न उठ सकना स्वाभाविक है कि इतना अधिक सोनाड़ी के साथ जुड़ाव है तो मैं बहुत दिनों तक उनके विषय में जानकारी क्यों नहीं प्राप्त कर सका? क्यों इस आलेख के आरंभ में लिखना पड़ा, ''सन् 2002 तक मैं उनके बारे में बहुत कम, आधा-अधूरा जानता था।'' वास्तव में इस प्रश्न के उत्तर में मेरी अज्ञानता से अधिक राय साहब के बड़प्पन और सात्विक स्वभाव का भाव है। उन्होंने कभी अपने को 'जनवाने' का प्रयत्न नहीं किया। वे मात्र गाँव पर आते थे, गाँव को जीते थे, जीवंत होकर चले जाते थे। समाचार कानों में आता था। दिल्ली रहते हैं। बहुत प्रभावशाली हैं। वे तपस्वी जैसे राजनीति से जुड़े पत्रकार हैं, इत्यादि। इस क्षेत्र के लोग अपना कोई काम कराने के लिए जाते थे, तो वे बहुत उत्साहित होकर नहीं लौटते थे। सतही कामों को उन्होंने प्रायः अनसुना किया। अपने गाँव, अथवा अपने क्षेत्र में उन्होंने अपना कोई ढिंढोरची नहीं खड़ा किया। वे केवल अपने कर्म और अपने लक्ष्य से जुड़े थे। प्रमाण को प्रचार नहीं चाहिए। इन्हीं सब कारणों से निर्गुण-निराकार रूप में ही उन्हें बहुत दिनों तक जान सका था।

सन् 2002 में मेरी पुस्तक 'गाजीपुर संवाद' प्रकाशित हुई। उसमें राय साहब का परिचय जाना था। अपने लोगों से जानकारी ली। वह 'किसानी' टाइप की जानकारी थी, बहुत मोटी-मोटी। उस गाँव के सर्वाधिक प्रबुद्ध लगनेवाले नेता टाइप के सभ्य व्यक्ति दिनेश राय से जानकारी ली। पूरी तरह अराजनीतिक व्यक्ति होने के कारण राजनीतिक हलकों में परिचय पूछने नहीं गया। मुझे क्या पता था कि गाजीपुर नगर के राजनीतिक क्षेत्रों में राय साहब अपनी एक गहरी लीक तब तक बना सके थे। यह मेरी कमजोरी रही। राय साहब के घर भी नहीं गया। खैर, जो आधी-अधूरी जानकारी मिली थी, उसे ही लिखकर काम चलता किया। इतने पर भी बराबर खटकता रहा। ठीक-ठीक जानकारी के अभाव में मात्र रचा-गढ़ा परिचय उचित नहीं।

इस रचे-गढ़े और आधे-अधूरे में मुझे कुछ पूरा वही लगता था, जिसे अपनी आँखों से देखा था। एक आवश्यक कार्यवश राय साहब से मिलने के लिए दिल्ली गया था। कार्यालय में वे उपस्थित मिले। एक खोजी पत्रकारिता के प्रशिक्षु युवकों की टोली को वे कुछ समझा रहे थे और प्रभावशाली ढंग से उन्हें उत्साहित कर रहे थे। उनकी मंद-मधुर सधी शब्दावली में ऊर्जा और आकर्षण था। उनकी टेबल पर गीता प्रेस की 8-10 धार्मिक पुस्तकें रखी हुई थीं। कह रहे थे, ''इन्हें प्रधानमंत्री नरसिंहा राव को ले जाकर भेंट करूँगा और कहूँगा कि इन्हें पढ़िए, आपकी बुद्धि में शुद्धि आ जाएगी।'' उन पुस्तकों में से एक को लेना चाहा तो उन्होंने मना कर दिया। मैंने जाना, राय साहब के सोच, कार्ययोजना और उनके व्यवहार में कहीं से ढील नहीं। वह अंकगणित की भाँति है, सटीक, ठोस और सुनिश्चित। उन्होंने ध्यान से मेरा कार्य सुन लिया। वैसे उनके कुछ सुपरिचित गँवारों के मुँह से सुन रखा था कि वे किसी का कोई काम नहीं करते। ऐसे विचारवाले बेचारों को क्या पता कि कितनी उच्च स्तरीय राष्ट्रीय समस्याओं से, संघर्षों से उनका मनाकाश भरा रहता है। खैर, राय साहब ने मुझे बहुत सम्मान दिया। वह दिन बहुत सार्थक लगा।

तो, वही एक संस्मरण था और लोगों से ली गई कुछ जानकारियाँ थीं, जो पूर्ण रूप से संतुष्ट नहीं करती थीं। बहुत हिम्मत करके एक पत्र उनके नाम डाल दिया। पत्र के साथ पुस्तक में परिचयवाले पृष्ठों का प्रूफ संलग्न कर दिया। पत्र में लिखा कि मेरी पुस्तक 'गाजीपुर संवाद' की छपाई चल रही है। इसमें आपका जो परिचय जा रहा है, उससे संतुष्ट नहीं हूँ। कृपया इसे उपलब्ध कराएँ, अन्यथा यही परिचय जो संलग्न है, पुस्तक में चला जाएगा। इस प्रकार पत्र लिख तो दिया, पर उत्तर आना संदिग्ध था। कहा जाता था कि पत्र नहीं लिखते हैं और न उत्तर देते हैं। विचित्र बात थी। राय साहब जैसे मिथक बन गए थे। अंततः सारा ऊहापोह समाप्त हुआ। राय साहब का पत्रोत्तर आ गया। पत्र इस प्रकार रहा—

5/118, रचना, वैशाली
गाजियाबाद, (उ.प्र.)
दिनांक : 14.08.2002
आदरणीय विवेकी रायजी,
सादर नमस्कार,

आपका पत्र मिला। उसके साथ 'गाजीपुर संवाद' का पृष्ठ 81-82 देखा। मेरे बारे में आपने जो कुछ भी खोज-खाजकर लिखा है, वह सही तो है ही, मुझे खुद को समझने के लिए बहुत सहायक भी है।

एक क्रमवार परिचय बनाया है। वह इस पत्र के साथ भेज रहा हूँ। इसके अलावा दो बातें और हैं। ग्यारहवीं कक्षा से मैं अखिल भारतीय विद्यार्थी परिषद् में सक्रिय हुआ। हाईस्कूल तक मैं सी.पी.आई. का समर्थक और सरयू पांडेय का प्रशंसक था। 1962 के चीनी हमले ने मेरी दिशा बदल दी। इसमें परशुराम राय का भी योगदान है।

बहरहाल, विद्यार्थी परिषद् में सक्रियता इतनी बढ़ी कि पढ़ाई पूरी करने के बाद उसके काम में तल्लीन हो गया। यह सिलसिला 1979 तक चला। इसी दौरान बँगलादेश के मुक्ति-संग्राम और बिहार आंदोलन के चलते जे.पी. से यह कह सकता हूँ, नजदीकी का संपर्क रहा। जे.पी. आंदोलन के दौरान मीसा में मेरी गिरफ्तारी सबसे पहले हुई। यह मामला सुप्रीम कोर्ट तक गया। उस पर फैसला उस समय बहुत चर्चित था। जे.पी. ने खुद उस फैसले का जगह-जगह हवाला दिया। ए.आई.आर., 1974 का रिपोर्टेट केस होने के कारण नागरिक स्वाधीनता संबंधी मुकदमों में उसका बार-बार जिक्र अपनी दलील में वकील लोग करते हैं। पी.एन. भगवती की बेंच ने वह फैसला सुनाया था, जिसके फलस्वरूप इमरजेंसी से थोड़े दिनों पहले जेल से बाहर आया था, फिर जाने के लिए।

1979 का लोकसभा का चुनाव न लड़ना पड़े, इसलिए मैंने सोच-समझकर पत्रकारिता की राह पकड़ी। जो कुछ हम छात्र राजनीति के

जरिए व्यापक परिवर्तन के लिए सोचते, योजना बनाते और प्रयास करते रहे, उसका ही उत्तरार्द्ध पत्रकारिता है।

'हिंदुस्तान समाचार' में मेरी पहली नियुक्ति ईटा नगर के लिए हुई। अरुणाचल प्रदेश में कुछ साल तक रहा। 1982 के नवंबर में मैं दिल्ली आ गया। 1983, जुलाई में 'जनसत्ता' निकला। शुरू से ही उससे जुड़ गया।

आपका

रामबहादुर राय

पत्र पाकर मुझे भारी प्रसन्नता हुई। यह प्रसन्नता तब और बढ़ गई, जब देखा कि मेरा खोज-खाजकर लिखा परिचय खारिज नहीं हुआ है। उसे न केवल सही कहा, बल्कि यह भी लिखा, "मुझे खुद को समझने के लिए बहुत सहायक भी है।" इस कथन में मुझे उनके बड़प्पन और दूसरों को सम्मान देने की झलक मिली, क्योंकि वास्तव में ऐसा कुछ खास नहीं था। एक बात और, उन्होंने क्रमवार परिचय अर्थात् बायोडेटा बनाकर पत्र के साथ भेजने की बात लिखी। यह बात भी उन्होंने मेरे परिचय भेजने के आग्रह को सम्मान देने के लिए ही लिखी थी, क्योंकि 'क्रमवार' वास्तव में कुछ नहीं, वही एक-दो बातें थीं। अपना बायोडाटा कहीं भेजकर अपने को उजागर करने की बहुत हल्की बात राजनीतिक ही नहीं, प्रत्येक प्रकार के आकर्षणों से दूर रहनेवाले तथा प्रदर्शन, रुचिरहित इस हिंदी पत्रकारिता के संत पुरुष के आगे बात ही (हवा) हो जाती है। वे बहुत कुछ करके भी कुछ न करने की सहज मुद्रा में रहनेवाले व्यक्ति हैं। कहें क्या? ऐसे ही व्यक्तियों के लिए गिरधर कवि ने लिखा, "करतूती कहि देत आप कहिये नहिं साईं।" कुछ ऐसी ही उच्च मानसिकता में तुलसी ने भी लिखा होगा, "जानत प्रभु सब बिनुहि जनाये। कहहु कवन सिधि लोक रिझाये?" बहरहाल, 'गाजीपुर संवाद' में जो खोज-खोजकर लिखा था, वह इस प्रकार था—

"राय साहब विद्याध्ययन के पश्चात् बहुत दिनों तक अज्ञातवास जैसी स्थिति में रहे। बाद में बहुत समय तक जयप्रकाश नारायण के साथ बिताकर अंत में दिल्ली को इन्होंने अपना कार्यक्षेत्र बनाया। ये कम बोलनेवाले, अधिक कार्य करनेवाले, प्रभावशाली और तेजस्वी खोजी पत्रकार हैं। ये स्वभाव से अंतर्मुखी और आस्थावादी हैं तथा वृत्ति से पत्रकारिता संबंधी समस्त बहिर्मुखी कारगुजारी पूरी प्रामाणिकता के साथ करते हैं। अप्रतिम प्रभाववाले इस समर्पित पत्रकार प्रवर की ख्याति हवाला कांड को लेकर हुई, जिसे उजागर करने का श्रेय इन्हीं को है। 24 अगस्त, 1993 के हिंदी 'जनसत्ता' द्वारा इन्होंने इसका भंडाफोड़ किया था। एक भारी हलचल देश में खड़ी हुई थी। रामबहादुर राय प्रमुख रूप से 'जनसत्ता' से जुड़े हैं और देश पर गहरानेवाले हर संकट की स्थिति में आपके लेख बुद्धिजीवियों का मार्गदर्शन करते हैं।" (पृष्ठ 85)

यह रहा मेरा बनाया हुआ परिचय। इसके आगे उनका पत्र मिलने के बाद कुछ सूचनाएँ बढ़ा दी गईं। इन बढ़ी सूचनाओं में उनका छात्र जीवन से ही आंदोलनों के साथ जुड़ाव, जे.पी. आंदोलन (74-75) का नेतृत्व, मीसा का गिरफ्तारी-संदर्भ, सन् 1977 से पत्रकारिता क्षेत्र में उतर कुछ सेवा अरुणाचल प्रदेश को प्रदान करते 1982 से दिल्ली में स्थापित होने, इसी वर्ष 'जनसत्ता' से और 83 से 'नवभारत टाइम्स' से जुड़ने, पुनः 1996 से 'जनसत्ता' के समाचार सेवा-संपादन के दायित्व को सँभालने की चर्चा रही। पत्रकारिता संबंधी उत्कृष्ट और विशिष्ट सेवा के लिए भगवानदास 'जन जागरण पत्रकारिता पुरस्कार' (1990) और हिंदी अकादमी दिल्ली के 'पत्रकारिता पुरस्कार' (1994) की प्राप्ति का विवरण भी पुस्तक में गया। बाद में आपको माधव राव सप्रे राष्ट्रीय पत्रकारिता पुरस्कार (2010) भी प्राप्त हुआ। इस स्थल पर उन्हें प्राप्त दो और महत्त्वपूर्ण नए पुरस्कारों की चर्चा हो जानी चाहिए। सन् 2014 में राय साहब को अति विशिष्ट और प्रतिष्ठावाला राष्ट्रीय सम्मान 'पद्मश्री' भारत सरकार द्वारा प्राप्त हुआ। इसी

वर्ष अखिल भारतीय श्री मठ महोत्सव न्यास व काशी के साहित्यिक जगत् द्वारा आपको 'जगद्गुरु स्वामी रामानंदाचार्य सम्मान' प्राप्त हुआ।

मगर राय साहब जैसे राष्ट्र और राष्ट्र की जनता के लिए समर्पित, विराट् राष्ट्र की धड़कनों को कलम की नोक में बसाए विशाल व्यक्ति के व्यक्तित्व और कृतित्व को किसी पोथी के एक-दो पन्नों में बाँधा जा सकता है? नहीं, यह संभव नहीं। गागर में सागरवाली उक्ति यहाँ फिसल जाती है। 'गाजीपुर संवाद' की तो एक सीमा थी। पुनः यह सीमांकन भी अधूरा रहा। सन् 46 में जनमे राय साहब की कक्षा 5 तक की शिक्षा पं. बंगाल के मालदा जिले में, जहाँ पर आपके परिवार के लोग अच्छे-भले खेतिहर के रूप में जमे हैं, हुई। इसके बाद कक्षा 6 से 8 तक की शिक्षा सोनाड़ी के बगलगीर गाँव अवथही मिडिल स्कूल में और दसवीं (हाईस्कूल) की शिक्षा पड़ोस के ही इंटर कॉलेज मछटी में संपन्न हुई अर्थात् तेज, ग्रहणशील और अति कोमल भावुकता भरी किशोरावस्था पूरी तरह गाँव और किसान-संस्कृति में रची-बसी रही। गाँव की गलियों की पवित्र ऊर्जा भूमि की संजीवनी धूल में लोट-पोटकर राय साहब के जीवन के आस्थावादी व्यक्तित्व ने निखार लिया और उत्तरोत्तर विकसित होता गया। राय साहब का अंतस्थ ग्राम देवता सतत जाग्रत् रहा।

इसी ग्राम देवता के प्रभाव से उनमें कुछ ऐसा दिखाई पड़ा, जिसके चलते उन्हें प्रेरणा-पुरुष और संत स्वभाव कहा गया। उनकी पोशाक, बोली, चाल-ढाल, कार्यशैली ही नहीं; उनके विरोध, संघर्ष, हस्तक्षेप और विद्रोह में भी यही अंतस्थ संत ऊर्जास्रोत के रूप में स्थित है। यह संत वह नहीं है, जो एकांत में केवल माला घुमाता है। यह भगवान् कृष्ण प्रदत्त गीता हाथ में लेकर और भीतर उसे आत्मसात् कर संघर्षरत रहता है। योगस्थः कुरु कर्माणि सङ्गं त्यक्त्वा धनञ्जय। सिद्ध्यासिद्ध्योः समोभूत्वा समत्वं योग उच्यते॥ उसे राज्य, सुख-लोभ विचलित नहीं कर सकते। वह 'पद्मपत्रमिवाम्भसा' होकर आकर्षण का केंद्र बना रहता है। संसार की भाषा में कहें तो उसे विदेश-यात्रा, विशेषकर रूस यात्रा जैसा प्रस्ताव भी मिलता है, तो अस्वीकार कर

देता है। चुनाव जीतकर सांसद बनने का अवसर मिला तो झटक दिया। राजनीतिक सत्ता प्राय: कीचड़ हो जाती है। उसे सत्ता नहीं, जनसत्ता चाहिए, उसे सरकार से प्रीति नहीं, सरोकारों से संपृक्ति है, उसे चिंता मुकाम की नहीं, सारा चिंतन मूल्यों और मुद्दों के इर्द-गिर्द, मात्र सेवा के लिए। मेवा की माया ढेर-ढेर सामने है, मगर वह उसकी ओर देखेगा भी नहीं।

तो ऐसे हैं रामबहादुर राय। प्रधानमंत्री मोरारजी देसाई, चंद्रशेखर, विश्वनाथ प्रताप सिंह, राजीव गांधी और अटल बिहारी वाजपेयी से राय साहब का घनिष्ठ संबंध था। लालू प्रसाद यादव, मुलायम सिंह यादव, सोमनाथ चटर्जी और लालकृष्ण आडवाणी आदि-आदि शीर्षस्थ माननीयों और सत्ता-संपन्नों से उनका निकट संबंध था, परंतु इस संबंध को स्वार्थपूर्ति में योजित करने के लोभ से वे विरत रहे। चकाचौंध और रोब-दाब से नाता दूर का रहा। जो कुछ जुड़ाव है, वह राष्ट्रीय सोच के विशाल वृत्त में सक्रिय है। अपने 'सादा जीवन उच्च विचार' के लिए लेखनी का वरदान पर्याप्त है।

वास्तव में उनके उक्त 'सादा जीवन उच्च विचार' वाले स्वरूप को एक बार बहुत निकट से देखने का अवसर मिला था। अवसर था राय साहब के भाई श्री विजयबहादुर राय के पुत्र के विवाह का। बरात 7 जनवरी, 2000 को उनके सोनाड़ी गाँव से ऊँचाडीह (गाजीपुर) गाँव में गई थी। उसमें जनपद के विशिष्ट जन, प्रदेश के नामी पत्रकार तो थे ही; प्रभाष जोशी और गोविंदाचार्य आदि जैसे भी थे। राय साहब का प्रभाव-प्रताप प्रत्यक्ष था, परंतु वे कहीं से अपने को विशिष्ट रूप में सामने नहीं आने दे रहे थे। अपने गाँव की बरात में गाँव के ही एक किसान के रूप में मैंने उन्हें सम्मिलित पाया। राय साहब के प्रभाव से या उस गाँव के चलन के चलते, या जैसे भी हो, उस बरात में पूरी तरह पुरानी पंरपरा का निर्वाह हो रहा था। उस परंपरा में राय साहब संपूर्ण रूप से रचे-बसे मिले, यहाँ तक कि शाम को 'आज्ञा' माँगनेवाली रस्म को पूरा करने के लिए गाँव के बाहर पड़े शामियाने में घराती लोग परंपरागत साजो-सामान के साथ चले तो साथ में राय साहब भी प्रभाषजी आदि के साथ चले और रस्म अदायगी के दौरान गाँववालों के साथ पालथी मारकर

बैठे, देर तक लोकगीत गायन सुनते रहे। प्रभाषजी सहित सभी प्रबुद्धजन साथ में। न कुरसी-सोफा, न स्टेज या सजावट। नगरनिष्ठ अभिजात पार्थक्य पराजित था। आधुनिकता पछाड़ खा रही थी। उस मांगलिक सादगी, कृषि संस्कृति के पावन जुटाव और अति सभ्य दर्शन में मुझे राय साहब का 'दर्शन' दीख रहा था। तो क्या था वह दर्शन? अपनी माटी से, अपनी जड़ से जुड़ाव का दर्शन, 'सरल सुभाउ हुआ छल नाहीं।' का दर्शन, गाँव की सोंधी सुवासित माटी का राजधानी तक उछाल का दर्शन। गाँव मौन ऊर्जा क्षेत्र है और राजधानी मुखर संघर्ष-क्षेत्र। इस प्रकार के परिदृश्य वास्तव में मुझे बहुत आकर्षित करते हैं और कुछ सार्थक विचारों में डुबो देते हैं। प्रभाष जोशी अपने मालवा स्थित गाँव से जुड़े थे या नहीं, यह तो मुझे नहीं मालूम है, किंतु वे सोनाड़ी से करइल की उर्वर माटी से जैसे जुड़ गए हैं। इस वैवाहिक निमंत्रण में ही नहीं, वे इसके पूर्व बार-बार, अनेक बार राय साहब के गँवई नेह की डोर में खिंचकर आए। आकर्षित हो डॉ. मुरली मनोहर जोशी भी एक बार आए। कोई कार्यक्रम नहीं, कोई प्रचार नहीं। यह सब राजधानी में छोड़कर आए, ऊर्जस्वित होने के लिए।

निस्संदेह गाँव की ऊर्जा चुक नहीं गई है, चुक गया है और चूक जाता है नगर धँसा व्यक्ति, जो उसे भीतर उतार नहीं पाता, अपने में भर नहीं पाता है। भरे भी तो कैसे? भीतर ठसाठस नगर बसा है, बेचारा फिंक जाता है। 'गाँव गया था, गाँव से भागा।' किंतु यहाँ देखता हूँ उल्टी बात है। भागना नहीं, गाँव का भाग बन जाना। कहते हैं, गाँव के बाहर राय साहब का एक बगीचा है। उसके कोने पर अकेले जाकर प्रभाष जोशी बैठते थे और बाग के किनारे से जानेवाले गाँव के व्यक्तियों से घुल-मिलकर बात करते थे। सुख-दुःख बँटता था। संभवतः इस बाँट में जोशीजी के पल्ले कुछ कीमती विचार पड़े जाते हों और वे उनकी वैचारिक ऊर्जा बन जाते हों! यह गाँव की ऊर्जा की एक स्थिति का प्रमाण है।

पत्रकारिता के साथ संघर्ष, प्रतिरोध और समर्पित, नेतृत्व के पृष्ठ संस्कार राय साहब के भीतर किशोरावस्था में ही पड़ गए थे। इसी समय

वे गाजीपुर के जुझारू और अति प्रभावशाली नेता कॉमरेड सरजू पांडेय के संपर्क में आए। इस संपर्क की गंभीर लीक अमिट संस्कार बन गई। हाईस्कूल पास कर हरिश्चंद्र कॉलेज का विद्यार्थी-जीवन, फिर ग्रेजुएट, पोस्ट ग्रेजुएट और कानून (बी.एच.यू.) समूचा विद्यार्थी जीवन अखिल भारतीय विद्यार्थी परिषद् के बैनर तले आंदोलन, आंदोलन और आंदोलन। चमत्कार प्रतिभा का कि पॉलिटिकल साइंस (ऑनर्स) और अर्थशास्त्र की उच्च शिक्षा में ऊँचे अंक और फिर शोधकार्य की संपन्नता भी साथ-साथ। न कहीं विद्याध्ययन में ढील और न आंदोलनों की जुड़ती नई-नई कड़ियों में शिथिलता। अपनी झनक से पूरे बिहार को झकझोरती अगली कड़ी जुड़ी जे.पी. के संपूर्ण क्रांति के आंदोलन से। उपलब्ध भारी सफलता के सामने कर दिया चुनाव को। सत्ता की भागीदारी में सड़ जाना गँवारा नहीं था। जनजीवन की बेहतरी के लिए जूझते रहने के लिए संघर्षरत रहने के लिए और प्रतिरोध-चेतना को उदग्र करते चलने के लिए नई राह, नया मंच सामने आ गया पत्रकारिता का, वही गति और प्रगति। घोटाले थर्राने लगे। देश का विस्फोटक यह कलमकार सदा जगा है। ''नींद कहाँ उनकी आँखों में जो धुन के मतवाले हैं। गति की तृषा और बढ़ती पड़ते पग में जब छाले हैं।'' (दिनकर) तो यह रही किशोरावस्था के संघर्षी नायकत्व के संस्कार-बीज के विकास की एक रूपरेखा, जो सरजू पांडेय के संपर्क से भीतर पड़ी थी।

राय साहब के समर्पित जीवन के उक्त दूसरे महत्त्वपूर्ण क्षेत्र पत्रकारिता की चर्चा क्षण भर के लिए रोककर फिर उनके गाँव पर लौटें। समाचार-पत्र पढ़ने की उनकी लत और ललक मिडिल स्कूल की पढ़ाई के समय से ही भीतर सुदृढ़ हो गई थी। उनके अध्यापक पिता के परिवार में 'आज' (वाराणसी) तो घर पर ही मँगाया जाता था, मगर उक्त शौक में इलाहाबाद से प्रकाशित 'लीडर' भी बाद में सम्मिलित हो गया, जिसे लेने के लिए नित्य साइकिल से कई किलोमीटर दूर उसकी एजेंसी तक का सफर करना पड़ता था। लोकप्रिय नेता पांडेयजी के अतिरिक्त कुछ और जनपद के नेताओं से परिचय और राजनीतिक चर्चाओं ने इस समाचारवाचन के संस्कार को

बहुत सुदृढ़ बना दिया। बाहर की पढ़ाई के क्रम में गाँव पर छुट्टियों में आने का समाचार-पत्र का संग दिनचर्या का प्रमुख अंग बन जाता। 'आज' और 'लीडर' के साथ बाद में 'स्टेट्समैन' (कलकत्ता) से भी दोस्ती हो गई। शिक्षावाले दिनों के राजनीतिक आंदोलनों की सक्रिय भागीदारीवाले किशोरावस्था के उक्त संस्कार-बीज ने पल्लवित-पुष्पित होकर फलवान् रूप में राय साहब के इच्छित लक्ष्य को बहुत धारदार बना दिया। उनके पत्रकारिता मिशन पर पूरे देश की निगाहें टिकने लगीं। खोजी पत्रकारिता के शीर्ष पत्रकार पुरुष के रूप में उन्हें रेखांकित किया जाने लगा। 'मीडिया विमर्श' (भोपाल) ने राय साहब पर एकाग्र एक दमदार विशेषांक 'बहादुर कलम' नाम से प्रकाशित किया। संपादकीय में संजय द्विवेदी उन्हें बदलाव और परिवर्तन की चेतना-संपन्न सजग नागरिक और आंदोलनकारी के रूप में स्मरण करते हुए लिखते हैं—

> "जिस दौर की पत्रकारिता की प्रामाणिकता और विश्वसनीयता पर ढेरों सवाल हों, ऐसे समय में रामबहादुर राय की उपस्थिति हमें आश्वस्त करती है कि सबकुछ खत्म नहीं हुआ है। सही मायने में उनकी मौजूदगी हिंदी पत्रकारिता की उस परंपरा की याद दिलाती है, जो बाबू राव विष्णुराव पराड़कर से होती हुई राजेंद्र माथुर और प्रभाष जोशी तक जाती है।"

उक्त यशस्वी परंपरा का संपूर्णता के साथ निर्वाह राय साहब के द्वारा अति कठिन काल में होता गया। सन् 82-83 से 'नवभारत टाइम्स' और 'जनसत्ता' के पत्रकारिता पड़ाव, सन् 2004 से 'प्रथम प्रवक्ता' के और फिर 2010 से 'यथावत्' (मासिक) के पड़ाव, वाद-विवाद और संवाद का भरोसेवाला पड़ाव, सर्वत्र उनकी विश्वसनीयता एकरस बनी रही। जिस समय पत्रकारिता पर राजनीति और बाजार-व्यवसाय सहित उपभोक्तावाद का दुर्दम्य दबाव बना रहता हो, उस समय अग्निपरीक्षा में खरा उतरना बड़ी बात है। समय की अद्भुत समझ और उसे विश्लेषित करने की सूक्ष्म अंतर्दृष्टि राय साहब के निर्भीक मानस की अक्षय ऊर्जा रही है। इसी पूँजी

को लेकर राजनीतिक चकाचौंध में भटकती, कलंकित होती पत्रकारिता को मोड़ दे-दे उन्होंने भरोसेवान बनाया। इन्हीं सब स्थितियों को देखते हुए प्रतिष्ठित पत्रकार रघु ठाकुर ने लिखा, "श्री रामबहादुर राय जैसे अपवाद भी हैं, जो न केवल कलम की, विचार की और ईमानदारी की थाती को सँजोकर रखे, बल्कि उसके साथ जी रहे हैं। उन्होंने बेबाकी से अपना लेखन किया है और सहमति-असहमति की चिंता नहीं की। उन्होंने मित्रों की नाराजगी की परवाह भी नहीं की और सत्ताओं से टकराने का जोखिम भी उठाया, परंतु अपनी ईमानदारी को प्रभावित नहीं होने दिया।"

बहुत बड़ी बात है। बड़ाई यह भी कि वर्तमान धर्म-क्षेत्र का संघर्ष 'यथावत्' चल रहा है, वही राह, वही काँटाकुस भरी डगर, वही बहुवर्णी प्रलोभनों की चकाचौंध और फिर बीहड़ अँधेरे, सबके बीच एक अडिग पत्रकार शूर की निर्भय मुद्रा आकर्षित करती रहेगी। समाचार-पत्रों के स्वामी बना लें उसे अपना व्यवसाय, हो जाए आज की पत्रकारिता रीढ़विहीन और सत्ता से उसका गठबंधन हो जाए कोढ़ में खाज जैसा! रामबहादुर राय सबसे अप्रभावित रहेंगे—

हम तो दरिया हैं, हमें अपना हुनर मालूम है,
जिस तरफ भी चल पड़ेंगे, रास्ता बन जाएगा।

अंत में एक बात और, कुछ वर्षों पूर्व राय साहब मेरे आवास पर आए। फोन करके आए, ठीक समय पर। कार से अकेले उतरे। कार गेट से कुछ पहले ही रुक गई थी, जबकि वह आ सकती थी। मैं गेट पर खड़ा था। आगे बढ़ा। देख रहा था, एक सर्वोदयी सादगी नातिधवल साफ-सुथरे खादी के कुर्ता-पाजामा में सधी चाल से आगे बढ़ रही है। मिलने पर ऐसा नहीं लगा कि राजधानी के किसी अग्निधर्मी वाणीवाले शीर्षस्थ हिंदी पत्रकार से मिल रहा हूँ। क्षण भर बाद ऐसा लगा कि किसान-संस्कृति की सुगंध से पूर्ण एक 'देसी आम आदमी' के साथ बैठा हूँ, टेबल के इधर-उधर पत्रकारजनों जैसी तेजी-त्वरा, चौकन्नी-चुंबकी निगाहें और धाक-धमक, कहीं कुछ नहीं, जो कुछ था, वह एक सहज-सरल, भाव-संपन्न शुभचिंतक का आश्वस्तकारी

मिलना था। चाय-पानी के साथ उन्होंने मेरे स्वास्थ्य और चल रही साहित्य-सेवा के बारे में पूछा, विशेषकर यह कि आजकल मैं क्या लिख रहा हूँ। मैंने बताया कि कुछ संस्मरण लिखे जा रहे हैं, जो इस फाइल (पांडुलिपि) में जुड़ते जा रहे हैं, मगर गति बहुत ही धीमी है। वह फाइल पास में ही पड़ी हुई थी।

बहुत देर तक मेरे लेखन में गाँव की उपस्थिति की सार्थकता पर वे अपनी प्रसन्नता व्यक्त करते रहे। कुछ देर तक नए दौर के साहित्यकारों की खंड-खंड मानसिकता और खेमों की खींचतान की चर्चा के बीच अचानक वे पास में पड़ी फाइल को लेकर उलटने-पलटने लगे। उनकी पैनी पत्रकार दृष्टि ने कम समय में शायद अधिक कुछ देख लिया था। फाइल बंद कर प्रसन्न मन बोले, अच्छे-भले लोगों को आलेखों में समेटने का यह प्रयास मन को छूनेवाला है। इस पुस्तक का नामकरण मैं करूँगा।

बहुत आहिस्ते-आहिस्ते जेब से अपनी कलम निकालकर पांडुलिपि (फाइल) के ऊपर लिख दिया, 'यादों के झरोखे से'। एक उपन्यास के दबाव के चलते वह पांडुलिपि पूर्णता तक नहीं पहुँची और न ही पुस्तक का आकार ले सकी। फिर वह बुढ़ौती के आलस में फँसी तो अब तक फँसी ही रह गई। उसका झरोखा खुला ही रह गया। अब लगता है, उसे इसी एक जबरदस्त सुगंधित बयार की प्रतीक्षा रही है।

□

हरिवंशराय बच्चन : कुछ यादें

बच्चनजी मेरे प्रिय कवि रहे हैं। उनका नाम सन् 1943–44 के इर्द-गिर्द एक बहुत कुतूहल भरी सूचना के रूप में सामने आया। सूचना इस रूप में थी कि पड़ोसी गाँव गोंडउर के चरवाहे भैंस की पीठ पर बैठकर बच्चन कवि की 'मधुशाला' गाते-गाते भैंस चराते हैं। सूचना की पूरी व्याख्या इस प्रकार थी कि उस गाँव के कुछ अधिक पढ़े-लिखे और संपन्न परिवार के एक युवा जमींदार हैं, जो साहित्यिक रुचि के हैं तथा उन्हें पूरी 'मधुशाला' जबानी याद है। वे स्वयं भी शौकिया भैंस चराते हैं और साथ के अनपढ़ चरवाहों को 'मधुशाला' सुना-सुनाकर याद करा देते हैं।

उन दिनों मैं भी टूटी-फूटी पंक्तियाँ जोड़कर कवि बन गया था। उक्त सूचना ने इतनी उत्सुकता बढ़ाई कि 'मधुशाला' की खोज बढ़ी। कई पुस्तकालयों को छानने के बाद पुस्तक मिली। वह गांधी के प्रभाववाला ग्राम सुधार का आंदोलनी दौर था। लगभग गाँव-गाँव में पुस्तकालय थे। अब किसी गाँव में नहीं हैं। अस्तु, 'मधुशाला' क्या मिली, पुस्तक रूप में एक निधि मिल गई। कहने की आवश्यकता नहीं कि थोड़े ही दिनों में पुस्तक का अधिकांश याद हो गया। कविता का नशा भी बहुत जबरदस्त होता है। वह भी 'और-और' की माँग करता है। बच्चनजी की अन्य पुस्तकों की खोज बढ़ी। हाथ लगीं 'एकांत संगीत', 'सांध्यगीत' और 'निशा निमंत्रण' तो वे कंठहार हो गईं। उनकी एक कविता, संभवतः 'सांध्यगीत' की थी, अब भी नहीं भूलती है। याद है, उन दिनों वह जीवन का एक अंग बन गई थी। उस कविता की कुछ पंक्तियाँ अविस्मरणीय हैं—

"हो जाए न पथ में रात कहीं,
मंजिल भी तो है दूर नहीं—
यह सोच थका दिन का पंथी भी जल्दी-जल्दी चलता है
दिन जल्दी-जल्दी ढलता है।
बच्चे प्रत्याशा में होंगे
नीड़ों से झाँक रहे होंगे
यह ध्यान परों में चिड़ियों के भरता कितनी चंचलता है
दिन जल्दी-जल्दी ढलता है।
मुझसे मिलने को कौन विकल?
मैं होऊँ किसके हित चंचल?
यह प्रश्न शिथिल करता पद को, भरता उर में विह्वलता है
दिन जल्दी-जल्दी ढलता है।"

मैं उन दिनों गाँव में रहता था। खेती देखनी पड़ती थी। दूर-निकट के गाँवों की यात्रा करनी पड़ती थी। अधिक सरोकार दक्षिण दिशा से था। उधर तीन कोस पर ननिहाल, चार कोस पर पटवारी (अब लेखपाल) का गाँव, इतनी ही दूर गंगा तट स्थित तीर्थवाला शहर बक्सर (बिहार) और कोस भर दूर एक गाँव मेड़वरा, जहाँ मेरे कुछ खेत थे। बीच में खेतों का फैला सपाट मैदान। सरोकारवश दक्षिण की ओर किसी जगह सुबह गया, तो संध्या समय लौटते समय उक्त कविता से टकरा जाता। खेतों के सपाट मैदान के बीच से लौटते में सामने बाग-बगीचों से घिरा गाँव दिखाई पड़ता। ऊपर खुले आकाश में किसी ओर तेजी से उड़ती जाती कोई चिड़िया या चिड़ियों का झुंड दिखाई पड़ता। उन उड़ती चिड़ियों में बच्चन की कविता दिखाई पड़ती कि इन सबों का कहीं घर या घोंसला होगा, घोंसले में इनके बच्चे होंगे, अपनी माँ को खोजते होंगे और यही सोच तो है कि प्रातः की फुरसती उड़ानवाले ये पक्षी बहुत जल्दी-जल्दी में हैं, जल्दी से घर पहुँचें। घर! ओह! कितनी प्यारी जगह है। सबका कहीं-न-कहीं घर होता है। मेरा भी घर है। वह बगीचों के झुरमुट में ताड़ के पेड़ की सीध में एक ऊँचा-सा पेड़ है, उसी

की बगल से एक रास्ता गली से होता, आगे एक ऊँचे चबूतरे तक, जिसके ऊपर मेरा, और घर ही तो है कि खींच रहा है, जल्दी-जल्दी चलो, थकावट है तो क्या साँझ घिरने लगी है···फिर वह 'पंथी भी जल्दी-जल्दी चलता है!'

मगर कविता की अंतिम पंक्ति तक पहुँचते-पहुँचते मेरा 'मैं' कविता से छिटक कवि से टकरा जाता और स्वयं कवि हो जाता। एक अज्ञात वेदना की लहर के रूप में मेरे युवा मन को वे पंक्तियाँ छूने लगतीं, अनजानी सिहरन पैदा होती, मैं किसके लिए चंचल होऊँ, मेरी प्रतीक्षा में कौन विकल होगा? और फिर उन दिनों जो मेरा कवि कुछ टूटी-फूटी पंक्तियों में पंख मार रहा था, किस-किस रूप में उड़ान भरने के लिए ऊर्जा पाता रहा, कह नहीं सकता।

कहने का तात्पर्य यह कि बच्चन के गीतों ने जो 'निशा निमंत्रण', 'सांध्यगीत' और 'एकांत संगीत' में प्रकाशित थे, मुझे बहुत प्रभावित किया, मगर 'मधुशाला' बावजूद कंठहार होने के मुझे सृजनात्मक प्रेरणा के अर्थ में प्रभावित नहीं कर सकी। संभवत: इसका कारण मेरा गांधीवादी आदर्शों में ढल रहा व्यक्तित्व रहा। इतने पर भी उनकी कविता की मधुशाला में ललक के साथ बैठकर, काव्य-मधु का रसास्वादन कर जैसे लाखों-लाखों पाठकों को मनोमय तुष्टि-पुष्टि मिली, उसी प्रकार मुझे भी मिली। कवि का दावा था, ''नहीं खतम होने की हरगिज, लाख पियें, दो लाख पियें, पाठकगण हैं पीनेवाले कविता मेरी मधुशाला।''

दावा शत प्रतिशत सच है। उसकी सहज सूफियाना अंदाजवाली मर्मस्पर्शी अभिव्यंजना, सहज संप्रेषणीयता, शिल्प-कौशल, कल्पना की ऊँची उड़ान और श्लिष्ट विदग्धता की कला आदि में अद्‌भुत नूतनता और आकर्षण था, लेकिन बच्चन के गीतों का रंग कुछ और था। उनकी भाव तरंगों की छुवन कुछ और थी। उनका प्रभाव स्थायी था। अब जब मन करता है गुनगुना लेता हूँ और ताजगी का अनुभव होता है। आज के संसार की विनाशोन्मुखी गिरावट देखकर मन में जब-जब यह विचार उठता है कि मरने के बाद अब धरती पर जन्म न लेना पड़े, तब प्राय: याद आती हैं ये पंक्तियाँ—

"अब मत मेरा निर्माण करो
तुमने न बना मुझको पाया,
युग-युग बीता मैं घबराया।
हे कुंभकार, मेरी मिट्टी को-
अब न अधिक हैरान करो।
अब मत मेरा निर्माण करो॥"

सन् 1950 के पूर्व बच्चन का मेरे ऊपर जो प्रभाव था, वह उनका साहित्य पढ़कर था। वास्तव में साहित्यकार अपने साहित्य में ही संपूर्ण रूप में स्थित रहता है। उसका सृजन ही उसका वास्तविक रूप होता है। इतने पर भी उसे निकट से देखकर तथा उसका सत्संग पाकर जो प्रेरक आनंदोपलब्धि होती है, वह बहुत मूल्यवान होती है। मुझे भी सौभाग्यवश एक ऐसा अवसर मिला था। बच्चन की कविताओं की भाव-छवियों को देखने के बाद वह प्रत्यक्ष दर्शन बहुत आह्लादकारी था।

मेरी पहली पुस्तक 'अर्गला' (काव्य-संग्रह) सन् 1951 में प्रकाशित हुई। उसकी भूमिका लिखवाने के लिए उस साल 29 जून को मैं वीररस के महाकवि पं. श्याम नारायण पांडेय के घर डुमराँव (जिला मऊ) पहुँचा। उस दिन वे कलकत्ते की यात्रा पर निकल रहे थे। राजस्थान क्लब की ओर से कवि-सम्मेलन का बुलावा था। वे अति आग्रहपूर्वक मुझे भी लेते गए। वहाँ दो सप्ताह का फैला हुआ कार्यक्रम था। वहाँ प्रमुख रूप से कविगण श्री बसंत कुमार बिड़ला के अतिथि रहे। मुख्य कार्यक्रम 1 जुलाई, 1951 को था। कवि सम्मेलन में हरिवंशराय बच्चन भी थे। इसके अतिरिक्त बेधड़क बनारसी, हंस कुमार तिवारी, आशुकवि जगमोहन अवस्थी, श्रीमती सुमित्रा कुमारी सिन्हा और पं. श्यामनारायण पांडेय प्रमुख थे। इन कवियों में बच्चनजी हर तरह से बहुत ऊँचे हो जाते थे। उनका संपूर्ण व्यक्तित्व एक भावमय, शांत और गंभीर चिंतक जैसा लगता था। वे रात में हम लोगों के साथ नहीं, कहीं अन्यत्र रुकते थे। दो सप्ताह फैले काव्य-पाठ के हर कार्य में वे उपस्थित भी नहीं होते थे। किसी सहज गरिमावाले व्यक्ति के सामने

उनके अन्य समानधर्मी सहज रूप में ही हल्के पड़ जाते हैं।

कलकत्ते के ओरियंट नामक प्रथम वातानुकूलित सिनेमा हॉल में राजस्थान क्लब का प्रमुख कार्यक्रम 9 बजे दिन में आरंभ हुआ। आयोजकों में एम.एल. जालान, जी.एन. खेतान, बी.पी. सिंह राव और बी.के. बिड़ला थे। हाल दर्शकों से खचाखच भरा था। श्रोताओं में पांडेय बेचन शर्मा उग्र, आचार्य परमानंद शर्मा और डॉ. सुधाकर पांडेय भी थे। बच्चनजी ने प्रथम राउंडवाले काव्य-पाठ में अपनी एक प्रिय रचना सुनाई थी—

"प्रिय शेष बहुत है रात, अभी मत जाओ।
शिथिल पड़ी नभ की बाँहों में-
है रजनी की काया,
चाँद चाँदनी की माया में-
है भूला भर गाया।
प्रिय शेष बहुत है बात, अभी मत जाओ।
प्रिय शेष बहुत है रात, अभी मत जाओ॥"

बहुत ही डूबकर, भावमय और आकर्षक मुद्रा में बच्चनजी ने काव्य पाठ किया था। तालियों की गड़गड़ाहट से हॉल गूँज उठा था। पं. श्याम नारायण पांडेय के काव्य-पाठ पर भी इसी प्रकार तालियाँ बजी थीं, परंतु उनके प्रतिस्पर्द्धी मन में यह बात बैठ गई थी कि बच्चनजी उनसे बाजी मार रहे हैं। अपने लोगों के बीच इस संदर्भ की एक कविता भी हम लोगों को फुरसत के समय सुनाई थी। कविता में बच्चनजी के काव्य-पाठ की आलोचना हुआ करती थी। एक कविता में आता था कि काव्य-पाठ के बीच-बीच में पानी नहीं पीता हूँ और जनानी कविता नहीं सुनाता हूँ। अंतिम पंक्ति याद आ रही है, "कविता मरदानी पढ़ा करता हूँ।"

बेशक, पंडितजी बेहद जोश में वीररसावतार बन कड़कती-फड़कती भाषा में अपनी काव्य-गर्जना संपन्न करते थे, बेहद लोकप्रियता अर्जित करते थे, परंतु बच्चन जैसा गांभीर्य और काव्य-सौष्ठव आते-आते भी कहीं छिटक जाता था। फैसला समय ने भी कर दिया। बच्चन कवि-सम्मेलनों

में जाकर भी अनेक कारणों से 'कवि-सम्मेलनी कवि' नहीं हुए और समय के साथ उनका मान बढ़ता गया। उनकी अपनी पहचान नहीं मिटी, हालाँकि तेजी से बदलते समय के साथ व्यक्तियों की पहचानें भी बेपहचान में तब्दील होती जा रही हैं। मुझे इस संदर्भ की बच्चन की ही, 'हलाहल' की एक कविता बारंबार याद आती है—

"आज दस वर्षों से यह पीत-/चमेली खिलती एक प्रकार,
उतर आती इस पर हर साल/अनोखी एक बसंत बहार।
किंतु आकर हर बार बसंत/पूछता मुझसे एक सवाल-
तुम्हीं हो क्या वह व्यक्ति/जिसे देखा मैंने पर साल?"

कविता ने जीवन के एक भयानक यथार्थ को सामने लाकर खड़ा कर दिया। 'मधुशाला' के आनंदोल्लासी आदर्श, उच्चाशा, दर्शन की उड़ान और जीवन का सारा-सारा आशावादी पक्ष इस 'हलाहल' में ध्वस्त हो गया। अपने गंभीर जीवनानुभवों को जिस प्रकार इस पुस्तक में कवि ने निचोड़ रखा है, उससे उनके व्यक्तित्व में निहित संतुलन, समन्वय और चिंतन के सही दिशाबोध का पता चलता है। मुझे इस पुस्तक ने बहुत प्रभावित किया था, 'मधुशाला' से भी अधिक। उन दिनों इसे मैं बारंबार पढ़ता और हर बार कुछ-न-कुछ नयापन लगता, खासतौर पर इस कृति की प्रस्तावना रूप में लिखी आरंभिक कविता का संदेश तो अविस्मरणीय है। कवि ने बहुत सहजता से स्वीकारा है—

"नहीं मैं यह कहता हूँ भूल/कि जब था आमज्जित मधु बीच,
नहीं क्यों आकर मुझको मीत/गई ले इस जीवन से खींच।
तभी मैं करता यदि प्रस्थान/अधूरा रहता मेरा ज्ञान
मुझे आया है मधु का स्वाद/हलाहल पी लेने के बाद।"

उक्त छंद में जैसा प्रसादगुण है, जैसी स्वच्छंद-सहज प्रवाह की संप्रेषणीयता है, वैसी ही विशेषता 'हलाहल' के हर छंद में भी मिली। 'हलाहल' में ही क्यों, उनकी हर कृति में, उनकी गद्य रचना, आत्मकथा के

तीनों भागों में भी सहजता-संप्रेषणीयता की छाप मिली। उनकी लोकप्रियता का यह भी एक रहस्य है। मेरा सौभाग्य रहा ऐसे महान् लोकप्रिय कवि का कलकत्ते में सान्निध्य पाना। बहुत जूनियर था अतः इस सान्निध्य का लाभ उठाने, कुछ बात करने में सहम रहा था। अंततः एक दिन फुरसत देखकर सामने हो ही गया। क्या पूछा, यह तो पूरा याद नहीं है, परंतु प्रसन्न आत्मीयता के साथ बच्चनजी का उत्तर देना तो एकदम अविस्मरणीय है। वे वास्तव में महान् थे। एक मूल्यवान बात, जो मेरी किसी जिज्ञासा का समाधान करते हुए कही थी अवश्य ही याद रहती है कि कुछ शब्द जोड़-बटोरकर कवि बन जाना तो आसान है, परंतु वास्तव में काव्य-सृजन बहुत कठिन है। कठिन का अर्थ अब यह समझ रहा हूँ कि वह एक तप है, काव्य ध्यान, योग है। अंत में मैं ऐसे काव्य-योगी को प्रणाम करता हूँ।

□

मनु शर्मा : कृष्ण की आत्मकथा

महाभारत के कृष्ण सहित प्रमुख प्रात: स्मरणीय पात्रों की आत्मकथाओं के लेखन में प्रख्यात कथाकार मनु शर्मा ने एक कीर्तिमान स्थापित किया है। आपकी इस विधा की कृतियों के भीतर से गुजरना सहृदय पाठकों के लिए एक नया अनुभव होता है। सृजन तप-तपते और एकांत कथा-साधना में रत आपने सांस्कृतिक, ऐतिहासिक और सामाजिक आदि क्षेत्रों में बहुत लंबी यात्रा की है। पुराणेतिहासिक क्षेत्र आपका प्रमुख क्षेत्र है। मूलत: कवि होने के कारण गहन अनुभूति, भावानुकूल संवेग और व्यक्तित्व की अंतरमुखता आपकी रचनाओं की पूँजी बनती है। आपके उपन्यासों में द्वंद्व संकुल कोलाहलपूर्ण राजनीति, कूटनीति, षड्यंत्र और आघात-प्रतिघात की तसवीरों के बीच भी यत्र-तत्र वह पूँजी अपना चमत्कार दिखाती चलती है, विशेषकर 'कृष्ण की आत्मकथा' में यह शिल्प अधिक प्रभावी सिद्ध होता है। इस कथा का द्वितीय भाग, जिसमें अत्याचारी कंस के मारे जाने से लेकर द्वारका-निर्माण और कृष्ण के मथुरा छोड़ 'रणछोड़' उपाधि प्राप्त करने तक की घटनाओं का उत्कीर्णन है, मुझे बहुत प्रभावित करता है।

अन्यान्य उदात्त चरित्रों के साथ कृष्ण का आत्मकथात्मक चयन वास्तव में मनु शर्मा का एक बहुत बड़ा साहस है, साथ ही जोखिम भी कम नहीं। 'गिरे तो चकनाचूर।' मनु शर्मा का पूरा नाम हनुमान प्रसाद शर्मा है। संभव है, इस कृति की सफलता के पीछे मंगलमूर्ति हनुमान का ही 'प्रसाद' हो! राम और कृष्ण एक ही हैं। इस कृति में भार्गव परशुराम से उनके आश्रम में कृष्ण का मिलन बहुत प्रभावशाली रूप में चित्रित है। वार्त्तालाप-

क्रम में स्थानीय गरुड़राज ने परशुराम से कृष्ण का परिचय पूछा है, तो उन्होंने कहा है, ''कभी तुम्हारे पूर्वजों ने (संकेत जटायु से है) इनकी पत्नी सीता की रक्षा'' में स्वयं को उत्सर्ग किया था। अब इनकी रक्षा में तुम्हें सन्नद्ध रहना होगा। (पृ. 229) यहाँ 'इनकी पत्नी' शब्द प्रयोग अर्थगर्भित है। आगे की वार्त्ता में यह स्पष्ट ध्वनित होता है कि उस अयोध्या के राम की ही भाँति धरती का भार बने अत्याचारी और अहंकारी असुर-वृत्तिक शासकों का अंत करने और धर्म-स्थापना के लिए ही आपने (कृष्ण ने) अजन्मा होकर भी जन्म लिया है। वास्तव में यह स्थल बहुत मार्मिक और सांकेतिक है। पाठक के मन में कौंध जाता है कि कृष्ण अनंत परमात्मा हैं। वे अखिल ब्रह्मांड के स्वामी, सर्वव्यापी और जीवात्माओं के समस्त कर्मों के साक्षी हैं तथा अपनी योजनानुसार समस्त भौतिक जगत् की सृष्टि कर उसका संचालन करते हैं। तो ऐसे कृष्ण को अपनी भौतिक विज्ञान-युग की 'आधुनिक कलम' से उठाकर और आत्मकथा शिल्प में उपन्यस्त कर मनु शर्मा यशस्वी होते हैं।

कृष्ण की आत्मकथा को लिखने के लिए लेखक को अपने मन को कृष्ण के मन में मिलाना पड़ा है। वे 'मन्मना भव' तक सधे प्रतीत होते हैं; इस कृति के लिए यह कठिन शर्त रही, मगर वर्तमान समय के दबाव से वे इस प्रकार की भाषा कहीं कुछ नहीं कह सकते थे कि 'सर्व धर्मान् परित्यज्य मामेकं शरणं व्रज' अथवा 'बलं बलवतां चाहं' और नहीं कहा है। फिर ऐसा लगता है कि नहीं कहकर भी सबकुछ कह दिया है। उनकी भाषा जो उपन्यस्त हुई है, 'कर्म' की भाषा है। बहुत ऊँची और गूढ़ भाषा है। आरंभिक 'कृष्णोवाच' में स्पष्ट संकेत है। वे (कृष्ण) कहते हैं, 'न पाने की निश्चिंतता के साथ भी कर्म में अटल आस्था ही मुझे दौड़ाए लिये जा रही है। यही मेरे जीवन की कला है। इसे लोग लीला भी कह सकते हैं, क्योंकि वे मुझे भगवान् मानते हैं।' इसी प्रकार पूरे उपन्यास में स्थान-स्थान पर नकार ध्वनि में लीला और कर्मयोग रूप में भगवत्ता स्वीकार होती चलती है। भक्ति तत्त्व लगभग खारिज है, तो भी कृष्ण के आस्वादन में अथवा उन्हें आत्मसात्

करने में कोई कठिनाई नहीं होती है। उपन्यास-कला का योग सहृदय पाठकों के पक्ष में पड़ता है।

कृति में उपन्यास की एक शर्त पूरी होती दीख रही है। 'आरंभ' होता है समस्याओं से; जैसे मथुरा कंस के मरने के बाद जरासंध की 'मुट्ठी में है' और उसकी आतंकी छाया में खलबला रही है। उधर कंस की लाश पड़ी है, इधर प्रद्योत, कंस-पुत्र और वृतघ्न, जरासंध के साले के बीच तलवारें चल रही हैं। मागधी और मथुरिया सैनिक भिड़े हैं। गृहयुद्ध चालू है। सिंहासन सूना है। सवाल आरक्षित मथुरा की प्रजा के संहार को बचाने और शांति-सुव्यवस्था स्थापित करने का है। उपन्यास का 'अंत' कृष्ण-बलराम के मथुरा छोड़ द्वारका की नवनिर्मित राजधानी के लिए मथुरा की पूरी अपनी प्रजा के साथ जाने से होता है और इसी के साथ सभी आरंभ की समस्याएँ बहुत सहज, अप्रत्याशित रूप से हल होती दीख रही हैं। बिना युद्ध और संहारक दृश्य के जरासंध का आतंक समाप्त हो जाता है। बीच की घटनाओं में असुरों और प्रजापीड़क पापी राजाओं का अंत दीख रहा है। कृष्ण के चमत्कार और उनके ईश्वरत्व की ध्वनियाँ बारंबार पाठकों के कानों से टकराती चलती हैं। समस्त घटनाएँ एक शृंखला में जुड़ी होती हैं और संयोजक कृष्ण की लीला बिना प्रचार के प्रसार पाती दीखती है।

संवाद-शिल्प का सधा हुआ प्रयोग इस कृति का प्रमुख आकर्षण है। लघु-लघु आकारवाले कथोपकथन एक-एक घटना का, स्थिति का, सूक्ष्म चित्र परत-दर-परत उभारकर रोचकता बढ़ा देते हैं। मानवीय संबंधों को, उनके अंतरमर्म को अथवा परिवेश के गूढ़ संदेश को संवेदित करने के लिए यह शिल्प उपयुक्त पड़ता दीख रहा है। इतिहास शैली की भाँति लेखक स्वयं कुछ नहीं कहता है, पात्र बोलते हैं और कथा तीव्र गति से आगे बढ़ जाती है। इस तीव्रता से आस्वादन में कुछ बाधा भी पड़ती है। इसके लिए कृति सावकाश मानसिकता की माँग करती है। कथारस में रुचि के साथ पाठक यदि डूबा है, तो वह यह अनुभव कर सकता है कि नटवर नागर की कथा के लिए यह नाट्य-शिल्प बहुत सटीक बैठ रहा है। पूरी कृति को इसी

शिल्प में ढालनेवाले अप्रतिम सर्जक का यह प्रयोग उपन्यास क्षेत्र में एक प्रतिमान है। रक्तिम आकाशवाली तथा प्रतिहिंसा, वैर-विरोध, षड्यंत्र, कपट जाल, अशांति, ऊहापोह, जासूसी और नाना प्रकार के अराजक उपद्रवों में खलबलाती-खौलती मथुरा को विपत्ति जाल से काढ़ने अथवा यों कहें कि कृष्ण की आत्मकथा के कढ़ने में यह संवाद शिल्प-प्रयोग कथाकार मनु शर्मा के पक्ष में पड़ता है।

कृष्ण की इस कथा की लपेट में तत्कालीन सांस्कृतिक, राजनीतिक और सामाजिक स्थितियों की स्पष्ट पड़ताल होती चलती है। उस समय के भूगोल, राजवंशों के इतिहास, उनके पारस्परिक संबंध, स्थितियों, अंतर्द्वंद्व, जीवन-पद्धति, राजकीय आचार, अनुशासन, व्यवस्था और व्यवस्था को संपूर्ण रूप में ढालनेवाली अराजक-उत्पीड़क अधर्मी-असुर सत्ता, तत्कालीन आश्रम, आचार्य, आर्योचित आचार-व्यवहार और व्यापक-विस्तृत रूप से शिष्ट-विशिष्ट-अशिष्ट जन-सुजन और दुर्जन संकुल समय का चित्रण उपन्यास का आकर्षण है। धैर्यपूर्वक, पढ़ा गया एक-एक पृष्ठ दस-दस बार सुधी पाठकों को चमत्कृत करता चलेगा। वह यह अनुभव कर सकता है कि भागवत और महाभारत के योगेश्वर, महापुरुष, राजपुरुष, परमपुरुष, क्रांतिधर्मी पुरुष, धर्मस्थापक पुरुष और पुरुषोत्तम को लेखक ने सम्यक् रूप से आत्मसात् किया है। लेखक के विस्तृत और गहन अध्ययन की छाप कृति पर स्पष्ट रूप से लक्षित होती है। लौकिक-अलौकिक के साथ-साथ कृष्ण के मानवीकरण और उनकी भगवत्ता के धूप-छाँही चित्र तथा कृष्ण का ईश्वरत्व, उनकी लीला अथवा चमत्कार की चर्चा में अनुरंजन के साथ विचार-चिंतन का विषय बनता है।

इस कृति की उन प्रमुख घटनाओं की, जो पाठकीय चित्त को उद्वेलित, पुलकित, झंकृत या रोमांचित करती हैं, कुछ चर्चा हो जाए। कृष्ण की उस प्रच्छन्न शक्ति के आभास के लिए यह आवश्यक है, जिसमें उनके मात्र उपद्रष्टा अथवा अनुमंता स्वरूप के प्रकाशन से महाक्रांतियाँ घटित होती हैं। इनमें कंस-त्रास से मुक्त होकर भी भयग्रस्त और अरक्षित मथुरा की

मर्मवेदना, जटिल कूटनीतिक फाँस से मुक्त हो महाराजा उग्रसेन का गद्दी पर बैठना अथवा उन्हें बिठाया जाना, कृष्ण और बलराम का उपनयन संस्कार महोत्सव, महाशत्रु जरासंध आदि की उसमें उपस्थिति से पड़नेवाला खलल, उसकी राजनीतिक काट, नर्मदा तट का भृगु आश्रम, समुद्री असुर पंचजन का आक्रमण प्रसंग, उसका अवसान, गुरुदक्षिणा स्वरूप गुरु पुत्र की वापसी, नागद्वीप में नागकन्या से विवाह, कृष्ण-बलराम की अनुपस्थिति में 'जरासंध का मथुरा पर आक्रमण और चेदि, विदर्भ और त्रिगर्त आदि के राजाओं का आक्रमण के साथ होना, कृष्ण बलराम को न पाकर कुछ 'जुर्माना' जैसा लेकर उसका लौट जाना, पुनः आक्रमण की धमकी, उधर कृष्ण का छिपते-भागते और 'लीला' करते रहना, गोमांतक की टेकरी की लीलाएँ, महाभार्गव परशुराम से भेंट, गरुड़राज का संदर्भ, उनकी गरुड़ सेना से जरासंध की लड़ाई, पराजित हो बंदी बनने के बाद कृष्ण द्वारा ही मुक्त कराना, करवीरपुर के शृंगलव की कथा, उसका मोर मुकुट, वंशी और पीतांबर धारण कर कृष्ण बनना, चक्र-बेधित हो अवसान, उसके नरक से ऋषियों का उद्धार, रुक्मिणी का प्रेम प्रसंग, पुनः स्वयंवर का टलना, वृहद् भोज, जिसमें विष देकर कृष्ण की हत्या का षड्यंत्र, कृष्ण का उससे उबर जाना, रेवती-बलराम का प्रेम-प्रसंग, उनका गदा युद्ध, कालयवन का प्रसंग, उसका आतंक, घड़े में बंद उपहारों की रोमांचक राजनीति, फिर अंत का मथुरा त्यागवाला प्रसंग, प्रातः छोड़ना है, पूरी प्रजा के साथ, बैलगाड़ियाँ और रथादि तैयार, मथुरावासियों को कोई दुःख नहीं, कृष्ण पर अपार आस्था, फलाफल को कृष्ण पर छोड़ना, स्वयं कृष्ण का सोचना, 'फल की इच्छा मुझ पर छोड़ी गई।' फिर इस दोहे से, वाक्य से पुस्तक के अंत में कृष्ण के ईश्वरत्व की पूरी प्रतिष्ठा की स्थिति की झलक, ये कुछ घटनाएँ हैं, जो कृति की मुख्य प्रतिज्ञा को पूरी करती हैं।'

पुस्तक के अंत में कर्मफल का कृष्णार्पण होना स्पष्ट रूप से है, अर्थात् गीता-गायक स्वयं बोल रहा है। स्थान-स्थान पर गीता के श्लोक भी कढ़ जाते हैं। सामान्यतः यह एक विसंगति लगती है। अभी महाभारत-युद्ध तो आगे है। फिर समाधान, कि गीता में एक स्थान पर अर्जुन की शंका का

निराकरण करते हुए कृष्ण कहते हैं, हमारे और तुम्हारे अनेक जन्म हो चुके हैं। तुलसी का मानस भी बोलता है, ''कल्पभेद हरि कथा सुनाई''। लगता है, मनु शर्मा का शास्त्रीय ज्ञान कथा कृति में ठीक जगह बना लेता है। यही स्थिति कृष्ण के उलटबाँसी जैसे नकार की है। वे बारंबार कहते हैं, ''हर जगह मुझ पर ईश्वर लादा जाता है।'' (पृ. 306) 'मैं ईश्वर नहीं' (पृ. 24) अथवा 'मुझ पर आरोपित ईश्वरत्व हँसने योग्य है।' (पृ. 163) इसी प्रकार देवत्व, चमत्कार और लीला की चर्चाएँ पूरी पुस्तक में भरी हैं। ऐसे कथन उन स्थलों पर टँके होते हैं, जहाँ युद्ध, विरोध, प्रतिहिंसा, वैर-विरोध, षड्यंत्रादि होते हैं और वे मगधराज के नेतृत्व में एकजुट क्रूरकर्मी प्रत्यंत प्रांतों के राजाओं के निर्देशन में चलते हैं तथा कृष्ण द्वारा वे सब जैसे एक फूँक में उड़ जाते हैं। बहुत थाह-थाहकर लेखक इन दुर्दांत जनों के वृत्तों में उतरता है और उसका उद्देश्य होता है कथा के भीतर अपने प्रवेश में पाठकों को साझीदार बनाना।

लेकिन इसका अर्थ यह नहीं कि पूरी कृति वैर-विरोध की ऊबड़-खाबड़ खड़खड़ाहट से भरी है। इसमें ऐसे संवेदनशील, मर्मस्पर्शी और हृदयांवर्जक चित्र भी हैं, जो पाठकों की आँखों को अश्रुसिक्त कर देने की क्षमता रखते हैं। कृष्ण का उपनयन संस्कारवाला प्रकरण ऐसा ही है। यह कृति का क्लाइमेक्स जैसा है। यह उपन्यास का ऐसा मध्य मणिपर्व है, जिसमें संपूर्ण रूप से भारत का सांस्कृतिक प्रकाश उद्भासित है, विशेषकर इसका भिक्षाटनवाला चित्र अति द्रावक है। रुक्मिणी और कृष्ण का, अपहरण पूर्ववाला प्रेम-प्रसंग रह-रहकर उभरकर कृति को रूमानी रंग देता है। बलराम और रेवती के प्रेम की रसवत्ता के लिए कृष्ण का यह कथन पर्याप्त सांकेतिक है, 'रेवती के लिए भैया का आकर्षण ज्वार के सिंधु की तरह बढ़ता जा रहा था, पर वह अराजक नहीं हुआ, न मुख से और न मुद्रा से।' (पृ. 305) कुछ चरित्र इस प्रकार उभरते हैं कि पाठक उनके कौतुक-कुतूहल रंग में चमत्कृत और अनुरंजित होता है, जैसे उद्धव का चरित्र; वह भागवत के भक्त और सेवक चरित्र से भिन्न है। उद्धव की 'चुहिल' वाले

प्रसंग आदि से अंत तक चले हैं। उद्धव कृष्ण के मुँहलगे विश्वासपात्र मित्र रूप में, उनके जासूस और सुरक्षा सलाहकार रूप में और उनके विरोधियों को अपने व्यंग्यबाणों से बेधनेवाले विदग्ध सहायक रूप में सामने आते हैं। कृष्ण-कथा के व्यापक क्षेत्र में पात्रों की एक भारी भीड़ है। इसलिए अनेक महत्त्वपूर्ण पात्रों की झलक भर मिलती है। तीव्र गतिक घटनाओं के प्रवाह में वे झट-झट सरकते जाते हैं। कृष्ण का जीवन जैसा प्रगतिशील है और जैसे 'नियति की उँगली पकड़कर दौड़ता' चल रहा है, वैसे ही संवाद-शिल्पी मनु शर्मा की यह द्रुत गतिमान कृति अपने स्वाद में खरी उतरती है।

□

प्रभाष जोशी :
युग-मनीषी के साथ कुछ क्षण

5 जनवरी, 2000 की एक शाम। ऊँचाडीह (गाजीपुर) गाँव के बाहर परती में पुराने चलन का एक रंगीन तंबू गड़ा है। महफिल सज गई है। वर पक्ष के प्रमुख लोग तंबू के भीतर सलीके से बैठ गए हैं। गाँव की बरात है। बाहर तंबू की खड़बड़ बहुत है, परंतु कुल मिलाकर सब एक परंपरा की देहाती व्यवस्था के भीतर है। इसी बीच कन्या पक्ष के प्रमुख लोग 'आज्ञा माँगने' नाम की रस्म पूरी करने के लिए पहुँचते हैं। दो-चार मिनट की हलचल में रस्म पूरी हो जाती है। अब नियमानुसार कन्या पक्ष के लोग भी महफिल में एक ओर बैठ जाते हैं। लोकगीत गायक अपना धारदार गायन शुरू करता है। प्रभाष जोशी, जो अब तक पूर्वांचल के इस अति छोटे से गाँव की हर किसानी रस्म को ध्यान से देख रहे थे, गायक की ओर मुखातिब हो जाते हैं। तिलक-दहेजवाला गरम होता बाजार, यहाँ गायक के स्वर में साकार हो रहा है। गीत की एक कड़ी पर प्रभाषजी झूम जाते हैं—

"माँग हमार त पूरे बा, बाकी मिलत साठ हजार बा,
रउवा कहीं केतना ले देबे के विचार बा! गरम बाजार बा!!"

यह एक दृश्य है। आपको आश्चर्य हो सकता है, अविश्वास भी हो सकता है कि नए दौर की पत्रकारिता के दमकते शिखर और नई सोच के बुद्धिजीवीजनों के मन-मस्तिष्क में छाए चट्टानी दृढ़ता संपन्न महान्

पत्रकार प्रभाष जोशी दिल्ली छोड़ पूर्वी उत्तर प्रदेश के इस धुर देहाती गाँव ऊँचाडीह में भला धूल फाँकने क्यों पहुँचेंगे? इसी नाम का कोई दूसरा होगा। ठीक इसी प्रकार का अविश्वास मुझे भी सन् 1997 के मई महीने में हुआ था, जब एक व्यक्ति ने बताया था कि प्रभाष जोशी सोनाड़ी गाँव में आए हुए हैं। सोनाड़ी में? आश्चर्य! सोनाड़ी गाँव से मैं अच्छी तरह परिचित हूँ। मेरे गाँव के पास है। गाजीपुर (उ.प्र.) मुख्यालय से बत्तीस किलोमीटर पूरब। पहुँचने के लिए ठीक-ठाक सड़क नहीं है। निखालिस किसानों का गाँव है। पिछड़ेपन के वरदान को भोगते पूरे जनपद के गाँवों का एक प्रतिनिधि गाँव, करने के लिए जहाँ कोई स्तरीय बुद्धिजीवी नहीं। विकास इतने अव्वल दरजे का कि दस-पंद्रह हजार आबादीवाले इस गाँव में डाकखाना नहीं। तब भला वैचारिक दुनिया का दमकता हीरा दिल्ली से चलकर इस मैले आँचल में कैसे आ पड़ा? 'जनसत्ता' के मंच से सबकी खबर लेने तथा सबको खबर देनेवाले प्रभाषजी से संपर्क तो नहीं के बराबर था, परंतु उनको पढ़-पढ़कर जो अपार सम्मान भाव मन में जमा रहता है, उसी के चलते ऐसा आश्चर्य हो रहा था।

सन् 1997 के बाद फिर दो-तीन साल पर वही खबर मिली। फिर मैंने वास्तविकता का पता लगाया। बात सच निकली और इतनी सच कि सोनाड़ी गाँव से कुछ ही दूर स्थित इस ऊँचाडीह गाँव में प्रभाषजी के पास बैठ लोकगीत-गायन सुनने का दुर्लभ सुख मिल गया। वास्तव में सुख स्वयं सुनने से अधिक प्रभाषजी को तन्मय होकर सुनते और झूमते देखकर हो रहा था। मन में सवाल उठता, क्या वे भोजपुरी लोकभाषा समझ रहे हैं? गाँववालों की 'महफिल' में उन्हीं में से एक होकर स्थिर भाव से बैठने के लिए क्या भीतर से वे राजी हैं? तब ऐसे सवाल भीतर उठ रहे थे और उनका उत्तर भी अपने-आप मिल रहा था। हाँ, वे भोजपुरी समझ रहे हैं। प्रभाषजी के भीतर इस समय भोजपुरी और मध्यप्रदेशीय मालवी लोकभाषा का संगम उतरा है। बोली की मिठास में वे गहरे डूबे हैं। उनकी उत्सवी लोकरुचि सक्रिय है। माटी-माटी सब एक है। प्रभाषजी के भीतर बसा मालवा और मालवा

की माटी का ही यह चमत्कार है। गहरी तन्मयता के साथ सीधे तनकर बैठे सुन रहे हैं। देख रहा हूँ कि परंपरानुसार जल्दी ही 'आज्ञा' की रस्म पूरा कर घराती जन उठकर जाने लगे तो वे यथावत् डटे रहे। उनके साथ के कुछ और लोग भी उन्हें देखकर बैठे रहे। उस समय एक दूसरा भोजपुरी गीत चल रहा था। टी.वी. के रास्ते गाँव-घर के भीतर घुसे नए फैशनवाले विदेशी परिधानों की बखिया उधेड़ रहा था। इस गीत को पूरा सुनने के लिए ही कुछ अधिक समय तक वे रुके रहे, क्योंकि गीत समाप्त होते ही 'अब चला जाए' कहकर खड़े हो गए। क्रिकेट के अप्रतिम दीवाने के भीतर लोकगीत, सीधा लोक संपर्क और लोक-जीवन के प्रति ऐसा आंतरिक लगाव? मैं विस्मित था। उच्चस्तरीय आधुनिक चिंतन-संपन्न नागरिक-अभिजात का अलगाव कहीं से नहीं दिखा, लेकिन लगाव और लोभ भी झलक ही जाना था। लोभ सीधे जनसाधारण की समस्याओं और स्थितियों से रूबरू होना था।

जनवास से आवास पर लौटते समय रास्ते में मैंने उनसे पूछा, "वह भोजपुरी गायन आप समझ रहे थे?" उन्होंने कहा, "ठीक से समझ रहा था। वह एक लाख के दहेजी बोल पर साठ हजार से ऊपर पर पटाने की कोशिश कर रहा था।...बोलियाँ ही भाषाओं की आत्माएँ हैं।"...दूसरे गीत में देखा, "उदारीकरण और बाजारवाद, गाँव में घुसकर कैसी बरबादी ढा रहा है।" तभी उदारीकरण की चर्चा को साथ चल रहे नेताओं ने लपक लिया। वह चर्चा तब तक गंभीरता में डूबी रही, जब तक घराती प्रमुख सुरेंद्र राय का आवास नहीं आ गया। रास्ते की अल्पकालीन चर्चा में मैंने अनुभव किया कि प्रभाषजी के शब्दों में विस्फोटकता और आक्रामकता का तेवर सहजता से लिपटा था। ठीक ही कहा जाता है कि उनमें बदलते युग का गांधी, जयप्रकाश और मार्क्स वैचारिक धरातल पर सक्रिय रहता है। अपने 'सर्वजन हिताय' व्यक्तित्व को लेकर वे जहाँ भी हैं, वहाँ सामाजिक और राष्ट्रीय सरोकारों-सवालों का चिंतन-परिवेश सतत जीवंत है। आवास पर आकर भी वही चर्चा-चिंतन का ही दौर चलता रहा। सुरेंद्र राय, यानी जिनके यहाँ बरात आई है, ऊँचाडीह गाँव में ही नहीं, बल्कि आस-पास के

गाँवों में भी प्रतिष्ठित हैं। वास्तव में वे एक नई वैज्ञानिक खेती के खेतिहर, एक बहुत बड़े, समृद्ध और प्रबुद्ध प्रगतिशील किसान हैं। उनके बहुत बड़े आवास के एक ओर, घराती-बराती भीड़-भम्भड़ से अलग हटकर एकांत-शांत बरामदे में पड़े पलंग पर पुनः पत्रकारिता के उस एक शलाकापुरुष के इर्द-गिर्द पत्रकारों, बुद्धिजीवियों और प्रतिष्ठित नेताओं सहित श्री रामबहादुर राय (संपादक-प्रथम प्रवक्ता) की चुने हुए लोगों की छोटी भीड़ स्वधर्म में जम गई।

वास्तव में रामबहादुर राय ही उस भीड़ की धुरी थे। बरात उन्हीं के पैतृक गाँव सोनाड़ी से यहाँ आई थी। दरअसल, उनके छोटे भाई विजयबहादुर राय के लड़के का विवाह था। इसी सिलसिले में प्रभाषजी आए थे तथा बरात में यहाँ पहुँचे थे। पहले भी प्रायः ऐसे ही मौकों पर राय साहब के साथ वे इस गाँव में आए थे।

सन् 1997 से लेकर 2003 तक पाँच बार इस ग्रामांचल में उनकी उपस्थिति रेखांकित हो चुकी है। एक-दो बार के बाद गाँवों के शिक्षित लोगों ने जाना था कि राय साहब के बगीचे में पड़ी एक खाट पर बैठकर अथवा उनके आवास पर लोगों से साधारण आदमी की तरह बातचीत करनेवाले, बातों-बातों में आम लोगों के सुख-दुःख की टोह लेनेवाले, विकासादि की जानकारी में दिलचस्पी लेनेवाले ये असाधारण व्यक्ति हैं। वे पत्रकारिता में शुचिता, पारदर्शिता और दायित्वबोध से ओत-प्रोत देश के राष्ट्रीय ऋषि पत्रकार हैं! नई दिशाओं, नई सोच के अन्वेषक और उसके लिए अनवरत संघर्षशील इस महान् पत्रकार के विषय में सोनाड़ी गाँव के विजयबहादुर राय और दिनेश राय के मन में बड़ी पीड़ा है। वे भरे मन से कहते हैं, "5 नवंबर, 2009 के बाद तो अब बगीचे में पड़ी रहती उस खाट को इंतजार ही रह जाएगा। अब प्रभाषजी इस पर कभी नहीं बैठेंगे!"

यह पीड़ा मेरे मन में भी है। अब ऊँचाडीह गाँव की वह महफिल और सुरेंद्र राय के बरामदे की वह दुर्लभ बैठकी प्रभाष जोशी की यादगार को कुरेदती रहेगी। हाँ एक बात और, वहाँ रामबहादुर राय ने बैठने में थोड़ा

सुधार कर मुझे प्रभाषजी के सामने कर दिया। फिर कहा, "आप लोग अब बात करें।" मगर कोई बात कहाँ हो सकी? मेरा अभ्यास भी नहीं है, ऐसे जमावड़े में किसी को अपनी बातों से खींच लेने का। कुछ कहने ही जा रहा था कि ग्लोबल वार्मिंग का एक सवाल किसी ओर से ऐसा उछला कि श्रोता बने रहने का आनंद ही हाथ लगा। वास्तव में इस छोटे से गाँव में यह राष्ट्रीय स्तर का अनौपचारिक बड़ा जमावड़ा एक चमत्कार जैसा लग रहा था। प्रभाषजी के अतिरिक्त गाजीपुर के मनोज सिन्हा और सच्चिदानंद राय वगैरह तो थे ही, बाहर से आए कई प्रबुद्ध लोग भी जुटे थे, आकर्षण, चमत्कार रामबहादुर राय का था। वास्तव में वे कम बोलकर अधिक काम को अंजाम देनेवाले, समय के अद्‌भुत पारखी और प्रतिभा के धनी पत्रकार थे। उन्हीं के चलते सोनाड़ी और ऊँचाडीह गाँव की धरती प्रभाष जोशी की चरण-धूलि से पवित्र हुई। एक ऐतिहासिक यादगार बनी। एक अभाव ऊँचाडीह में भीतर तक खटक रहा है, गाँव की ओर से एक अभिनंदन पत्र उन्हें दिया जाना चाहिए था। गाँव चूक गया। मैं स्वयं चूक गया। वह पड़ोसी गाँव भी मेरा अपना ही गाँव लगता है। वह चूक गया और कसक इन शब्दों को लिखते समय मेरे भीतर फिर खुदबुदा रही है। हे युग मनीषी, आप तो अमर हैं। यह संस्मरण लिख गाँव की गलती सुधार रहा हूँ।

□

स्वामी रामानंदाचार्य :
सद्‌गुरु की शब्द-सेनाएँ लड़ रही हैं

भारतीय इतिहास के मध्यकालीन तिमिराच्छन्न आकाश में दिग्दिगंत को उद्‌भासित करते परम प्रकाशस्वरूप स्वामी रामानंदाचार्य का आविर्भाव हुआ। वे महान् शक्तिधर और अलौकिक प्रभावोंवाले महापुरुष थे। उनका दिव्यत्व देख उन्हें भगवान् राम का अवतार घोषित किया गया। 'रामानन्दः स्वयं रामः प्रादुर्भूतो महीतले'। रामभक्ति के प्रथम आचार्य होने के साथ-साथ वे संकटग्रस्त सनातन धर्म, भारतीय परंपराओं और सामाजिक जीवन जैसे क्षेत्रों में एक संपूर्ण क्रांति के अवदान के साथ अवतरित हुए। समरसता और सद्‌भाव के शिखरों को स्पर्श करती सद्‌धर्म की ध्वजा फहराते हुए वे सामाजिक जीवन को नरक बनाती जर्जर रूढ़ियों, संकीर्णताओं, कुरीतियों, अंधविश्वासों और पारंपरिक विद्वेषादि के विरुद्ध षड्‌गहस्त दीखे। किंवदंती नहीं, यह एक ऐतिहासिक सत्य है कि आपकी तेजस्वी प्रतिरोधक शक्ति के आगे एक दुर्दभ्य अत्याचार चक्र प्रवर्तन रुक गया। विधर्मी को नतमस्तक होना पड़ा। गीतोक्त घोषणा 'यदा यदा ही धर्मस्य ग्लानिर्भवति...' जैसे साकार हुई। भक्ति के साथ शक्ति, संतुलन, समन्वयन का एक सुदृढ़ ढाँचा खड़ा हुआ। वह भारतीयता के विश्वासी हिंदू जनमानस के लिए बहुत आश्वस्तकारी सिद्ध हुआ। वह सब हुआ तथा और भी बहुत कुछ परमकल्याणकारी हुआ, युग-युग तक प्रभावी।

धर्म, संस्कृति और सामाजिक क्षेत्र में समय की माँग पर मध्यकाल

में उक्त वर्णित परिवर्तनों के आयाम जो घटित हुए, उन सबका केंद्र काशी (वाराणसी) रहा। वह हमारे लिए गौरवास्पद तथ्य है। इस धर्म केंद्र को श्रीमठ पंचगंगा काशी के रूप में जगद्व्यापी ख्याति मिली। श्री संप्रदायाचार्य और रामावतार जगद्गुरु स्वामी रामानंदाचार्यजी महाराज की यह गंगातट स्थित पावन तपस्थली आज भी अपनी संपूर्ण गरिमा के साथ विश्वकल्याणार्थ सक्रिय है। इसके वर्तमान पीठाधीश्वर जगद्गुरु रामानंदाचार्य पद प्रतिष्ठित जगद्गुरु स्वामी रामनरेशाचार्यजी महाराज हैं। आपमें निहित उत्साह, संयोजन क्षमता और समाज सुधारादि संबंधी स्पष्ट सोच देख डॉ. शुकदेव सिंह लिखते हैं कि आप स्वामी रामानंद की प्रतिमूर्ति जान पड़ते हैं। इसके साथ ही आपके सान्निध्य में श्रीमठ पर संपन्न व्रतोत्साह, पर्वोल्लास, विद्वत् समारोह और स्वामी रामानंदाचार्य स्मारक सेवा न्यास द्वारा विद्वानों को सम्मानित, पुरस्कृत करना और गंभीर ग्रंथों के प्रकाशन को देखते आपको भारतीय धर्म, संस्कृति और परंपराओं का प्रहरी कहना भी उचित होगा।

डॉ. उदय प्रताप सिंह द्वारा संपादित 'रामानंद रामरस माते' नामक पुस्तक के आशीर्वचन में स्वामी रामनरेशाचार्य लिखते हैं, "निस्संदेह, मध्यकाल भारतीय संस्कृति और गौरवमयी परंपराओं के लिए अभिशाप बनकर आया था, परंतु स्वामी रामानंदाचार्य जैसे महामनीषियों ने उस काल को एक चुनौती के रूप में स्वीकार करते हुए मानव जगत् में व्याप्त संप्रदायगत, धर्मगत एवं समुदायगत संकीर्णताओं को विदीर्ण कर समरसता, समता एवं भक्ति की त्रिवेणी से समस्त भारतवर्ष को आप्लावित कर दिया।" इस कथन के परिप्रेक्ष्य में हम देखते हैं कि नई-नई लहरें आने लगीं। अभिशापों को अपने अवदानों से स्वामीजी ने वरदान के रूप में परिणत कर दिया। भक्ति, धर्म, संस्कृति, समाज और प्रशासन आदि क्षेत्रों में जनोपयोगी नूतन करवटों, परिवर्तनों और नए लोकमंगलकारी अभियानों के प्रत्यक्ष अनुभव हुए। भक्ति में शक्ति तत्त्व के संतुलन, समन्वय और समावेश की ऊपर चर्चा हो चुकी है। वह समावेश शब्दाकाश में नहीं, ठोस

धरती पर अर्थवान रूप में दृष्टिगोचर हुआ। सो, वह एक नव सुगठित वैरागी-सेना आज भी अस्तित्व में है। इससे भी सुदृढ़ रही उस सद्गुरु मानवता की शब्द-सेना। अभिशप्त अतीत हुए उस मध्यकाल के साथ-साथ चकितकारी और अजर, अमर भविष्य प्रभावी रही वह शब्द-सेना। समस्त प्रकार के अवरोध-विरोधकारी युगीन बवंडर-बात्या चक्रों के मध्य उस शब्द-सेना के महारथियों-रथियों के पाँव भारतीय जन-समाज की हृदय धरा पर अडिग भाव में जमे हैं।

स्वामीजी की शब्द-सेना के महारथियों और रथियों के नाम में एक पवित्र रोमांच, अहोभावपूर्ण सम्मान अभी भी शेष है। कोई माने, चाहे न माने, वास्तविकता है कि वे ही वास्तव में भारत और भारतीयता की पहचान हैं। इनका जीवनवृत्त और कृतित्व अपने आपमें मानवतावाद का एक संदेश है। कबीर, रैदास, पीपा, अनंतानंद, सुखानंद, सुरसुरानंद, पद्मावती, नरहर्यानंद, भावानंद, धना, सेन और सुरसुरी तथा इनकी शिष्य-प्रशिष्य की परंपराएँ, प्रभावितों की परंपराएँ; सब जीवंत हैं। इतिहास में है तो अज्ञात रूप से भूगोल के अंतर-जगत् को प्रभावित कर रही है। वे अमर हैं, उनके शब्द अमर हैं और इस प्रकार यह शब्द-सेना अमर है, साथ-साथ अजेय भी है। स्वामी रामानंद के भक्ति-वृक्ष की शाखाएँ और जड़ें अनंत प्रसारी हैं। इसके वृहत्तर वृत्त में तुलसी और रामभक्ति शाखा के कवियों सहित मीराबाई आदि कवि समाविष्ट हो जाते हैं। भक्ति की बलवती लहरों ने तब अनेक रूपों में अंतरक्रांति को घटित किया। अब इन कवियों का भौतिक शरीर तो नहीं रहा, पर उनका साहित्य शरीर, उनका शब्द-शरीर अपने संपूर्ण प्रभाव के साथ विद्यमान है। तप और साधना-सिद्धि के अद्भुत ये प्राणोच्छ्वास हैं और सत्पात्रों को जैसे तब प्रभावित करते थे, वैसे ही अब भी प्रभावित करते हैं। इनका युद्ध मनुष्य के अंतरवर्ती विकारों के साथ होता है। ये विकार ही बाह्य संसार के समस्त प्रकार के उपद्रवों, संघर्षों, अनाचारों और अशांति-कारकों के मूल में होते हैं। इस प्रकार सद्गुरुओं और भक्तों की यह अहिंसक शब्द-सेना युग-युग में लोक-मंगल की

धरित्री को स्वच्छता, निर्विकारता और उर्वरता की सुगंध से पूर्ण करती रहती है। यह सेना विध्वंस नहीं; सृजन करती है, मनुष्य को मनुष्य बनाती है। यहाँ शब्द ही अस्त्र-शस्त्र है। ये शब्द अनंत-प्रभावी हैं। सद्‌गुरु स्वामी रामानंद के एक महारथी के शब्द-बाण भाव को देखें—

"सतगुरु साँचा सूरिवाँ, सबद जु बाह्या एक।
लागत ही में मिलि गया, पढ़्या कलेजै छेक।"

यह विश्व विश्रुत घटना काशी के पंचगंगा घाट की है। सच्च शूर स्वामी रामानंदजी महाराज हैं। घायल और कोई नहीं, स्वयं कबीर हैं, दीक्षाभिलाषी, उपेक्षित घाट की एक सीढ़ी पर, ठीक स्वामीजी के मार्ग में और रामनाम की दीक्षा हो गई। दशा परिवर्तित हो गई—

"हँसे न बोलै उनमनी, चंचल मेल्ह्या डार।
कहै कबीर भीतरि भिद्या, सतगुरु कै हथियार॥"

इस स्थिति को व्यष्टिस्थित न समझा जाए। यह अंतर-जगत् के युद्ध क्षेत्र की समष्टि स्थिति है। इस क्षेत्र का एक महारथी खड़ा होता है, पुनः अनेक अनंत! श्रद्धा-विश्वास की तेल-बाती पूर्ण सद्‌गुरु के महारथियों, रथियों और सैनिकों की यह शब्द सेना दीपक से दीपक जलने की परंपरानुसार विस्तार पाती जाती है। सर्वप्रथम 'अपना ही घर फूँकने' वाली और अपने ही हाथों अपना सिर काट उस पर पैर रख आगे बढ़नेवाली यह सेना है। एक छोटे से पद कि 'जाति पाँति पूछै नहीं कोई, हरि को भजै सो हरि का होई' ने कोटि-कोटि जनों को परिवर्तित कर सुमार्ग पर लगाया। प्रभाव अब भी बना है। बाहर से सामान्य जैसे लगनेवाले इन शब्दों के भीतर अनंत शक्ति है, सामर्थ्य है और ऊर्जा है। ये शब्द उनके (रैदास) भावोच्छ्‌वास हैं, जो उनको जीते हैं, उनमें उनकी सत्य स्थिति है और जिनका अंतस् भेदभाव के सामाजिक कोढ़ के प्रति उद्वेलित है। यही स्थिति सद्‌गुरु आचार्यश्री की तपी-तपाई शिष्य-परंपरा की है, परंपरा एक से एक भक्त-संतों शूरों की है। वे पिछले सात सौ वर्षों से संघर्षरत हैं। जनसमाज के हृदयाकाशगत वायुमंडल में घुले प्रदूषण के विष को निष्प्रभावी करने

की प्रक्रिया जैसे मध्यकाल में चलती रही, वैसे अब भी चल रही है। बहुत परिवर्तन हुआ। ज्ञात से अधिक अज्ञात रूप में परिवर्तन हुआ। सत्य है, यदि कोई आरंभ सत्य-निष्ठापूर्वक हुआ, आत्मशक्ति संपन्न हुआ तथा सामान्य नहीं, असामान्य महापुरुष के द्वारा हुआ तो वह आरंभ लक्ष्य तक पहुँचता ही है। निस्संदेह एक ऐसा आरंभ श्रीमठ पंचगंगा से हुआ और युगांतकारी नव परिवर्तनों की क्रांतिकारी बाढ़ जैसी आकर मध्ययुग की धरती पर हिलोरने लगी।

भक्ति-गंगा की गंगोत्तरी श्रीमठ पंचगंगा काशी की संक्षिप्त चर्चा ऊपर हो चुकी है। भूप भगीरथ की भाँति स्वामी रामानंद ने यहाँ से भक्ति-गंगाधार को राष्ट्रीय प्रसार प्रदान किया। वह धारा संपूर्ण रूप में नव-जीवनदायिनी थी। अपनी मूल सनातन परंपरा की धरा को नहीं छोड़ते हुए भी प्रगतिशील सुधार, परिवर्तन और नव-नव अभियान संभव हुए। भक्ति और प्रपति सर्वजन सुलभ हुई। सर्वजन अर्थात् आज की राजनीतिक भाषा में बहुजन। ज्ञान-विज्ञान की नई सदी के जागरूक आधुनिक दौर में उस प्राचीन जाति-पाँति, ऊँच-नीच और छुआछूत की अति जटिल जकड़न की कल्पना करना अथवा अनुभव में उतारना बहुत कठिन है। शास्त्र और रूढ़ सनातन धर्म की सुदृढ़ प्राचीरों से घिरा ब्राह्मणवादी परंपरा का दुर्ग अति दुर्गम था। एक महामहिम शास्त्रधर ब्राह्मण आचार्य द्वारा उसके विरुद्ध बिगुल फूँकना, उसे दुर्गम से सुगम और अनुदार से उदार बना देना तथा उसका द्वार सबके लिए मुक्त कर देना महान् साहस का कार्य था। इसी साहस की संकल्प-सिद्धि थी कि स्वामी रामानंद के सभी शिष्य छोटी, नीच, अस्पृश्य और अंत्यज कोटि के अंतर्गत आनेवाले थे। चमत्कारपूर्ण थी एक घोषणा 'सर्वे प्रथत्तेरधिकारिणा मता:'।

आचार्यश्री के संप्रदाय की नवीन प्रगतिशील, प्रसरणशील और उदार-सुधारवादी विचारधारा का ही यह प्रभाव रहा कि रामभक्ति अल्पकाल में ही पूरे देश में, विदेश में भी छा गई। उनकी सर्वग्राही राष्ट्रीय-दृष्टि के फलस्वरूप समता और समरसता का एक ऐसा पुष्ट परिवेश निर्मित हुआ, जिसमें बड़े-

बड़े परिवर्तन स्वयमेव घटित हुए। एक ओर हिंदू समाज का मनोबल बढ़ा तो दूसरी ओर हिंदू-मुसलिम संबंध छत्तीस से तिरसठ रूप हुआ। सामीप्य बढ़ा और आज की भाषा में सांप्रदायिक सद्‌भाव की भूमि कुश-कंटकहीन हुई। रामभक्ति के इस भगीरथ द्वारा भक्ति की बहुत गहरी और सुदृढ़ नींव पड़ी। इस पर देवभाषा के अतिरिक्त लोक भाषा में भक्ति काव्य, रामकथा और रामभक्ति के मध्य देवालय खड़े हुए। अन्य भारतीय भाषाओं में भी वे सब नवीनताएँ तीव्र गति से प्रसार पाती गईं। इस प्रकार स्वामीजी के प्रेरणा-प्रभाव से तपे-तपाए और समर्पित भक्त और संत कवियों की एक विशाल परंपरा चल पड़ी। इतना ही क्यों, इन परंपराओं के भीतर भी स्वतंत्र परंपराएँ चल पड़ीं, कबीरदास, रैदास और पीपा-पलट आदि से जुड़ी, परस्पर विरोधी भी, सगुण-निर्गुण रूपा भी, बिना हस्तक्षेप के, किंतु मूलभाव भक्ति-केंद्रित। केंद्र में भक्ति है तो सारा वैविध्य लोकमंगलकारी है। इससे भिन्न-भिन्न रुचिवाले संसारी-जनों को अथवा समाज को अपने अनुकूल पुष्टि-तुष्टि मिलती है। यह युग-युग तक चलनेवाला चमत्कार उस युगांतकारी और युग प्रवर्तक महापुरुष के दिव्य व्यक्तित्व का प्रभाव था।

सद्‌गुरु स्वामी रामानंदाचार्य के विराट अवतारी व्यक्तित्व के दिव्यत्व और उसके प्रभाव के आकलन का सबसे जगमग ज्वलंत कोण है उनके अवसान-काल का। उस महापुरुष की शिष्य-परंपरा ऐसे विशिष्ट गुरु-अवदानों से संचालित हुई कि उसने उस एक युग की नहीं, युग-युग की जीव-जगत् की समस्याओं से संघर्ष किया। न केवल उस सद्‌गुरु के कार्य को सम्यक् रूप से गति दी, अपितु परिवर्तित होते समय की संक्रमणशील यथार्थ की चुनौतियों को भी स्वीकार किया। वे आधुनिक काल के प्रश्नों का भी उत्तर देते हैं और आततायियों से लड़ते हैं। यह लड़ाई शब्दों से होती है। उनके शब्दों की सामर्थ्य का आकलन कठिन है। उनका प्रभाव अचूक होता है। उनमें उनकी तपस्या और साधना की भक्ति होती है। लौकिक शस्त्रास्त्र तो टूट-फूटकर नष्ट हो जाते हैं। सैनिक कट-मर जाते हैं। लड़ाइयाँ समाप्त हो जाती हैं, हार में भी जीत और जीत में भी हार होती

है। इसके सर्वथा विपरीत स्थिति है शब्द-सेना की। सद्गुरु की शब्द-सेना के शब्दास्त्र, 'जाति पाँति पूछे नहि कोई, हरि को भजै सो हरि का होई' जैसे दिव्यास्त्र, 'कबिरा खड़ा बजार में लिये लुकाड़ा हाथ···' जैसे ब्रह्मास्त्र की अनंत-प्रभावी शक्ति को कौन अस्वीकार कर सकता है?

कबीर और रैदास आदि में बहुत ठीक समय पर बाह्य कर्मकांड, मूर्तिपूजा, तीर्थाटन, पोथी-पत्रा और पंडा-पुजारी आदि के सद्धर्मावरोधी जुड़ाव को निरर्थक घोषित किया। धर्म की तुलसी की एक परिभाषा कि 'परहित सरिस धर्म नहिं भाई' में युग-युग गूँजने की शक्ति है। 'परपीड़ा सम नहिं अधमाई' की घोषणा भी इसी के साथ जुड़ी है। सीधे उपदेश से अधिक मर्मस्पर्शी और अचूक प्रभावी है तुलसी के मानस की कथाओं के भीतर से निचुड़नेवाले संदेश। इसमें आधुनिकता की चटकीली बहसें, नारी विमर्श, दलित विमर्श और सामाजिक सरोकार भी विद्यमान हैं, कबीर, रैदास, धन्ना और पीपा से लेकर तुलसी-मीरा तक में। जगद्गुरु के इस विराट् आंदोलन में सामूहिक नेतृत्व है, वह स्वतःस्फूर्त है यह अपने वैविध्य को एक केंद्रीय भाव भक्ति से संपृक्त कर धर्म, समाज और संस्कृति आदि के विभिन्न मोर्चों पर संघर्षरत है। हिंदू-मुसलमान, ब्राह्मणों-शूद्र, पुरुष-नारी, ऊँच-नीच, निर्गुण-सगुणवाद, अपढ़-विद्वान् देवभाषा संस्कृत-लोक भाषा और राजघराने से लेकर सड़कछाप अकिंचन तक, सबका इसमें योगदान है। यहाँ भेद में अद्भुत अभेद एकता है। कुल मिलाकर मनुष्य को मनुष्य बनाने और उसे पुनः उठाकर देवत्व कोटि तक पहुँचा देनेवाला यह आंदोलन रहा, असमाप्त आंदोलन रहा। अभी भी चल रहा है।

इस भक्ति आंदोलन को लेकर एक प्रश्न होता है कि एक व्यक्ति के बदलने से क्या होगा? वास्तव में इस प्रश्न का उत्तर भी इसी में छिपा है। भक्ति-साधना वैयक्तिक साधना है। भक्त रूपांतरित होगा। वह कामरस त्याग रामरस में मत्त हो जाएगा। अपने सद्गुरु के विषय में कबीर ने कहा, 'रामानंद रामरस भाते।' यह रामरस की संजीवनी महौषधि सिद्ध हुई कि मनुष्य के भीतरवाला मनुष्य झड़ गया। इस प्रकार एक व्यक्ति मानस बदल

गया। यह व्यक्ति-मानस विश्व-मानस से जुड़ा हुआ है। मात्र कामनाओं-वासनाओं के कारण ही मिथ्या पार्थक्य-बोध है। भक्ति के प्रभाव से विकार निर्मूल हो जाते हैं, तो व्यक्ति मानस पुनः अपनी भूमा संपृक्ति को उपलब्ध कर लेता है। इस प्रकार निर्मल-निर्विकार हो व्यक्ति मानस, विशाल विश्व मानस, अपेक्षित समाज मानस से जुड़कर अपेक्षित परिवर्तन का आह्वान कर सफल होता है। ऐसा एक आह्वान कोई दूसरा नहीं, कबीर ही कर सकते हैं कि 'अरे इन दोउन राह न पाई'। इन सामान्य शब्दों में परमाणु बम जैसी शक्ति सिद्ध हुई। परत-दर-परत जमीं अति कड़ी हिंदू-मुसलिम-पार्थक्य भाव की चट्टानों को इन शब्दों ने खिसकाया और तोड़ा। कबीर आदि के संत काव्य में हिंदू-मुसलिम समस्या से संबंधित शब्दों के हथौड़ों की भरमार है। वे चलते रहे, चलते रहेंगे।

एक व्यक्ति बदलकर कैसे युग बदल देता है, एक उदाहरण आधुनिक काल का, आँखों देखा। मोहनदास कर्मचंद गांधी पर 'रामरस' का प्रभाव पड़ा। वे 'माते' नहीं चेते! वे महात्मा गांधी हो गए। मन निर्मल हो गया। उनका मानस, उनकी चेतना विश्व-मानस, वैश्विक चेतना से एकाकार हो गई। सामने था एक लक्ष्य स्वराज्य, रामराज्य। अंतिम लड़ाई में दो शब्द-ब्राह्मास्त्र छूटे, करो या मरो और अंग्रेजो! भारत छोड़ दो। फिर क्या हुआ, जग जाहिर है। भारत का इतिहास बदल गया। एक युग गांधी हो गया। प्रार्थनाओं और रामधुन की इस युगीन छाप को भक्ति आंदोलन से ही जोड़कर देखा जाना न्यायसंगत होगा। विविध आश्रम, सत्याग्रह, यात्रा और आत्मशुद्धि आदि संत प्रकृति के शब्दों की गूँज के बीच से उभरा महात्मा गांधी का आंदोलन भी भक्ति आंदोलन की भाँति विनम्र आंदोलन था। वह सत्य तथा अहिंसा पर आधारित था। उसमें सर्वधर्म समन्वय, एकादशव्रत, ईश्वर-विश्वास, प्रार्थना और रामधुन का समावेश था। रामधुन में गाते हैं—

"रघुपति राघव राजा राम, पतित पावन सीता राम।
ईश्वर अल्ला तेरो नाम, सबको सन्मति दे भगवान्॥"

इसमें ईश्वर-अल्ला का भाव भक्ति आंदोलन, विशेषकर कबीर के

राम-रहीम एकता के शंखघोष की बलवती प्रतिध्वनियों से प्रभावित है। दो-टूक भाषा में कबीर द्वारा घोषित किया जाता है—

'हम तो एक एक करि जाना!' 'अरे भाई, दोइ कहाँ सो मोहि बताओ?' 'कहै कबीर सुनहु रे भोंदू, बोलनहारा तुरुक न हिंदू! कहै कबीर एक राम जपहु रे, हिंदू-तुरक न कोई!' हमरे राम रहीम करीमा के सो, अल्लाह राम भति सोई! 'मुला कहाँ पुकारे दूरि, राम रहीम रह्या भरपूरि! इहाँ ही राम इहाँ रहिमाना।'

महात्मा गांधी की प्रार्थनाओं में गीता, रामचरितमानस और कुरान के अंश से लेकर सिख, जैन, पारसी, बौद्ध प्रार्थनाएँ और भक्त-कवियों की भक्ति-भाव संपन्न कविताएँ सम्मिलित हैं। प्रार्थनाएँ संध्याकाल और प्रात:काल में विभक्त हैं। कुल मिलाकर वे प्रार्थनाएँ ईश्वर-विश्वास के साथ आत्मानुशासित और सुसंस्कृत समाज-निर्माण की प्रेरणा देनेवाली हैं। इनमें लोक-मंगल का संविधान, मानवतावाद की आचार संहिता है, समाज सुधार के संक्रांति बीज हैं और आचार को ईश्वरोन्मुख बना विचार को विश्वकल्याणकामी-समर्पणशील ढाँचे में ढालने की प्रतिज्ञा है। ठीक यही सब स्थितियाँ भक्ति आंदोलन की उपलब्धियों के रूप में रेखांकित की जाती हैं।

उक्त विवेचन के निष्कर्ष रूप में हम कह सकते हैं भक्ति आंदोलन व्यक्ति के रूपांतरण मार्ग से समाज परिवर्तन का मार्ग प्रशस्त करता है। व्यक्ति से ही समाज बनता है। सद्‌गुरु व्यक्ति को दीक्षित करता है और वह शक्तिधर हो समाज को शिक्षित करता है। वह शिक्षित करने का विलक्षण कार्य सद्‌गुरु स्वामी रामानंदाचार्य की शिष्य-परंपरावाली शब्द-सेना आज भी कर रही है। धर्म-क्षेत्र में कबीर और रैदास आदि जो कर गए, वह एक वेगवती आँधी जैसा था और वर्तमान में जो कुछ हो रहा है, वह हल्की बयार-सा है। अधर्म की उमस कुछ तो कटे! भक्ति-आंदोलन के शुद्ध त्याग-वैराग्य भाव संपन्न, समर्पणशील, नित्ययुक्त उपासक और लोकमंगलकामी भक्त-संत आज जनसंख्या की भयावह भीड़, उसी के

समानांतर नाना प्रकार की अध्यात्म की दुकानों की भीड़ और कुछ छद्म धर्मगुरुओं की भीड़ में खोए-खोए से रह अपना भगवत् कार्य संपन्न करते चल रहे हैं।

पीछे कहा जा चुका है कि स्वामी रामानंदाचार्य भक्ति आंदोलन के आदि आचार्य हैं। उनके इस आंदोलन में विलक्षण आंतरिक शक्ति रही। व्यापक परिप्रेक्ष्य में देखें तो पंद्रहवीं से सत्रहवीं शताब्दी तक यह शक्ति विभिन्न संप्रदायों, मार्गों और पंथों आदि में निर्बाध अपना कार्य करती चलती रही। विरोध-अवरोध के घनांधकार छँटते गए। भक्त कवियों का, संत कवियों का और प्रेमपंथी कवियों का जुलूस आगे बढ़ता गया। यह कुछ ऐसा ही हुआ, जैसे कहा गया—

"मैं अकेला ही चला था जानिबे मंजिल मगर-
लोग साथ आते गए और कारवाँ बनता गया।"

मैं इसे निःसंकोच स्वामी रामानंदाचार्य का कारवाँ कहूँगा। अंततः भक्ति आंदोलन को दक्षिण से उत्तर भारत में ले आने का श्रेय तो उन्हें ही जाता है। बहुत कठिनकाल सामने था। लोहे से लोहे को काटने का चुनौतीवाला बीहड़ काल था। उसके आगे सीना तानकर खड़ा हुआ एक कबीर, जो उससे भी कठिन था, जो घर फूँके आपना चले हमारे साथ! साथ चले रैदास अपने 'मैं' वाले घर को फूँककर, जब हम होते तब तू नाहीं, अब तू ही मैं नाहीं, जैसे श्रीमद्भगवद्गीता उतर गई भीतर, सर्वत्र समबुद्धयः सर्वभूत हितेरता, मय्यावेश्च मना, प्रभुजी तुम चंदन हम पानी। कबीर की भाँति अपढ़, मगर बड़े-बड़े आचारशील पढ़ों द्वारा पूज्य! भक्ति आंदोलन के कारवाँ में समाज सुधारक और उत्कट समर्पणशील वैरागी भक्ति के उच्चतम शिखर पर आसीन। पूरे एक युग के ऊपर जैसे जगद्गुरु का सामूहिक महाशक्तिपात सक्रिय था। कोई शासकीय सुख-भोग, शौर्य और गौरवशाली वंश परंपरा की अति ऊँचाई से उतर नीचे त्याग-वैराग्य और भक्ति की धरती पर खड़ा हो गया। कारवाँ का एक ऐसा पवित्र नाम, संत पीपा।

पीपाजी राजस्थान के गागरौन गढ़ के खींचा चौहान राजा थे। स्वामी

रामानंदाचार्य के सर्वस्वत्यागी शिष्य बन गए और राम में मिल राम हो गए। लोकदेवता पीपाजी के रूप में आज भी पूज्य हैं। लौकिक धरातल से ऊपर उठ अलौकिक शून्य में खड़े हैं और उनका जीवन स्वयमेव एक लोक-शिक्षण है। वह अंत:प्रेरणा और अंत:रूपांतर भारतीय संस्कृति की एक रहस्यमय विशेषता है। एक झटके से सारा अर्जित ज्ञान, संस्काराभ्यास ओढ़ा हुआ विशिष्ट व्यक्तित्व, कुलशील और जाति-धर्म तथा मात्र माने हुए समस्त संबंध उतरकर फिंक जाते हैं। कारवाँ में उक्त स्थिति में पहुँचा हुआ एक राजा पीपा तो एक रानी भी, मीराबाई, रैदास (चमार) की क्षत्राणी शिष्या। उनकी परम प्रबल वैष्णवी भक्तिधारा में बह गया मेवाड़ के प्रसिद्ध राणा वंश का कुलाधार! प्रेम पुजारिन मीरा का काव्य मेरे तो गिरधर गोपाल, दूसरा न कोई की समर्पणशीलता, संगीतात्मकता, रागात्मक उद्‌गार, मधुर भावमयता और मर्मस्पर्शिता का प्रतिमान बना। कारवाँ की भक्ति की अनूठी शक्ति मिली।

हृदय परिवर्तनपूर्वक रूपांतरण का एक अनूठा उदाहरण और प्रस्तुत करूँ। भक्ति आंदोलन में भक्ति की अनेकरूपताओं के प्रसार-प्रकाश की स्थितियाँ देखने में आती हैं। गंतव्य एक किंतु मार्ग अनेक होना स्वाभाविक था। साधक, संत और भक्तों की एक केंद्र के इर्द-गिर्द, परिधि पर स्वतंत्र चिंतन और भाव-धाराओं का प्रवाह चलता रहा। फलत: वैविध्य उभरता रहा। इसका एक ध्यानाकर्षक रूप भुड़कुड़ा गद्‌दी के बावरी पंथ में दिखा। सबसे प्रसिद्धि मिली भीखा साहब को। इनकी वाणियों में भक्ति, ज्ञान, योग, सगुण-निर्गुण और प्रेममार्ग आदि सबके प्रदेय का सार-सर्वस्व समाहित लगता है। ये ब्राह्मण थे। इनके गुरु गुलाल जमींदार क्षत्रिय थे। गुलाल के गुरु बूला कुरमी थे, उनके हलवाह! इस बूला के गुरु यारी साहब मुसलमान। ज्ञानी-ध्यानी भक्त बूला की वृत्ति अपने जमींदार की कृषि-सेवा, हल जोतना थी। एक दिन हल जोतते में ध्यान लग गया। उस ध्यान में वह संत-टोली को भोजन करा रहे थे। ध्यान में ही दही परस रहे थे। अकस्मात् तेजस्वी जमींदार गुलाल सिंह ने आकर देख लिया और क्रोधित

हो पग-प्रहार कर दिया। आश्चर्य! वहाँ दही छलककर गिरी हुई दिखाई पड़ी। पूरी जानकारी होने के बाद एक क्षण में गुलाल का रूपांतर हो गया। उसके ऊपर का ओढ़ा हुआ तेजस्वी क्षत्रिय जमींदार उतर गया। सेवक अब उसका स्वामी हो गया था। जाति, धर्म और कुल मर्यादा के अर्थहीन बंधन टूट गए थे। बूला के शिष्य बन गुलाल साहब के नाम से साधना-लीन थे।

भक्ति आंदोलन के कारवाँ में उनके बावरी संप्रदाय के संतों का एक पृथक् समन्वित रंग है। भोजपुरी भाषा, संगीतमयता और आनंदोल्लासपूर्ण अभिव्यक्तियों के चलते ये लोक-जीवन के अति निकट थे और पूरी तरह प्रशिक्षण की मुद्रा में थे। ऊपर चर्चित संतों के अतिरिक्त संत पलटू दास और गोविंद साहब आदि अनेक आत्मस्थ संत हुए। अनेक गाँवों में इनकी गद्दियों का विस्तार हुआ। समाज के अंतिम आदमियों तक ये पहुँचे। निरर्थक रूढ़ियों, बाह्याचारों के अर्थहीन बंधनों से निकाल शुद्ध आत्मस्वरूप की पहचान कराने में भारत के भक्तों और संतों की मूल्यवान भूमिका रही। गिरे हुओं को इन्होंने उठाया। हताश लोगों के भीतर आशा का संचार किया और लोकोत्तर जीवन के प्रति जिज्ञासा जगाई। इस प्रकार व्यक्ति और समाज के भीतर जमे कचरे को निकालने में भक्ति आंदोलन को गतिमान करती इनकी शब्द-सेना आगे बढ़ती गई। स्वामी रामानंदाचार्य के शिष्य कबीर-रैदास आदि की वाणियों और शब्दों से भिन्न प्रेममार्गियों, जायसी-कुतुबन आदि का स्वर रहा। कारवाँ में प्रेम-विरह की विह्वल आध्यात्मिक तरंगोंवाली नई पहचान और साथ-साथ नया प्रभाव छोड़ते ये निर्गुणोपासक कवि, शूर, साधक अपनी प्रेमगाथाओं को लहराते हुए निकल गए। सर्वाधिक तेजोद्दीप्त और मर्यादा पुरुषोत्तम भगवान् राम को प्रतिष्ठित करनेवाली स्वगुणोपासक शाखा है। इस शाखा के एक कवि तुलसी ने अपने समय साहित्य और जन-मन के साथ सांस्कृतिक स्वरूप को नए लोकमांगलिक ढाँचे में ढालने में सफलता पाई।

तुलसी ने भक्ति आंदोलन को प्रसार-प्रभाव के सर्वोच्च शिखर पर पहुँचा दिया। कवि ने जन-जन के मन को छूने के लिए लोकभाषा अवधी

का प्रयोग किया। जो हरि भक्ति पथ श्रुतिसम्मत और विरति विवेक संयुत था, उसे सहज-सरल रूप में ढालकर झोंपड़ियों से महलों तक पहुँचवा दिया। महाकाव्य रामचरितमानस की पंक्ति-पंक्ति में मंत्र-शक्ति भरी मिली। तुलसी के काव्य ने, उसके परम पवित्र और प्रभावशाली शब्दों ने विशाल जन समुदाय के भीतर ऐसा विश्वास बैठा दिया कि रामभक्ति समस्त भवरोगों की अचूक औषधि है, सारी समस्याओं और संकटों का समाधान-समापन है तथा मनुष्य के सकल योगक्षेम का संवाहक-सत्यापन है। इससे व्यक्ति और समाज को बहुत बल मिला। इसी प्रकार धर्म, दर्शन और ज्ञान आदि के जटिलतम तथ्यों को कवि ने इस सहजता-सरलता से प्रस्तुत कर दिया कि अपढ़-गँवार से लेकर विद्वान् तक; सब उसमें अवगाहन कर जीवन-परिष्कार के मार्ग का संधान प्राप्त कर सकें। स्वामी रामानंदाचार्य के भक्ति आंदोलन के कारवाँ के सर्वाधिक तेजस्वी इस झंडाबरदार ने वैसा कुछ भी नहीं छोड़ा, जो इस आंदोलन के लिए, देश के विशाल जन-समाज के लिए वांछित हो, प्रत्याशित हो और करणीय हो, इसीलिए तुलसी को लेकर वह आंदोलन वर्तमान के साथ भविष्य-प्रसारी, निर्वाह गतिशील और समाज-स्वीकृत होता गया। जहाँ कहीं अनीति, अत्याचार, अनाचार और परपीड़न रहा, धर्म, संस्कृति और सामाजिक-परिवार जीवन पर आँच आती दिखाई पड़ी, तुलसी के शब्द लड़ते रहे, आज भी लड़ रहे हैं।

मध्यकाल के इस भक्ति आंदोलन को जो संत और भक्त कवियों की विद्यमानता में स्वतःस्फूर्त तथा स्वतःसंचालित रूप में गतिशील था तथा तुलसी ने जिसे उत्कर्ष के उच्चतम शिखरों तक पहुँचाया था, महाकवि सूरदास के इस क्षेत्र में पदार्पण से प्रबल बल मिला। तुलसी के मर्यादावाद की धर्मानुशासित गुरुता-गंभीरता के बीच सूर ने प्रेम-विरह की माधुरी, उल्लास-उमंग की लीला-लोलित तरंगों को लहराकर एक प्रकार से पूरक का कार्य किया। लोक-मानस में दोनों सूरज-चाँद की भाँति प्रतिष्ठित हुए। सूरदास की भक्ति लीला पुरुषोत्तम भगवान् श्रीकृष्ण की थी। भक्ति की इस शास्त्रसम्मत शक्तिशाली शाखा के प्रवर्तक श्री बल्लभाचार्य हैं। वे सूरदास

के दीक्षा-गुरु थे। बल्लभाचार्य ने श्रीकृष्ण को परब्रह्म और पुरुषोत्तम के रूप में प्रतिष्ठित किया। इसी कृष्ण को लीलानट नागर रूप में प्रतिष्ठित किया। इसी कृष्ण के लीलानट नागर रूप में लीला-पद-गायक के रूप में सूरदास को प्रतिष्ठा मिली।

श्री बल्लभाचार्य में अपना धर्मदर्शन तो था, परंतु स्वामी रामानंदाचार्य की भाँति अछूतोद्धार, नारी नवोत्थान, सांप्रदायिक समभाव और भक्ति के साथ शक्ति जैसा कोई राष्ट्रीय एवं सामाजिक सरोकार अथवा समाज-दर्शन का समावेश नहीं था। उनकी उदारता भी मात्र प्रेमाभक्ति के संदर्भ में थी। इसमें लोक-वेद की मर्यादाओं का उल्लंघन वर्जित नहीं था, विहित था, किंतु दो रूपों में भक्त प्रवर सूरदास ने अपनी प्रेमा भक्ति संबंधी अभिव्यक्तियों को व्यापक संदर्भों से संपृक्त किया है। प्रथम तो यह कि उन्होंने परंपरा को संपूर्ण रूप से सम्मान दिया है और स्वामी रामानंदाचार्य के रामावत भक्ति आंदोलन को पुरस्कृत किया है। वास्तव में वह आंदोलन ऐसा बलवती, सशक्त, संक्रामक और स्वत:प्रसारी रहा कि उसके प्रभाव से बचना असंभव था। कबीर ने निर्गुण राम को, तो तुलसी ने सगुण राम को प्रकाश-स्तंभ बना दिया था। रामकथा को, जिसे तुलसी ने युग-युग के लिए नव-नव रूप में संजीवनी के रूप में प्रस्तुत किया है, सूर ने भी सिरमाथे लगा लिया है और पूरी तन्मयता के साथ गाया है। दार्शनिकों के कथन से अधिक महाकवि सूरदास के इस उदात्त कवि-कर्म से सिद्ध हो जाता है कि नारायण के राम रूप और कृष्ण रूप में एकता है। 'सूरसागर' का नवम स्कंध प्रमाण है। यहाँ कृष्ण कथा के रस सागर में मनोरम रामकथा परम प्रकाशमय दीपोत्सव की भाँति सुशोभित प्रतीत होती है। रामजन्म से कथा गीत आरंभ होते हैं, आजु दशरथ के आँगन भीर। चुने हुए मार्मिक अंश लिये जाते हैं और लीला-गान के औदात्यपूर्ण शिल्प में प्रस्तुत किए जाते हैं। सीता, हनुमान और लक्ष्मण से संबंधित पदों में कवि ने अत्यंत रसात्मक डुबकी लगाई है। कबीर, रैदास चिंतित ऊँच-नीच समभाव भी विद्यमान है—

‘बड़ी है रामनाम की ओट
बैठत सभा सबै हरिजू की, कौन बड़ो को छोट?
सूरदास पारस के परसे मिटत लौह की खोट।’

रामकथा से संबंधित ‘सूरसागर’ का नवम स्कंध राम के लंका से अयोध्या पहुँचने तक विस्तारित है। अंतिम पद में बहुत दीनता के साथ भक्त कवि राम तक न पहुँचने की छटपटाहट को व्यक्त करता है—

‘विनती किहि विधि प्रभुहि सुनाऊँ?
महाराज रघुवीर को समय न कबहूँ पाऊँ।’

दूसरा लोक-संग्रह का व्यापक संदर्भ, जो सूरदास द्वारा गृहीत है, बहुत ध्यानाकर्षक है। अपने भक्ति भावोच्छ्वास भरे काव्य में सूरदास ने भारतीय कृषि, संस्कृति, ग्रामभाव और गृहस्थ-जीवन को प्रतिष्ठित किया है। यमुना-पार के नागर भावों को अस्वीकार किया। उधर जानेवाले दूध-दही की मटकी फोड़कर रोका गया। यहाँ गोपालन और गोचारण आस्था से जुड़ा है। यहाँ भगवान् गाय चराते हैं और वंशी बजाते हैं। चरवाहे ग्वाल-बाल का संगठन है। कृष्ण के भाई बलराम हलधर हैं। इस प्रकार लोक-जीवन का जीवंत हिल्लोल प्रस्तुत कर भक्ति आंदोलन को जमीनी शक्ति दी गई है। कर्णबेध और अन्नप्राशन आदि संस्कार प्रतिष्ठित हैं। पनघट, वृंदावन, गोवर्धन पूजा, आँख-मिचौली, गोदोहन, ऊखल-बंधन और नाइन-मालिन जैसे संदर्भ, रास, मुरलीवादन, नागनथैया, माखन चोरी और त्यौहारी उल्लास आदि के चित्रों से छनकर क्या संदेश निकलता है? बात मन में बैठती है, मध्यकाल में जो जीवन टूटकर बिखर रहा था, उध्वस्त हो रहा है, उसके आश्वस्त करने की यह व्यवस्था रही। वैभवपुरी मथुरा के क्रूर साम्राज्यवादी की ओर से आतंक संहार से सुदृढ़ सुरक्षा की व्यवस्था भी रही। पूर्व परंपरा, ‘भक्ति के साथ शक्ति’ को यहाँ भी लीला-माधुरी के बीच सम्मान मिला। सूर के बाद अष्टछाप के कवियों ने और कुछ फुटकर कवियों ने इस धारा को आगे बढ़ाया।

इस प्रकार वह भक्ति आंदोलन सत्रहवीं सदी के अंत तक लोक-चेतना से संपृक्त रहकर चलता रहा। इसके पश्चात् स्थितियाँ परिवर्तित हो गईं। भक्ति आंदोलन के कारवाँ बिखर गए। आगे था रीतिकाल, जिसमें दरबारी परिवेश का सघन दबाव था। भक्तिकाल का स्वर्णयुग अपनी छाया छोड़ खिसक गया। मुसलमानों के शासन की पूर्ण प्रतिष्ठा में दरबारी कवि राज्याश्रित होने के साथ शृंगाराश्रित हो गए। वे मुख्यतः रस, अलंकारादि में उलझे रहे। कुछ रीतिमुक्त स्वच्छंद मानसिकता के कवि थे, मगर वे शृंगार-युग के प्रभाव-वृत्त से मुक्त नहीं थे। उनके लिए कवित्वकला ही प्रधान थी और 'राधिका-कन्हाई सुमिरन को बहानौ है' पर्याप्त रहा। इतने पर भी स्वामी रामानंदाचार्य द्वारा प्रेरित जो भक्ति-भाव का उद्वेग मुसलमानों में हुआ, वह इस विपरीत धर्मीकाल में भी प्रभावी रहा। रसखान, रहीम, आलम, जमाल और कादिर आदि श्रेष्ठकवि भक्तिभाव-धारा में डुबकी लगाते रहे और भव-दुःख से लड़ते रहे। भक्त रहीम तो आज भी पग-पग पर नीति उपदेश सहायक सिद्ध हो रहे हैं। ऐसा लगता है कि वे भीतर से राममय होकर राम-कथा को जीते हैं। विपदा पड़ने पर चित्रकूट में रमे रहना क्या बताता है? रहीम राम को जीते हैं और हिंदीवासी जैसे उनको जीता है। कितना सरल है मुक्ति मार्ग कि प्रभु राम की चरण-धूल, जो इस धरा पर विद्यमान है, ढूँढकर सिर पर चढ़ा ले। उपदेश गजराज के बहाने है, 'जेहि रज मुनि पतनीं तरी सो ढूँढ़त गजराज!' ऐसा लगता है कि रहीम स्वयं गजराज हैं और चित्रकूट में भगवान् राम की चरण धूलि की लालसा और खोज में रम रहे हैं। इसी प्रकार रसखान की तन्मय-तद्रूप कृष्ण भक्ति रही। इन स्थितियों को देखते ठीक ही कहा गया कि 'इन मुसलमान हरिजनन पर कोटिन हिंदुन बारिए' इस काल की एक भक्तिन कवयित्री ताज ने तो यहाँ तक कह डाला कि 'हौं तो मुगलानी पै हिंदुवानी ह्वै रहिबै।' स्वामी रामानंदाचार्य द्वारा दीक्षित मुसलिम-भक्तों की परंपरा असीम संक्रमणशील प्रमाणित होती गई।

इस प्रकार स्वामी रामानंदाचार्य द्वारा प्रवर्तित भक्ति आंदोलन आधुनिक

काल की देहरी तक पहुँचा। प्रत्यक्षतया ऐसा आभास होता है कि वह समाप्त हो गया। गंगा-यमुना की धारा की भाँति युग-प्रदूषण से इसकी भी धाराएँ सूख गईं। धर्म का स्थान अर्थ और संस्कृति का स्थान विकृतियों के अधीन हो गया है। अमानवीय चेहरोंवाले पूँजीवाद, संवेदना-शून्य उपभोक्तावादी सभ्यता (संस्कृति कहाँ?) और शत-सहस्र त्रासदियों के वात्याचक्र में खो गया जैसा प्रतीत होता है। महाभागवत जनों का अवदान और महापुरुषों का उच्च चिंतन। इस प्रकार ऐसा प्रतीत होता है कि देखते-देखते कुसमय के भीषण दबावों ने भक्ति आंदोलन को दुर्बल कर दिया। आधुनिक काल में इसकी खोज करने का प्रयास अर्थहीन लगता है। कुछ रचनाकारों ने बहुत उत्साहपूर्वक रामकथा को उठाया है, लेकिन आधुनिकता के आरोपण ने उसे रामभक्ति आंदोलन की मूल भावना से पृथक् कर दिया है, उर्दूवाले मुसलिम और कुछ विदेशी रामभक्त साहित्यकारों ने इसे अपने ढंग से उठाया है और जीवंत रखा है।

अब हमें यह देखना है कि वस्तुस्थिति क्या है ? मेरा विचार है कि तपः पूत संत और भक्त कवियों का वह आंदोलन, वायवी स्वरूप में रूपांतरित हो सूक्ष्म रूप होकर कार्यरत है। क्रांतिदर्शी सद्‌गुरुओं ने जो भक्ति की तेजस्वी फूँक लगाकर मर्मस्पर्शी शंखध्वनि की, उसकी भागवती तरंगें धरती पर अपना कार्य अपने समय पर संपन्न कर कालांतर में आकाशधर्मी हो गई हैं। आज के बिखरे हुए समाज में वे तरंगें समाज-मन नहीं, व्यक्ति-मन को स्पर्श करती हैं। वे सत्पात्रों के अंतर में स्पंदित होकर अपना कार्य करती चल रही हैं। कबीर, रैदास, पीपा, सेन, तुलसी, मीरा, सूर, जायसी, भीखा, गुलाल और रसखान आदि-आदि ग्रंथावतारी महापुरुष हमारे बीच हैं। उनकी शब्द-सेनाएँ डटी हैं। आत्म परिष्कार, आचार-विचार शुद्धि, आस्था-विश्वास के स्थिरीकरण, मोहमुक्ति और कुल मिलाकर भावनात्मक नवनिर्माण का मार्ग भीतर-भीतर प्रशस्त हो रहा है। भीतर-ही-भीतर रुझान में वृद्धि हो रही है। शोध हो रहे हैं, प्रकाशन हो रहे हैं, टीकाएँ-व्याख्याएँ हो रही हैं, संस्थाएँ कार्यरत हैं, मंदिर, मठ और पीठ की

अपनी-अपनी भूमिकाएँ हैं, प्रवचन हो रहे हैं और रामकथा वाचकों, भक्त श्रोताओं की संख्या में नित नई बढ़ोतरी हो रही है। राजनीतिक हल्ले और वाम-विरोधियों के बवंडर ऊपर-ऊपर निकल जाते हैं। परमसत्ता समर्पित तलवर्ती समर्पित जन-भारत का वे स्पर्श भी नहीं कर पाते हैं। कहा जाता है कि मठ, मंदिर और आश्रम आदि में वणिक वृत्ति की प्रधानता बढ़ गई। वहाँ पाखंड और शोषण का जाल है। वहाँ सांसारिकता पाँव पसारे जमी है, आदि। वास्तव में कुछ लोग, कुछ घटनाएँ और कुछ व्यावहारिक स्थितियाँ और कुछ व्यवस्थाएँ ऐसी देखने को मिलीं और निंदित हुईं, मगर कुछ को देख झटपट निष्कर्ष निकाल सभी एक-एक सिरे से नकार देना उचित नहीं होगा। भारत विशाल आस्थावादी देश है। अतीत की बहुत गहराई में जमी यहाँ के धर्म और संस्कृति की जड़ें हैं। फूल-फल खट्टे हैं, तो मीठे भी हैं। प्रकृति की यह व्यवस्था अनादिकाल से चली आती है। उचित है कि हमारी दृष्टि मीठे पर ही है। सकारात्मक सोच होने पर सारी विसंगतियों, अंतरविरोधों और नकारों के समाधान स्वयमेव भीतर से उभर आते हैं।

अब अंत में चर्चा कुछ आधुनिक काल की करें।

स्वामी रामानंदाचार्य का रामावत भक्ति-आंदोलन बहुवर्णी रूपों में संचारित होते हुए शुद्ध बुद्धिवादी आधुनिक काल तक पहुँचा। रामचरितमानस, तुलसी और विशिष्ट चरित्रों, जैसे—राम, कैकेयी, भरत, सीता, लक्ष्मण और हनुमान आदि ने संवेदनशील रचनाकारों को भली-भाँति उद्वेलित किया। कुछ ने अहोभाव से सिर चढ़ाकर अपने को धन्य माना, तो कुछ ने उनके देवत्व पर नई कलम लगा दी। स्वीकार-नकार चाहे जिस रूप में लें, रामकथा का उद्वेलन कम नहीं हुआ। आधुनिक काल के श्रेष्ठ कवियों में नरेश मेहता की कृति 'अवादपर्व', 'संशय की एक रात', भारतभूषण अग्रवाल की कृति 'अग्नि लीक', रवींद्र भ्रमर का गीत 'रामायण' और रघुवीर शरण मित्र की कृति 'भूमिजा' आदि ने रामकथा को नई मुद्रा और सतर्क संवेदनीयता में प्रस्तुत किया है। इसे विचार-क्रांति कहा गया। इस प्रकार आधुनिकता के आरोपण से आस्था आहत होती है।

इस आस्था को आधुनिक काल 'राम की शक्ति पूजा' में कवि निराला ने सुरक्षित रखा है। नए युग में समर्पित भक्ति कवि रूप में मैथिलीशरण गुप्त को स्मरण करते हैं, मगर अपने महाकाव्य 'साकेत' में आधुनिक प्रभावों से वे भी बच नहीं पाए हैं। सत्य है, कठिन है उससे बचना और कठिन है परंपरागत द्रावकता और तल्लीनता लाना। नरेंद्र कोहली आदि हिंदी गद्य रचनाकारों ने भी रामकथा को अत्यधिक उत्साह-विस्तार के साथ उठाया है, किंतु जिसे भक्ति तत्त्व कहते हैं, उसका पक्ष यहाँ अनुपस्थित है। डटकर उपस्थित है पुराण कथा का पुनर्लेखन, आधुनिक समय समर्पित भक्ति के विपरीत है, किंतु सद्‌गुरुओं की शब्द-सेनाएँ इन विपरीतताओं के भीषण वात्याचक्र में डरी हैं। टकराहटों की ध्वनियाँ उसकी शक्ति का बोध कराती हैं। कबीर, रहीम और रसखान आदि मुसलमान कवियों में वह भक्ति की आंतरिक शक्ति, जो महान् शक्तिधर सद्‌गुरु द्वारा संचालित थी; इतनी प्रबल रही कि अविच्छिन्न रूप से आधुनिक काल तक पहुँची और अत्यधिक उत्साह के साथ भारी संख्या में मुसलमान कवियों के मानस में रामकथा उतर गई। इन रामभक्त मुसलमान उर्दू के कवियों की ओर से, ऐसा लगता है कि रामकथा पर नई कलम लगानेवाले आधुनिक कवियों को कुछ सीख भी दी गई है। लखनऊ के जनाब वाहिद अली वाहिद की प्रसिद्ध पंक्ति प्रमाण है—'तुलसी की निगाह से राम को देखो।'

सचमुच उर्दू के मुसलमान कवियों ने राम को तुलसी की ही निगाह से देखा है और भक्ति में डूबकर चाकर-भाव में देखा है। यह ध्यानाकर्षक तथ्य है कि नए दौर में हिंदी कवियों ने प्रायः राम को केंद्र-बिंदु बनाया है, वहीं उर्दू के अधिकांश कवियों ने तुलसी को माध्यम बनाया है। इसी को लक्ष्य कर डॉ. युगेश्वर ने लिखा है कि मुसलिम मनीषियों की दृष्टि में राम और तुलसीदास में पार्थक्य नहीं है, महत्ता किंतु राम की ही है। प्रसिद्ध कवि नजीर बनारसी ने लिखा है—

"तुलसी पे तो मैं लिख के यहाँ तक पहुँचा,
श्रीराम पे लिक्खूँ तो कहाँ तक पहुँचूँ?"

रसिसिद्ध रामचरित गायक डॉ. दीनमुहम्मद 'दीन' को 'हम चाकर रघुवीर के' नामक रचना के बाद 'हुलसी के तुलसी' नामक कृति को प्रस्तुत करना आवश्यक जान पड़ा। पूर्व राजदूत सोवियत रूस; जनाब नूरुल हसन की कृति 'संत तुलसीदास', रामकथा के व्याख्याता कवि डॉ. सैयद महफूज हसन रिजवी 'पुंडरीक' की कृति 'तुलसीदास और मैं' आदि, रसखान परंपरा के कवि रसूल खाँ 'रसूल' की कृति 'तुलसी', रामरूप में अल्लाह का दर्शन करनेवाले डॉ. सफदर की कृति 'तुलसीदास और रामचरितमानस' और जलाल अहमद खाँ तनवीर की कृति 'तुलसी' और 'टेर रही तुलसी तुलसी' आदि कृतियाँ तुलसी के प्रति तीव्र रुझान को प्रमाणित करती हैं।

डॉ. शैलेंद्र जैदी ने 'रामकथा और मुसलिम साहित्यकार' के आमुख में लिखा है कि कबीर से लेकर आधुनिक रसखान तक हजारों मुसलमान कवि हुए हैं, जिन्होंने राम, रहीम, ठाकुर, कान्हा, गोविंद हरि आदि शब्दों में कोई भेद नहीं किया है। राम और कृष्ण की स्तुति करके इन रचनाकारों ने उसी आनंद का अनुभव किया है, जो इनकी दृष्टि में इस्लाम के आध्यात्मिक पक्ष का सच्चा आनंद है।

उक्त संदर्भ में सर्वप्रथम उल्लेख करना चाहता हूँ जमीर अहमद अहसन (इलाहाबाद) साहब का। आपने रामचरितमानस का उर्दू रूपांतर किया है। विशेषता यह है कि जिस स्थान पर दोहा, सोरठा और चौपाई आदि छंद हैं, उस स्थान पर उन्हीं छंदों का प्रयोग हुआ है। रामभक्ति-प्रेरित यह प्रयास एक कीर्तिमान है।

ऐसी ही भक्तिभावना और समर्पण जनाब बख्श थानेश्वरी देखते हैं। आपको हरियाणा का रसखान कहा जाता है। आपने छह खंडों में रामायण-रचना की है, जो 'थानेश्वरी रामायण' के नाम से विख्यात है। फोर्ट विलियम कॉलेज (कलकत्ता) के अध्यापक मुंशी अदालत खाँ ने अयोध्याकांड का अंग्रेजी में अनुवाद किया, जो भारतीय प्रशासनिक सेवा के पाठ्यक्रम में रखा गया था। अब्बास अली वास की कृति 'सीता स्वयंवर' शुद्ध प्रांजल हिंदी के साथ अपनी रससिक्तता के लिए ध्यान खींचती है। ऋग्वेद के हिंदी

रूपांतरकार राष्ट्रीय कवि बशीर खाँ 'मयूख', आशुकवि अब्दुल रशीद खाँ 'रशीद' और 'मानस का ज्ञानदीप' के लेखक काश्मीरी रामभक्त हिंदी कवि डॉ. निजामुद्दीन इत्यादि हैं, जो कबीर-रहीम की परंपरा को प्रतिष्ठित करते रामभक्ति धारा को अविच्छिन्न बनाए हुए हैं।

डॉ. बद्रीनारायण तिवारी ने 'रामकथा और मुसलिम साहित्यकार' नामक विशाल ग्रंथ दो भागों में प्रस्तुत कर हिंदी जगत् का भारी उपकार किया है। इसमें शताधिक रामभक्ति विवेचित है। तुलसी, रामचरितमानस और हिंदी भाषा के लिए आपने अपने पूरे जीवन को होम कर दिया। आपके द्वारा संचालित 'मानस संगम' और 'तुलसी उपवन' (कानपुर) आज एक विश्व धरोहर के रूप में प्रतिष्ठित हैं। यहाँ आयोजित राम, तुलसी, रामचरितमानस से संबंधित हिंदू-मुसलिम तथा विदेशी विद्वानों के बड़े-बड़े समारोह बताते हैं कि भक्तिधारा अभी सूख नहीं गई है। यहाँ मानस के प्रथम शोधकर्ता इटली के डॉ. तैस्सीतोरी, मानस-भक्ति के कीर्तिमान बेलजियम के रेवरेंड फादर कामिल बुल्के और रूस के रामभक्त अलकसई वरान्निकोव की मूर्तियाँ स्थापित हैं। इन रामचरितमानस और तुलसी भक्ति के प्रसिद्ध मनीषियों के अतिरिक्त द नासी गार्सा (फ्रांस), डॉ. उन उकेदा (जापान), प्रो. जिनडिंग हान (चीन), चिराफट (थाईलैंड), डॉ. ओदोलेन स्मेकेल (चेकोस्लोवाकिया) और ग्रेट ब्रिटेन के डॉ. रूपर्ट स्नेट इत्यादि ऐसे नाम हैं, जो उक्त संदर्भ में उछले हुए हैं। इस प्रकार पचास से ऊपर विदेशी भाषाओं में रामचरितमानस और तुलसी का डंका बज रहा है। मॉरीशस में एक 'राष्ट्रीय रामायण सेंटर' कार्यरत है। इसके अध्यक्ष डॉ. राजेंद्र अरुण रामकथा के विद्वान् व्याख्याता होने के साथ तत्संबंधी अनेक पुस्तकों के लेखक हैं।

इस प्रकार सद्गुरु प्रवर्तित रामभक्ति आंदोलन ने अब विश्वव्यापी रूप ले लिया है। तुलसी के अतिरिक्त इस आंदोलन के अन्य सेनानियों पर भी विश्व-सुधी समाज का ध्यान केंद्रित हो रहा है। जीवन-मूल्यों, मानवता, नैतिकता और भगवत् ऊर्जा के पक्षधर बन, जो समाज को जगाकर नवजीवन

दे गए थे, अभी भी हमारे बीच शब्द-विग्रह रूप में विद्यमान है और अपना कार्य कर रहे हैं। विविध विरोधी हल्ला, चमक-दमक और प्रचारांधड़ में भी उनकी मान-पहचान सुरक्षित है। यह मान-पहचान न केवल हिंदी-उर्दू और अंग्रेजी और अन्य विदेशी भाषाओं में, बल्कि गुरुमुखी सहित उत्तर-दक्षिण की प्रांतीय भाषा में और नेपाली सहित हिंदी की बोलियों में सुरक्षित है। यही हमारी अस्मिता का सत्य है।

□

स्वामी अड़गड़ानंद और गीता विस्तार

संत समाज में स्वामी श्री अड़गड़ानंदजी महाराज सर्वथा नए ढंग के महात्मा हैं। उनका व्यक्तित्व, कृतित्व और चिंतन सबकुछ मौलिक, सबकुछ सहजस्फूर्त विलक्षणताओं से पूर्ण है। इसे देखकर कबीर का एक दोहा स्मरण आ जाता है—

साधू ऐसा चाहिए, जैसा सूप सुभाइ,
सार-सार को गहि रहे, थोथा देह उड़ाइ।

ठीक ऐसी सारग्राही साधुता और सर्वजन हितकारी रचनात्मक वृत्ति श्री स्वामीजी में है। आपका सबसे मूल्यवान अवदान 'यथार्थगीता' है। इसमें श्रीमद्भगवद्गीता को आपने पुनर्व्याख्यायित किया है। इस व्याख्या को तात्त्विक रूप में सारग्राही कह सकते हैं। यह सहज शृंखलाबद्ध तथा कसाव और सामंजस्यपूर्ण प्रामाणिक व्याख्या है। इसमें निहित विश्वसनीय एवं सतर्क स्थापनाएँ ऐसी सहज-सटीक हैं कि घोर परंपरावादी से लेकर आधुनिक बुद्धिजीवी तक के बीच स्वीकार्य हैं। इससे हिंदू, मुसलमान और ईसाई आदि सबको समान रूप से आलोक मिलता दिख रहा है।

धर्मशास्त्र गीता के स्वच्छ अर्थजल पर सनातन परंपरा की भ्रांतियों एवं धर्माडंबरों की जो काई पड़ी थी, उसे हटाकर तथा अनर्थकारी थोथे को उड़ाकर धर्म, दर्शन और अध्यात्म क्षेत्र में श्री स्वामीजी ने एक ध्यानाकर्षक कार्य किया है। ऐसा लगता है कि वासुदेव कृष्ण कथित 'गुह्यतमम् ज्ञानम्' में भी बहुत कुछ गुह्य अवशिष्ट रह गया था, जिसे पाँच हजार वर्षों बाद स्पष्ट

किया है। इन बीते वर्षों में ठीक से आशय ग्रहण न कर सकने के कारण या स्वार्थवश 'ब्राह्मणों मुखमासति' जैसे श्लोकों ने न जाने कितने-कितने वैचारिक प्रकांड-तांडव खड़े किए हैं। नाना प्रकार की भ्रांतियाँ फैली हैं। मानव-मानव के बीच खाई पड़ी है। यज्ञ को सामान्य जौ, तिल आदि वाले स्वाहा रूप में ग्रहण किया और कर्म का भी भौतिक अर्थ में सरलीकरण किया। क्या इतना आसान है मुक्ति मार्ग? नहीं, सरलीकरण में 'निष्टो मोहः स्मृतिर्लब्धा' के साथ 'स्थितो स्मि गत सन्देहः' के सर्वोच्च लक्ष्य तक कठिन साधना-साधन सापेक्ष है। 'यथार्थगीता' लक्ष्यानुसंधान के संबंध में श्री स्वामीजी जिस भाषा का प्रयोग अपनी व्याख्या में करते हैं, वह दो-टूक भाषा है और यथार्थ रूप में यथार्थ भाषा है। अपनी इसी आंतरिक शक्ति के बल पर श्री स्वामीजी के इस अवदान का विश्वव्यापी स्वागत हुआ है। ऐसी मूल्यवान कृति का हाल में ही उर्दू में भाषांतर हुआ है। इस आवश्यक कार्य को मुनीर बख़्श 'आलम' ने कुशलता के साथ संपन्न किया है। आलम साहब के इस श्रम साध्य अनुवाद-कार्य के इर्द-गिर्द इस आलेख में कुछ चर्चा करना चाहता हूँ।

'हक़ीकी गीता' (यथार्थगीता) पर कुछ लिखने के पूर्व इसके व्याख्याकार परमपूज्य स्वामी अड़गड़ानंदजी महाराज के बारे में दो शब्द और लिखने का लोभ मैं रोक नहीं पा रहा हूँ। स्वामीजी इस श्रीमद्‌भगवद्‌गीता की व्याख्या को परमपूज्य श्री परमहंसजी महाराज का कृपा-प्रसाद मानते हैं। श्री परमहंस परमानंदजी (अनसुइया आश्रम चित्रकूट धाम) साक्षात् ईश्वर स्वरूप हैं, ऐसा मैंने अनेक संतों के मुँह से सुन रखा था। उनके दर्शनों की लालसा तो उठती थी, परंतु यह संभव नहीं हो सका। हाँ, उनका कृपा-प्रसाद अर्थात् ईश्वरीय वाणी जैसी पूज्य श्री स्वामीजी की व्याख्या 'यथार्थगीता' के श्रवण का सुयोग मिल गया। मेरे मित्र और स्वामीजी के भक्त डॉ. लक्ष्मीशंकर त्रिवेदी (नरही, बलिया) द्वारा उसके कैसेट मुझे मिले थे। जैसे-जैसे सुनता गया, आकर्षण बढ़ता गया। अब पूज्य स्वामी के दर्शनों की प्रबल अभिलाषा उठने लगी थी। अंततः यह सुयोग मिल ही गया।

2 मार्च, 2007 को मुनीर बख़्श आलम की नव प्रकाशित रचना 'राहे हक' का लोकार्पण शक्तेशगढ़ आश्रम पर श्री स्वामीजी के सान्निध्य में होना था। गाजीपुर से यहाँ के कुछ प्रमुख बुद्धिजीवियों के साथ मुझे वहाँ पहुँचने का सौभाग्य मिला था। इसे मैंने प्रभु की कृपा माना, क्योंकि 'बिनु हरि कृपा मिलहि नहिं संता।' सो, परमपूज्य संत के दर्शनों का सुख लाभ मिला। 'संत दरस सम सुख जग नाहीं' के साथ पातकों के टल जाने की अनुभूति हुई। 'संत हरस जिसि पातक टरई।' वास्तव में संसार भार सहित पातक तो परिसर-सीमा में प्रवेश करते ही उतर गया। यही तो संसारी-जीवन की कठिनाई है। ऐसे परम पवित्र और ऊर्जस्वित स्थल पर पहुँचकर सत्संग-लाभ प्राप्त कर तो वह संसार को भूल जाता है, मन कहीं अज्ञात ऊँचाइयों पर टिका रहता है और मुक्त जैसा हो जाता है, परंतु उस परिसर से निकलते ही यदि सजग और सत्संग-चेतना में टिके नहीं रहे, तो वे पुराने घिसे-पिटे चिंतन अभ्यास सक्रिय होकर फिर उन विजातियों को सिर चढ़ा लेते हैं। इसीलिए आत्मज्ञानी सद्‌गुरुओं के सत्संग और आध्यात्मिक चिंतन की निरंतरता पर बल दिया गया। 'यथार्थगीता' से दोनों लाभ एक साथ मिलते दिख रहे हैं। गीता यदि योगेश्वर कृष्ण का साक्षात् मानस-दर्शन है, दिव्य सत्संग है तो श्री स्वामीजी की व्याख्या उसका प्रशस्त चिंतन है। अब रहा प्रश्न निरंतरता का तो 'यथार्थगीता' में श्री स्वामीजी बारंबार बल देते हैं, आप दो कदम चल भर तो दें…।

तो लोकार्पण-कार्य संपन्न हुआ। सोनभद्र जनपद के प्रसिद्ध साहित्यकारों, पत्रकारों और सुधीजनों की भीड़ के बीच वह एक अत्यंत सादा समारोह था। ठीक समय पर 'पदमव्ययं तत्' में स्थित जैसे भासते श्री स्वामीजी का लोकार्पण स्थल पर पदार्पण हुआ। कुछ लंबा कुरता, लुंगी, गले में लाल गमछा लटकता, स्कंधस्पर्शी तेजबल की तगड़ी यष्टि, सबकुछ तेजोदीप्त और सहज सादगी का सम्मोहन लिये उतर आया था युग-युग का जग-अभिभावक जैसे श्रीमद्‌भगवद्‌गीता का एक श्लोक साकार—

निर्मानमोहा जितसदोषा, अध्यात्मनित्या विनिवृत्त कामाः।
द्वन्द्वैर्विमुक्ताः सुख दुःख सेज्ञ गच्छन्त्य मूढ़ाः पदमव्ययं तत्॥

फिर उस संक्षिप्त, किंतु भव्य अनौपचारिक लोकार्पण कार्य का आरंभ हुआ। पूर्वाह्न का समय था (लोकार्पण का शेष विचार-विनिमय और आशीर्वाद कला कार्यक्रम अपराह्न में अन्यत्र एक भव्य सभागार में स्वामीजी के सान्निध्य में संपन्न हुआ)। श्री स्वामीजी के साथ 'राहे हक़' को मैंने और मुनीर साहब ने भी पकड़ लिया था, लेकिन इसके पूर्व एक और घटना घट गई। 'राहे हक़' को ठीक से पकड़ने के लिए स्वामीजी के सम्मुख होते ही मैं उनके पावन चरणों का स्पर्श करने के लिये झुका कि 'ओ, यह क्या कर रहे हैं?' बोलकर श्री स्वामीजी ने मेरे दोनों हाथ पकड़ लिये और (संभवत: पीठ पर एक अलौकिक दुर्लभ स्पर्श धबाक!) धन्य हो गया। अरे, मैं क्या जानता था कि चरण स्पर्श वर्जित है? चलो दरस के साथ अनजाने ही पावन 'परस' भी मिल गया। संभवत: यह किसी पूर्व जन्म का यज्ञ फल था। तब मन में गूँज रहा था 'यथार्थगीता' का एक वाक्य 'यदि महापुरुष रथी न हो तो यज्ञ पार नहीं लगता।' निस्संदेह आलम साहब की 'हक़ीकी गीता' के लेखन यज्ञ की सफलता भी उस रथी महापुरुष की देन रही, क्योंकि 'आवत एहि सर अति कठिनाई, राम कृपा बिन आई न जाई।' महापुरुष सामने खड़ा था। 'अब जानान्ति मां मूढ़ा मानुर्षी तनुमाश्रितम्' बेचारे सामान्य मनुष्य की मजबूरी को लक्ष्य कर श्री स्वामीजी एक जगह कहते हैं, वह क्या करे? सामने देखता है तो मनुष्य-रूप ही तो दिखाई पड़ता है? लेकिन 'यथार्थगीता' जैसी शाश्वत व्याख्या कुछ और है। वह ईश्वरीय अनुभवादेश से संपन्न हुई व्याख्या सचमुच अनूठी है। लगभग पाँच हजार वर्षों से गीत की संरचना से संबंधित कुछ अनुत्तर शंकाओं और विसंगतियों का सटीक साधार समाधान प्रस्तुत कर इसमें उसके निर्भ्रांत मर्म को बहुत स्पष्टता और दृढ़ता के साथ हस्तामलकवत् किया गया है और इसका विश्वव्यापी स्वागत हुआ है। इस व्याख्या को पराविद्या की परिभाषा के रूप में मान्यता मिली है। यह भी कहा गया है कि गीता धर्मशास्त्र है और यह 'यथार्थगीता' की व्याख्या उसकी परिभाषा है।

सबसे ध्यानाकर्षक मौलिक देन का अनुभव प्रत्येक 'यथार्थगीता' का

पाठक या श्रोता करता है। गीता कोटि-कोटि जनों की कंठाहार जैसे अति प्राचीन काल में बनी रही, वैसे ही आज भी बनी है। मनुष्य को जीवन-युद्ध में असीम बल उससे मिलता है। एक-से-एक मुक्तात्मा मनीषियों और विद्वानों ने उस पर अपनी व्याख्याएँ दीं, परंतु श्रीकृष्ण, सत्य, सनातन धर्म, युद्ध, युद्धस्थल, ज्ञानयोग, निष्काम कर्मयोग, यज्ञ, कर्म, वर्ण, वर्णशंकर, मनुष्य श्रेणी, देवता, अवतार और विराट् दर्शन के विषय में श्री स्वामीजी ने 'यथार्थगीता' में ऐसी व्याख्या दी, जिसने गीता की समझ का नया द्वार खोल दिया। इस विश्व धर्मशास्त्र में ये ऐसे बिंदु हैं, जहाँ आध्यात्मिक भारत तो उन पर पड़े परदे के आर-पार कुछ झाँक-झूँककर असमझ-समझ की झोंक में आगे बढ़ जाएगा, पर तर्कशील आधुनिक वैज्ञानिक विश्व जब अध्यात्म की ओर बढ़ेगा और गीता उठाएगा, तो वे बिंदु अटक और उलझाव भरे लगेंगे। 'यथार्थगीता' ने इस अटक और उलझाव को निर्मूल कर दिया है। अब उसका अर्थ और संदेश क्रमबद्ध, सुस्पष्ट प्रामाणिक और वैज्ञानिक हो गया है। उसमें इधर-उधर की ढील नहीं और न कहीं छूट है। दृढ़ता से सत्य की ओर बढ़ो या संसार में भटको। श्री स्वामीजी निर्णायक स्वर में घोषित करते हैं, 'साधन लिखने में नहीं आता। सबकुछ पढ़ लेने के बाद चलना शेष रहता है।' यही प्रेरणा 'यथार्थगीता' की है। ऐसी अनूठी कृति का विश्व की लगभग समस्त भाषाओं में अनुवाद हो जाने के बाद भी उर्दू अनुवाद अभी शेष था। इसी महत्त्वपूर्ण कार्य को मुनीर बख़्श 'आलम' ने 'हकीकी गीता' के रूप में संपन्न किया है।

'यथार्थगीता' के उर्दू अनुवादक मुनीर बख़्श 'आलम'

श्री स्वामी अड़गड़ानंदजी महाराज के शक्तेशगढ़ आश्रम की आध्यात्मिक पत्रिका 'दिव्य प्रभा' पढ़कर लगा कि स्तरीय बुद्धिजीवियों और सर्जकों की भीड़ में उक्त पत्रिका के संपादक मुनीर बख़्श 'आलम' एक अलग किस्म के इनसान हैं। अलग का अर्थ यह है कि आज के बाँट-बखरेवाले बाजारू संसार में रहते हुए भी वह बँटे हुए नहीं दिखाई पड़ते हैं। आकर्षक बात यह है कि

ऐसा होते हुए भी सर्वप्रिय हैं, सर्वजन प्रशंसित हैं, सदा प्रसन्न हैं, ठहाका धन के धनेश हैं, अजातशत्रु हैं, निर्विवाद हैं और इस समय वे सचमुच सरमाधानक काव्य विग्रह बन अपनों और परायों के मन को जीत लेते हैं। ऐसे ही व्यक्ति के हाथों कुछ बड़ा काम हो जाता है। 'कमल पत्र इबांबु' हैं, गृहस्थ वेश में संत हैं, मुसलमान वैष्णव हैं। कुल मिलाकर भारतीय हैं, सांस्कृतिक व्यक्तित्व की पहचान हैं। बात-बात में मर्मस्पर्शी शेर झलक रहे हैं, हिंदी की कविताएँ उछल रही हैं, स्वनामधन्य शायरों की, कवियों की, अपनी स्वरचित और ढाई-तीन वर्षों की अनवरत श्रम निष्ठा के उपरांत परमपूज्य स्वामी अड़गड़ानंदजी महाराज की 'यथार्थगीता' का उर्दू रूपांतर (सन् 2002) हकीकी गीता और इनसानी शरीअत के रूप में प्रस्तुत कर अपने उक्त सांस्कृतिक व्यक्तित्व पर मुहर लगवा चुके हैं। उनकी मान्यता है, "भाषा और जाति के आधार पर धर्म को बाँटा नहीं जा सकता है।" वे 'राहे हक' के निभ्रांत पथिक हैं। भटकावमुक्त मार्ग और छलरहित सोच के साथ यात्रा करनेवाला राही अपनी मंजिल 'हक' तक पहुँच ही जाता है।

'हकीकी गीता' में बहुत स्तरीय उर्दू का प्रयोग हुआ है। इसकी भाषा अपने पूरे ध्वनि परिवेश में शान-शौकत में जैसे उछलती-छलकती चलती है। जबान की चाशनी जरा तेज रहती है और पठनीयता को गति देती है, तो विषयवस्तु की बोधगम्यता बढ़ जाती है। वास्तव में आलम साहब ने इसमें साफ-सुथरी उर्दू भाषा की आस्वाद शक्ति तथा संप्रेषण शक्ति को भरपूर धार देकर प्रस्तुत किया है। इसका परिणाम यह होता है कि श्री स्वामीजी के 'यथार्थगीता' का यह रूपांतर मूल व्यवस्था के भावों-विचारों को नई भाषा के नए स्वाद-गंध में सहजता से ढाल देता है।

श्री स्वामीजी के भाषिक सौंदर्य और गांभीर्य को भाषांतर में उतारना कठिन कार्य था। अनुवाद कार्य की कठिनाइयों को कोई भी विज्ञ व्यक्ति अनुभव कर सकता है। 'यथार्थगीता' में श्री स्वामीजी ने अपनी व्याख्याओं में जिस परिमार्जित, परिनिष्ठित गंभीर, किंतु फड़कती हुई, फैलावपूर्ण कसाववाली, जीवंत और संपूर्ण रूप से आध्यात्मिक वातावरण निर्मित करती

हुई उच्च स्तरीय हिंदी का प्रयोग किया है, वह असाधारण है। वह साधना सिद्धि का अनुभव भाष्य है, सद्‌गुरु कृपा-प्रसाद है। वास्तव में वह एक प्रसन्न भाषा है, जिसमें बोध देने की या समाधान की क्षमता है, तो प्रहार की भी क्षमता है। अपने सहज रूप से वह नूतन तथ्योद्‌घाटन की समर्थ विचार भाषा है, परंतु आवश्यकतानुसार वह कहीं व्यास-भाषा बन जाती है तो कहीं व्यंग्यकार की। वह धर्म, दर्शन, अध्यात्म और जीव-जगत् की उलझी गुत्थियों के सुलझाव की भाषा है, जहाँ पर चल गया, वहाँ सहज रूप से; जहाँ कुछ अटक हुई तो वहाँ निर्णायक तेवर में। ऐसी हिंदी को, उसके भावों-विचारों को, संकेतों को, व्यंजनाओं को उसकी पूरी प्राणवत्ता के साथ आलम साहब को उर्दू में ढालना था। उन्होंने उसे ढाल भी दिया, बिना ढील के, मगर इसके लिए उन्हें बहुत पापड़ बेलने पड़े। घाट-घाट का पानी पीना पड़ा। माथा-पच्ची करनी पड़ी।

'यथार्थगीता' के उर्दू अनुवाद के संबंध में मुनीर बख़्श 'आलम' ने एक बातचीत में बताया कि उन्हें इस कार्य के लिए हिंदी-उर्दू और उर्दू-हिंदी कोशों के साथ-साथ हिंदी शब्द सागर और आप्टे के संस्कृत-हिंदी कोश को गहनता के साथ छानना पड़ा है। आचार्य विनोबा भावे के गीता प्रवचन के उर्दू अनुवाद और प्रभुपाद महाराज की टीका के भीतर सावधानी से झाँकना पड़ा है, लेकिन बात कहाँ मात्र शब्दार्थ से बनती है? सटीक भावानुवाद के लिए अनेक महात्माओं से परामर्शाशीर्वाद लेना पड़ा है। पूर्ण संतुष्टि के लिए अनेक शाब्दिक उलझनों के समाधान के लिए स्वयं महाराजजी के चरणों में बैठना पड़ा है। विशेषकर नवयोगेश्वर, सप्तर्षि, पिंडदान, कुलधर्म, विभूतियों और सृष्टिप्रकरण के लिए बारंबार गहन विमर्श में उतरना पड़ा। आसुरी संपत्ति और दैवी संपत्ति के लिए पहले उन्होंने मलकूती दौलत और शैतानी दौलत शब्द का प्रयोग किया था। बहुत विमर्श के बाद रूहानी और दुनियावी दौलत के प्रयोग पर पूर्ण संतुष्टि हुई। इसी प्रकार सतोगुण, रजोगुण और तमोगुण के लिए मलकाते फाजिला, मलकाते रदीयः और मलकाते मजमूम के रूप में प्रयोग में भी आलम साहब को सद्‌गुरु कृपा से ही स्थिरता मिली

थी। कर्म, अकर्म और विकर्म जैसे शास्त्रीय शब्दों से उन्हें कठिन मोर्चा लेना पड़ा था। यह बहुत अच्छा हुआ है कि 'हकीकी गीता' के अंत में कुल सत्रह पृष्ठों में 'कुछ खास अल्फाज के मआनी' शीर्षक के अंतर्गत एक उर्दू-हिंदी कोश प्रस्तुत हुआ है। इससे 'यथार्थगीता' को 'हकीकी गीता' के रूप में समझना आसान हो गया है।

अनुवाद भाषा की संप्रेषण शक्ति और उसके सौंदर्य को एक महत्त्वपूर्ण स्थल पर देखा जाए। 'यथार्थगीता' के प्राक्कथन में श्री स्वामीजी ने धर्म के नाम पर जीने-खाने के लिए जो आडंबर फैला है, उसके बीच गीता को आत्मिकपूर्णता के लक्ष्य तक पहुँचनेवाले सार्वभौम मानव को धर्मशास्त्र के रूप में प्रतिष्ठित किया है। उसका भाषांतर इस प्रकार हुआ है—

> "गीता वह कसौटी है, जिस पर हर एक मजहबी किताब में धुँधला सच उजागर हो उठता है, एक-दूसरे के मुखालिफ बयानात का हल निकल आता है। हर एक मजहबी किताब में दुनिया में जीने-खाने का फन और मजहबी रविश के तौर-तरीकों की इफरात हैं। जिंदगी को दिलकश बनाने के लिए उन्हें करने और न करने के दिलचस्प, मगर खौफनाक बयानात में मजहबी किताबें भरी पड़ी हैं। मजहबी तौर-तरीकों की इसी रविश का अवाम हीन समझने लगते हैं।"

इस प्रकार 'यथार्थगीता' का संदेश 'हकीकी गीता' की शक्ल में आज के इनसान को मजहब के नाम पर बँटने से मना करता है और ऐसे-तैसे नहीं, अनुभव-अनुभूति की पूरी शक्ति के साथ तथा विश्लेषण, तर्क, प्रमाण आदि की विश्वसनीयताओं के साथ। गीता की प्रमुख उपलब्धि मानवीय अथवा वैयक्तिक सरोकार से संबद्ध है। वह सीधे परमात्मा में प्रवेश दिलानेवाले, क्रियात्मक अनुशासन के नियमों का संकलन है और मानव मात्र के लिए धर्म का अतर्क्य शास्त्र है।

□

उमेश प्रसाद सिंह :
निबंध का छंद बनती सूखी नदी

वर्तमान इक्कीसवीं सदी में नदी भले जलहीन हो जाए, उसकी धार भले सूख जाए, मगर उमेश प्रसाद सिंह जैसा ललित-निबंध का समर्थ शैलीकार प्रतिबद्ध लगता है कि 'नदी सूखने की सदी में' इस विधा की धार को सुरक्षित रखेगा। आलोचक कहते रहें, ललित-निबंध विधा की स्थिति अब बँदरिया की मरी हुई बच्ची जैसी है अथवा यह अब एक ठहरी हुई विधा है अथवा विकृति की त्रासदियों वाले दुर्ललित युग में अब ललित-निबंध कहाँ से उठेंगे? ये सब प्रतिपक्ष की मरमराहट एक तरफ और पक्ष में जब इस प्रतिज्ञा के साथ उमेश प्रसाद सिंह अपनी कृति में घोषणा करते हैं, 'मैं इंद्रधनुष से खेलूँगा' तो फिर से कुछ सोचना पड़ता है। इसे इस प्रकार भी कह सकते हैं कि यह ललित शिल्प समर्पित लेखक सोचवा लेता है कि लालित्य शाश्वत है। अत: उसका कलागत बंध भी सदा सहज-जीवंत है।

उमेश प्रसाद सिंह के ललित-निबंध संकलन 'नदी सूखने की सदी में' के भीतर 'मैं' की पुष्ट वैयक्तिक स्थिति, कथात्मक उठान, बहुआयामी सांस्कृतिक धरा का संस्पर्श, गहन वैचारिक अंत, कुतूहलपूर्ण अनुरंजन, रागात्मक संवेदना, भाव संपन्नता, भाषिक रम्यता का आकर्षण, गहन अनुभूति और युग-जीवन की धड़कनों की स्पष्ट आहट आदि विशिष्टताएँ उसे सामान्य रूप से गंभीर तथा पठनीय बनाती हैं। असामान्य है लालित्य से संयुक्त उसमें निहित विचारोत्तेजना, छटपटाहट, पीड़ा, पारदर्शी प्रश्नशीलता

और निम्न प्रकार के वेग तथा ऊर्जावाले स्थलों का पग-पग पर मिलना—

"कौन कहता है कि हस्तिनापुर कुरुवंश की राजधानी रह गई थी? नहीं भाई, हस्तिनापुर के अग्निकुंड में समस्त भूमंडल के प्रतिशोध की ज्वाला इकट्ठी धधक रही थी। इस ज्वाला में अपने आहत अभिमान से व्याकुल संगीत शिक्षा-प्रणाली के पुरस्कर्ता परशुराम के प्रतिशोध की लपट भी शामिल है। गंगा-पुत्र की पवित्र वचनबद्धता की छाया में सजते हुए हस्तिनापुर का अग्निकुंड में बदल जाना कितना बड़ा अचंभा था?" (पृष्ठ 88)

इस कृति का आरंभ ही होता है वैचारिक लालित्य तथा छटपटाती, प्रश्नाकुल पीड़ा से और परत-दर-परत पुंजीभूत भावनाओं के उभार से, 'जिंदगी कोई व्यापार है क्या? क्या इसका नफा-नुकसान इतना साफ-साफ होता है कि जोड़ बाकी करके सही-सही हिसाब निकाल लिया जाए?...क्या बाल की खाल से निकली यह जिंदगी है?' (पृष्ठ 9)

सर्जक उमेश प्रसाद सिंह के हृदय सागर से ज्वार की भाँति रचनाएँ उठती हैं, किंतु वे भाटा शून्य होती हैं। बस ऊँची-ऊँची लहरें-ही-लहरें हैं और आदि से अंत तक ये भाव-तरंगें जल-तरंग की भाँति गूँजती रहती हैं। इसी गूँज के बीच डूबी-डूबी सजग-सोल्लास लेखक की अंतरयात्रा चलती रहती है और सहभागिनी अथवा साक्षी बन रचनाएँ आकार ग्रहण करती जाती हैं। लेखक में राष्ट्र, पुराण, मानव समाज और व्यक्ति के अंदर झाँकने, उसके सुख-दुःख की टोह लेने और आवर्तनों-परिवर्तनों की उठा-पटक के आकलन करने की अद्भुत क्षमता है। समय की चुनौतियों से वह बारंबार टकराता है। 'नदी सूखने की सदी में' होना लेखक के लिए बहुत दारुण स्थिति है। उसको गहरी चिंता है कि 'इतनी दारुण दहशत से गुजरते हुए भी हम नदी में पानी की चिंता से परे हैं। हमारे कानों से चिंता की हर चीख वैसे ही बिछल जाता है, जैसे पलटे घड़े की चिकनी पेंदी से पानी बिछल जाती है। रोज-रोज गंगा नहानेवाले नदियों का सारा पुण्य बटोरकर घर बना रहे हैं और घरों के कूड़े से नदियाँ पाट रहे हैं। (पृष्ठ 83)

उक्त राष्ट्रीय पीड़ा की सम्यक् अनुभूति तक पाठकीय चित्त को

एकोन्मुख हो पहुँचाने के लिए लेखक ने भरपूर अनुरंजक और जिज्ञासावर्धक शिल्प का ठाट बाँधा है। 'नदी सूखने की सदी में' शीर्षक निबंध का आरंभ कवि रहीम के प्रसिद्ध दोहे 'रहिमन पानी राखिये···' से आरंभ होता है और पानी शब्द को लेकर झपट्टा मार लेखक उड़ता है तो फिर रचना के आकाश का आकर्षण बढ़ता ही जाता है। 'वाणी में पानी का प्राण' उतर आना रहीम के लिए ही नहीं, लेखक के लिए भी प्रयुक्त लगता है। वह बहुत सहजता से इस पानी के सूत्र से आगे बढ़ प्रदूषण की पीड़ा में पाठकों को डुबो देता है। शैली-सौंदर्य के "निमित्त मुहावरे, लोकोक्तियों, अंतरकथाओं और अलंकारों के प्रयोग के साथ व्यंग्य-वक्रोक्तियों, मिथकों, उलटबाँसियों की भाषिक-भाँज पूरे प्रवाह में सधती चलती है।" न केवल उक्त रचना में अपितु हर रचना में यह कौशल देखते हैं। मानना पड़ता है लेखक का अपनी भाषा पर पूरा अधिकार है। 'अपनी भाषा' इसलिए कि वह पुराने शब्द-प्रयोग और मुहावरों पर नया पानी चढ़ा देता है। जिस दिशा में इच्छा होती है, लेखक की भाषा सरपट दौड़ती है। कहीं-कहीं इस दौड़ और लटके-झटके में पड़ पाठक भौचक्का हो जाता है। इस स्थिति के विपरीत कुछ निबंधों में उलटी स्थिति है। लेखक बेहद अंतरमुख हो जाता है। भाषा की बुनावट तब बहुत गझिन हो जाती है। गझिन होते-होते वह पहेली जैसी बन जाती है। ऐसा लगता है कि उसके सामान्य पाठकों के लिए दुर्बोध तक हो जाने के खतरे के लिए लेखक तैयार है। 'मैं इंद्रधनुष से खेलूँगा' का एक वाक्यांश उक्त संदर्भ में आस्वादन के लिए प्रस्तुत है—

"क्षमा मेरी छाती पर गड़ी एक चाकी है। चाकी मेरे लिए एक थाती है, बाकी सबके लिए दाल की परिपाटी है। क्षमा स्मृतिकाल के मनीषियों का शगूफा है। इसे तब से अब तक समर्थ और ज्ञानी पुरुष मुँह में वैसे ही चुभलाते हैं, जैसे कामुक रति विलास के लिए घड़ियाल का नाभि दंड। खैर, इस भयानक हँफरी से घबराते क्यों हो, डरते हो, कहीं छाती फूट न जाए? ठीक सोचते हो। मुझे भी डर लगता है, पर क्या करूँ···।"

लेखक अंतरमुख हो कहीं बहुत ऊँचाई से बोल रहा है। अब पाठक

भी वहाँ पहुँचकर पढ़ें तो एक क्रमबद्ध चिंतन का वातावरण बने। वास्तव में उमेश प्रसाद सिंह की कुछ चिंताएँ पूर्ण अवकाश के क्षणों की सृष्टि हैं। इसीलिए ये अवकाश की माँग करती हैं। व्यस्तता, हड़बड़ी और दुचित्ता स्थिति में यह संभव है सम्यक् रसास्वादन से फिसल जाएँ। इतना अवश्य है कि इस प्रकार की गहन भावात्मक रचनाएँ, जो इस संकलन की शोभा हैं, कम हैं। विपरीत इसके कुछ रचनाएँ तो बहुत ही सहज भाव से कथात्मक उठान के साथ आरंभ होती हैं और उसी सहजता के साथ अंत तक पहुँच जाती हैं। जैसे 'उसकी कहानी का बचा हुआ उपसंहार' शीर्षक निबंध का आरंभ होता है, "बहुत बचपन में मेरे घर के ठीक सामनेवाले घर में एक लड़की रहती थी। वह उम्र में मुझसे काफी बड़ी थी।...मैं उसे बार-बार गौर से देखता। लड़की में मेरी काफी दिलचस्पी हो गई थी।"

निबंध का यह हल्का-फुल्का आरंभ एक लड़की के आकर्षण से आरंभ हुआ और फिर इसके सहारे लेखक ने दादी के वात्सल्य से ओत-प्रोत रेखाचित्र में पाठक को पहुँचा दिया। पुरानी माताएँ-दादियाँ किस प्रकार लोककथाओं के रस से बालकों के मानसिक स्वास्थ्य का संवर्द्धन करती हैं, यह मूल्यवान चिंतन रचना का केंद्रीय उद्‌देश्य बन गया है। बिना किसी उलझाव के सहज भाव से आदि से अंत तक यह ललित निबंध पाठकों को रमाए रहता है। रेखाचित्रों के साँचे में ललित निबंध को ढालकर प्रस्तुत करने में उमेश प्रसाद सिंह को महारत हासिल है। इस संकलन में कई ऐसे निबंध हैं, जो आकर्षित करते हैं।

लेखक के अधिकांश रेखाचित्र पारिवारिक रिश्तों के इर्द-गिर्द उकेरे गए हैं। 'कुरुक्षेत्र कहाँ है' में चाचाजी, 'गवाह' में भाभीजी, 'उनकी कहानी का उपसंहार' में दादीजी और 'मोरे अवगुन चित ना धरो' में विश्वविद्यालय के एक आधुनिक आचार्यजी उभार पाते हैं। कोई रम्य-विनोदात्मक बनकर, कोई मर्मभेदी पीड़ा डुबा देते तो कोई मीठी-मधुर स्मृतियों में रमण कराते हुए चित्रित हुआ है। विश्वविद्यालय के आचार्यजी का चित्र कुछ और तरह है। लेखक रीझ रहा है, खीझ रहा है, कोस रहा है और खूब चुटकी ले रहा है।

इसी बीच शिक्षा जगत् के नए रंग-ढंग उभर आते हैं। कुछ चिंतित करनेवाले और कुछ विचारोत्तेजना में डुबा देनेवाले। विपरीत इसके 'यह आकाश उड़ने लायक नहीं है' में विद्यानिवास मिश्र, 'मुक्ति की मर्यादा' में हजारी प्रसाद द्विवेदी सहित 'अकाल की शताब्दी का बन जाए मन' में वाराणसी के साहित्यकारों का श्रद्धा-सम्मान समन्वित आलेखन हुआ है। लेखक की उदात्त मानसिकता पाठकीय चित्त को अपने श्रद्धास्पद साहित्यकारों से जोड़कर आनंदित करती है।

इस प्रकार देखते हैं कि उमेश प्रसाद सिंह के निबंधों की पृष्ठभूमियाँ वैविध्यपूर्ण और बहुत उर्वर हैं। इनमें व्यक्ति है, परिवार है, राष्ट्र है, पुराण है, समाज है, प्रकृति है, पर्यावरण है, साहित्य और शिक्षा-जगत् है और अंत में 'कंचन मृग' जैसा उत्तर-आधुनिकता का आभास भी है। समस्त रचनाओं के नेपथ्य में भारतीय संस्कृति है। वहाँ से लेखक की गहन अंतरतरंगें उठती हैं और उल्लास, अकुलाहट, विक्षोभ और पीड़ा जैसी भाव संवेदनाओं का जुलूस बन रचनात्मक मंच पर आती हैं। अकुलाहट कहीं-कहीं सनक तक पहुँच जाती है। 'सड़क पर सवाल' में लेखक कहता है, ''प्रश्न मेरी ओर सीना ताने बढ़ते आ रहे हैं। मैं देख रहा हूँ, वे मुझमें समाते चले आ रहे हैं, पैने तीर की तरह। मैं देख रहा हूँ, मैं खुद सवाल में बहलता जा रहा हूँ।'' (पृ. 51)

इसी प्रकार लेखक का उल्लास भी ऐसा होता है कि वह अंतस् के बाहर छलकने लगता है। 'एक साँझ की ऊँचाई' शीर्षक रचना में लेखक को 'शिवालिक की शीतल ऊँचाइयों का आमंत्रण मिला।' तो फिर उसके आस्वादन में पूरी तरह मुक्त-मन हो गया। 'बादल बन जाना आदमी की चरम उपलब्धि है'! अर्थात् देखनेवाला बादल देखकर स्वयं बादल हो गया। विश्व प्रसिद्ध चिंतक डॉ. जे. कृष्णमूर्ति कहते हैं, 'द आब्जर्बर इज द आब्जर्ब्ड!' इसी को ऋषि अष्टावक्र ने कहा, 'य त्वं पश्यसि तत्रेकस्त्वनेन प्रतिभाससे'। जिसको तू देखता है, उसमें एक तू ही भासता है। यह मुक्त मन की ऊँची स्थिति है। लेखक द्रष्टा इस रचना में बादल देखकर स्वयं बादल बनकर, इस बादल सुख को अपनी मुट्ठियों में बंद कर लेने का प्रयास करता है, मगर

यह कैसे संभव होगा? वह कहता है, "मुट्ठी खोलकर देखता हूँ, उसमें बादल नहीं है। सचमुच मैं मूर्ख बन गया। मुट्ठी में भला बादल कैसे बँध सकता है? बादल तो मेरे भीतर छलक रहे हैं।...बादल मुझमें हैं। मैं बादलों में हूँ। सुख का सागर लहरा रहा है।" (पृष्ठ 70)

यही 'सुख का सागर' अर्थात् आनंद और उसकी उपलब्धि मनुष्य का उद्देश्य है। इस उद्देश्य की पूर्ति के लिए साहित्य-क्षेत्र में सृजन-साधना चलती है। अपने सृजन में सर्जक को स्वयं आनंदोपलब्धि होती है और तब वह उसे पाठकीय चित्त में उतारता है। 'नदी सूखने की सदी में' में का ललित निबंधकार बहुत उमंग में यह पुनीत कार्य अपनी रचनाओं के माध्यम से कर रहा है। उसकी रचनाओं की जड़ें भारतीय संस्कृति की गहराइयों में हैं। इसीलिए उसके भीतर सुदृढ़ विश्वास है। मैं इस टिप्पणी का अंत लेखक के ही कुछ शब्दों से कर रहा हूँ, जो उसके लेखकीय व्यक्तित्व की छाप के प्रस्थान बिंदु हैं। 'मदारी की जबान में इतिहास का पाठ' शीर्षक रचना में वह लिखता है—

"मनुष्यता को आश्वासन केवल वे ही लोग दे सकते हैं, जिनकी जड़ें अपनी जमीन में बहुत गहरी गई होती हैं, जिनका धैर्य बड़ी-बड़ी आँधियों को सिर से गुजर जाने देने में भी नहीं चुकता है, जो रस के स्रोत से क्षण भर भी विलग नहीं होते, जिनके हाथ सदा खुले रहते हैं, जो अपनी जगह से जरा भी नहीं डिगते, चाहे जिसका भी राज हो!" (पृष्ठ 141)

□

नर्मदा प्रसाद उपाध्याय : कलाबोध और इतिहासबोध का संगम 'पार रूप के' है

हिंदी साहित्य के इतिहास में श्रेष्ठ ललित निबंधकार के रूप में प्रतिष्ठित नर्मदा प्रसाद उपाध्याय की कृति 'पार रूप के' पढ़कर बेहद प्रसन्नता हुई। कोई कृति ऐसी हो, जो जिज्ञासु जनों को नूतन दृष्टि-संस्कार दे और उनमें रूप के पार देखने की उत्कट जिज्ञासा जगा दे, तो उसके भीतर से गुजर जाना सचमुच ही बहुत पुण्यप्रद है। 'सुधियों की संकल्प यात्रा' शीर्षक के अंतर्गत कृति के उपोद्घात में कृति के नाम की सार्थकता के संबंध में एक लालित्यपूर्ण टिप्पणी है। इसमें सौंदर्य संबंधी भारतीय दृष्टि को स्पष्ट किया गया है। कैसी है यह सौंदर्य-दृष्टि? वास्तव में यह बाह्य रूप पर ही नहीं अटकती होती है। यह 'रूप के पार' तक जाती है, जहाँ अरूप सौंदर्य सत्ता है, कला की स्रोतस्विनी है। लेखक की मान्यता है कि 'बाहर की आँखों में समाया रूप सच्चा रूप कहाँ होता है।' वह तो रूप की एक बाहरी झलक, सौंदर्य की एक छोटी भंगिमा और उजास की एक हल्की सी झिलमिला है।' लेखक अपनी इस स्थापना के परिप्रेक्ष्य में सूर के कृष्ण, कालिदास की कण्वाश्रम स्थित शकुंतला और तुलसी के विरहाकुल राम आदि की छवियों की ओर इंगित करता है। इनका ललित-गंभीर विश्लेषण संक्षेप में प्रस्तुत करता है। यह विश्लेषण उत्सुकता की एक जबरदस्त लहर जगाता है और पुस्तक पढ़ डालने के लिए प्रेरित करता है। स्वीकार करना पड़ता है कि उपाध्यायजी के पास रूप के पार देखनेवाली

कला-दृष्टि (और दृष्टिकला भी) तो है ही, सुधी और जिज्ञासु पाठकों को उसकी झलक दिखा देने की क्षमता भी है।

कृति में मध्यकाल की चित्रांकन कला को विशेष रूप से चिंतन का क्षेत्र बनाया गया है। कला के निर्विवाद प्रभाव के प्रति लेखक पूरी तरह आश्वस्त है। इस युग के तनावग्रस्त उलझे मानसवाले व्यक्तियों के लिए आवश्यक समझकर यह सारस्वत प्रयास किया है। कला का प्रभाव अंतस् को स्वस्थ बनाता है। कला के साथ-साथ कला-दर्शन को भी कृति में मार्मिकता के साथ प्रस्तुत किया गया है। चित्रांकन की ऐतिहासिक विरासत को सहेजने के इस अपने प्रयास के विषय में लेखक का कहना है कि अजंता से लेकर मुगलकाल तक की चित्रांकन परंपरा से परिचित कराना प्रमुख उद्देश्य है। इसके साथ ही विभिन्न कालखंडों में बने लघुचित्र, भित्तिचित्र, सचित्र ग्रंथ और उन्हें बनानेवाले कलाकारों तथा संग्राहकों की संक्षिप्त जानकारी हो जाए, ऐसा प्रयास किया गया है।

अब यहाँ एक प्रश्न उठता है, 'एक ओर जुगनू की', 'अँधेरे के आलोक-पुत्र', 'नदी तुम बोलती क्यों हो?' और 'फिर फूले पलास तुम' आदि दसेक श्रेष्ठ ललित निबंधों के सर्जक उपाध्यायजी वर्णन करने, सूचना देने और खोजपूर्ण जानकारियाँ देने में कैसे उलझे हैं, मगर कृति को सकारात्मक भाव से पढ़ने के बाद ऐसा लगता है कि कृति का समग्र सृजन-संस्कार ललित निबंध का है तथा उसका आंतरिक प्रभाव भी वैसा ही है। लेखक अति भावुक होकर कलम उठाता प्रतीत होता है; साथ ही ऐसा भी लगता है कि अपनी अंतस्थ भाव-संपदा को बाँटने की उसमें गहरी चाह है। अंतरराष्ट्रीय कलाविद् डॉ. रॉबर्ट स्केल्टन के कथन 'अपने निजता के विसर्जन की आकांक्षा ही भारतीय कला की आत्मा है' के प्रकाश में अपने व्यक्तित्व का लालित्य तथा अंतस् का सौंदर्य लिये लेखक का एक-एक कलात्मक कदम अध्याय-अध्याय में जो उठता है, पाठकीय चित्त को भी उसी रंग-तरंग में डुबोता चलता है।

'रूप के पार' में कुल अट्ठाईस अध्याय हैं। सभी छोटे-छोटे और

ललित रंग में रँगे हैं, वर्णन की शुष्कता भावाच्छन्नता से ढकी है। 'सेनुखा न भीजइ हो', और 'अंग-अंग नग जगमगे', 'कला की आराधना करता सौंदर्य' और 'बहुत काम रफू का निकला' जैसे अध्यायों के शीर्षक स्वयं विषयवस्तु ललित-गांभीर्य का उद्घोष करते हैं। वास्तव में लेखक के पास भाव-सत्ता का अक्षय भंडार है। अपनी इस क्षमता को लेकर कहीं-कहीं लेखक की कलम से ऐसे कसे हुए सूत्रवाक्य कढ़ जाते हैं, जो अपने आपमें विषयवस्तु की व्यापक अभिव्यक्ति होते हैं। 'कला यदि संवाद है, तो रूप उसकी भाषा है', 'भारतीय कला की संपूर्णता सत्यं शिवं सुंदरं में है', 'भारतीय सौंदर्य रस से प्रतिष्ठित और लावण्य से आविष्टित है।', 'कला रूठी हुई लड़की जैसी है' और 'कला हमारे जीवन का रागात्मक संस्कार है' जैसे सूत्र वाक्य साधारण नहीं हैं। इनमें विश्लेषणों का निष्कर्ष छिपा है। गहरी साधना के बाद कोई कलमकार ऐसे निष्कर्षों पर पहुँचता है।

नर्मदा प्रसाद उपाध्याय की अति धैर्य से की गई रूप के पारवाली अरूप सौंदर्य सत्ता की पकड़ की साधना का प्रमाण मिलता है कृति के अध्यायों के बँटवारे में। 'रूप का प्रतिमान शकुंतला', 'रूप का अप्रतिम प्रतिमान : राधा' जैसे शीर्षक और संबंधित अध्यायों में वर्णित उनके चित्रों की विशेषताओं की छानबीन पाठकीय चित्त को रँग देती है और रूप के पारवाले शाश्वत सौंदर्य की चित्रित झाँकी से अंतस् को अनुरंजित कर देती है। आरंभिक चार अध्याय को छोड़कर शेष अध्यायों में चित्रकला में उभरे रूप के पार के विविध आयामों की गहराई, विस्तार और साधिकार व्याख्या हुई है। सबसे अधिक बल पड़ा है मुगल काल पर। जहाँगीर को न केवल 'रूप का अनुपम पारखी' घोषित कर परखा गया है, बल्कि उसके अद्भुत कला-प्रेम को विश्लेषित करने के लिए आगे एक और अध्याय 'रूप के चितेरों का चितेरा' नाम से प्रस्तुत हुआ है। इस अध्याय में विश्वविख्यात चित्रकार उस्ताद मंसूर के कर्त्तृत्व का विशद वर्णन है। 'दृष्टि का दर्शन में रूपांतरण' में बाबर के कलात्मक और सांस्कृतिक व्यक्तित्व पर प्रकाश पड़ता है। लेखक का मानना है कि 'अकबर मुगल कलम का सच्चा जन्मदाता था।' और 'रूप

और रूप के पार का चमत्कार' वाले अध्याय में उसके समय की चित्रकला के विकास का विवेचन हुआ है। इस विवेचन से स्पष्ट होता है कि अकबर के पास उदार दृष्टि थी और यह दृष्टि कला को मुक्त करती प्रतीत होती है। लेखक शाहजहाँकाल की मुगल कलम का विवेचन करते हुए इस निष्कर्ष पर पहुँचता है कि उसमें लोक-जीवन की झाँकी के साथ समय का बोलता हुआ वैभव है। इतने पर भी सहजता-स्वाभाविकता का अभाव है।

इस प्रकार स्पष्ट है कि कलाबोध के साथ लेखक में गंभीर इतिहासबोध है। उसका विवेचन इतना सरस और स्पष्ट है कि सामान्य पाठक को भी बहुत कुछ मिल जाता है। कृति को पूर्णता तक पहुँचाने के लिए देश-विदेश के संग्रहालयों की भी चर्चा की गई है, जो बहुत उपयोगी है। सबसे मूल्यवान आयोजन चित्रवीथिका का है, जिसमें राजा-महाराजाओं से लेकर इतिहास-पुराण से संबंधित दुर्लभ रंगीन चित्र हैं। राम-कृष्ण आदि के चित्र देश-विदेश के संग्रहालयों में विश्व-धरोहर के रूप में सुरक्षित हैं, जो कृति की गरिमा बढ़ाते हैं। अंतवाली चित्रवीथिका सहित फुटकल रूप से बीच-बीच में लगे कुछ चित्र हैं, जो 'रूप के पार' के विवेचन को साकार करते हैं और पूर्व-पश्चिम के दार्शनिकों के इस मत के साक्षी बनते हैं कि सौंदर्य भौतिकता का पर्याय नहीं है। इन दार्शनिकों की दृष्टि रूप के पार गई है। अजंता की चित्रकला और वात्स्यायन के कामसूत्र की प्रणय भंगिमाओं आदि पर काम-भावना संबंधी आक्षेप इस कृति की व्याख्याओं से गिर जाते हैं। लेखक का मानना है कि 'भारतीय कला दर्शन और उसकी मूर्त अभिव्यक्ति बड़े सशक्त रूप से काम के भौतिकवादी पक्ष के निषेध में खड़ी है।' (पृष्ठ 83) वास्तव में जिनकी दृष्टि रूप पर ही टिकी रहेगी, वे उसके पार के संकेतों को ग्रहण नहीं कर सकते।' कला का प्रभाव (काम-) मुक्त करने में निहित है। इसीलिए कहा गया है कि 'कला आदर्श सौंदर्य का वक्तव्य है।' क्या है आदर्श सौंदर्य, वह कैसा है? वास्तव में वह 'जो है' या 'जैसा है' भौतिकवादी दृष्टि-संपन्न दरबारी चित्रकार उसे पकड़ने में चूक भी जाते हैं, वह पकड़ में नहीं आता है। बिहारी के एक दोहे के नए संकेतों पर ध्यान जाना चाहिए—

"लिखन बैठि जाकी सबिहि, गहि-गहि गरब गरूर,
भये न केते जगत् के, चतुर चितेरे कूर।"

उसके क्षणे-क्षणे बुद्धिमान सौंदर्य को चित्रांकित करने में कितने ही चतुर चित्रकार फेल हो गए, क्यों? इसलिए कि उनकी दृष्टि रूप पर ही टिकी रही होगी। इस दोहे के 'केते' शब्द पर ध्यान जाना चाहिए। सबै का प्रयोग नहीं है। कितने ही फेल हो गए। तब बहुत से पास भी हुए होंगे और यह अंतरदृष्टि-संपन्न वे भाव-संपन्न चित्रकार रहे होंगे, जिन्होंने रूप के पार देखा होगा। ऐसे ही चित्रकार अमर होते हैं। उनकी कला कालजयी होती है। वह संग्रहालयों में सुरक्षित रहती है। उस कला की 'कलम' और 'शैली' नाना प्रकार से विकसित होती है। वह देश-काल की उपज होकर भी सार्वभौम हो जाती है। यह सब रूप के पार पहुँची पकड़ का कमाल होता है। 'पार रूप के' में ऐसे ही कमाल की, कलम की और कलमकारों की व्यापक पड़ताल हुई है।

नर्मदा प्रसाद उपाध्याय ने अपनी प्रस्तुत कृति में अनुरंजन, पठनीयता और रोचकता का रंग भरकर गंभीर विषय को भी सहजता से प्रस्तुत किया है। इसमें कला, विशेषकर चित्रकला का विवरण और विवेचन नहीं है, बल्कि कला और सौंदर्य के बारे में चिंतन का इतिहास भी है। यह इतिहास अरस्तू, प्लेटो और हीगल से लेकर उपनिषद् और भरत आदि तक चलता है। वैदिक युग, रामायण, महाभारत, बौद्ध-जैन काल और गुप्तकाल आदि-आदि से चलकर मुगलकाल तक चलता है। यह विवेचन-विश्लेषण ऐतिहासिक संदर्भों से जुड़कर भी उबाऊ नहीं होता है। यही इस कृति की विशेषता है। ललित निबंधकार अपनी कलम का कमाल भी क्यों न दिखाए? उन्होंने भाव-सौंदर्य के बहुरंगे निर्झर जैसी और कला की धरोहरों को समेटती धरोहर जैसी यह कृति हिंदी-जगत् को जो भेंट की है, उसका स्वागत है।

□

अर्जुनदास केसरी : सोनभद्र का सर्वतोभद्र केसरी

स्वर्णजयंती-सीमावधि पारवाली आयु के समर्पित सेवाव्रती डॉ. अर्जुनदास केसरी अब किसी व्यक्ति का नाम नहीं रह गया है, बल्कि वह एक जीवंत-संस्था के रूप में हस्तामलक सदृश हैं; अथवा इसका समग्र मूल्यांकन इस रूप में कर सकते हैं कि यह संज्ञा उस उत्तिष्ठत् जाग्रत् रचनात्मक आंदोलन का पर्याय है, जो सर्वजन-समर्पित और बुधजन प्रशंसित है, शुद्ध है, सात्त्विक है, अराजनीतिक है, तात्त्विक है, वाग्विलास-रहित और योगवत् कर्मसुकौशलम् की कार्यशैली द्वारा संचालित है। इसका उद्‌देश्य रहा और है मिर्जापुर (अब सोनभद्र) में निवास करनेवाली जनता के खोए जीवन-संगीत की वापसी। इसमें अपने जनपद की सांस्कृतिक, सामाजिक, लोकतात्त्विक और कलात्मक स्वरूप की मूल और मौलिक चेतना की सही पहचान को उभारना और परिवर्तित परिस्थितियों में उसे न केवल अन्वेषित करना, बल्कि पुनर्व्याख्यायित करने की कठिन तप-सापेक्ष प्रक्रिया निहित है। कहने की आवश्यकता नहीं कि आजीवन अथक और हताशारहित एक उद्‌देश्यनिष्ठ तपस्वी की भूमिका को डॉ. अर्जुनदास केसरी ने निभाया है। अपने अति पिछड़े जनपद में और साधनहीन स्थितियों में जनपदीय सांस्कृतिक चेतना के पुनर्जागरण को अघोषित आंदोलन का स्वरूप देने के लिए उन्होंने पत्रकारिता का सहारा लिया और अपनी 'लोकवार्त्ता शोध पत्रिका' को, 'रजत जयंती' की मंजिल तक पहुँचाया, 'एकला चलो रे' का जबरदस्त संदेश देते हुए।

संभव है, केसरीजी को भी इस बात का पता न हो, पर उनको इस बात पर गर्व होना चाहिए कि वे एक बहुत महत्त्वपूर्ण अखिल भारतीय स्तर के शुद्ध सांस्कृतिक आंदोलन से जुड़े हुए हैं। संपादकाचार्य पं. बनारसी दास चतुर्वेदी ने सन् 1934 में एक जनपदीय आंदोलन का प्रवर्तन किया था। उनका मानना था कि हमारा जनपद उच्चस्तरीय राष्ट्रीय प्रतिभाओं की खान हैं। जितनी भी महान् विभूतियाँ हैं, उनमें महान् चिंतक, संत-महात्मा, राजनायक, कलाकार, साहित्यकार और महान् मनीषी आदि हैं। उनमें अधिकांश मूलतः पिछड़े जनपदों की उपज हैं। 'उपजहि अनत अनत छवि लहहीं' की रीति के अनुसार ये कालांतर में महानगरों की पहचान, छवि और चमक बन जाते हैं। हम उन पर गर्व करते हैं, उनकी प्रतिभा के पारस से नगर-महानगर तो उत्तरोत्तर स्वर्णिम चमक-दमक-दीप्त महनीय होते जाते हैं, मगर उन प्रतिभावों के मूल उद्‌गम हमारे जनपद, हमारे ग्राम और अंचल वही 'धूल भरा मैला सा आँचल' की तरह दयनीय और हीन-श्री-विहीन रह जाते हैं। इनकी सामाजिक और सांस्कृतिक स्थिति की दबी परतों तथा परंपराओं में ऐसी अनेक वस्तुएँ होती हैं जिन पर गर्व किया जा सकता है, पर वे भी पिछड़ेपन की साधन विहीनता के घनांधकार में ढक जाती हैं। जनपदीय आंदोलन वस्तुतः इन्हीं अवरोधों के विरुद्ध वैचारिक और रचनात्मक लड़ाई का आंदोलन है। अपने एक मीर्जापुर (सोनभद्र) को लेकर यही लड़ाई, अनजाने अर्जुनदास केसरी लड़ रहे हैं। तमाम-तमाम तरह की उसकी ऐतिहासिक, भौगोलिक और सांस्कृतिक परतों को उभाड़ रहे हैं। उसके ऊपर जमे अतीत के गर्द-गुबार को हटाकर राष्ट्रीय स्तर पर दिखा रहे हैं, देखो यह है मेरा जनपद और ये हैं मेरे जनपद के गौरवास्पद आयाम।

जनपदीय आंदोलन में मूल रूप से महात्मा गांधी आदि का स्वतंत्रता संग्राम की लड़ाई के दौरान दिया हुआ वही नारा काम कर रहा था, जिसमें ध्वनित हुआ था कि 'गाँवों की ओर लौटो'। स्वतंत्रता के बाद, जो हिंदी कथा-साहित्य में आंचलिकता की जबरदस्त लहर चली और कालजयी कृतियाँ रचित हुईं, उनमें भी वही अपने 'ग्रामांचलों की ओर लौटो' की चेतना

सक्रिय थी। डॉ. अर्जुनदास केसरी उसी चेतना-सागर की जबरदस्त तरंगों को समेटने के लिए सक्रिय हैं। अपने जनपद की भौगोलिक रूपाभा, ऐतिहासिक धरोहरों, कला-साहित्य-साधकों के अवदान, राजपुरुषों की स्मृतियों के साथ-साथ जनजातियों की परंपराएँ, उनकी मान्यताएँ, समस्याएँ, जीवन-छवियाँ, उनके विविध विश्वास, लोकगीत, पर्व, त्योहार, खान-पान, खेल-नृत्य, भाषा, मुहावरे, लोकगाथाएँ, लोककथाएँ, मनोरंजन, व्रत, त्योहार-मेले, पूजा-पाठ, रूढ़ियाँ-रीतियाँ, सुख-दुःख और तमाम-तमाम तरह की जीवन-छवि रेखाओं को, उनमें निहित, स्वीकृति, प्रकृति और विकृति सहित समग्र पहचान को, कुल मिलाकर, जो जातीय चेतना अथवा अस्मिता के रूप में रेखांकित होती है, इन सबकी खाता-खतौनी को खँगालने में खप-तप रहे केसरीजी सचमुच तपस्वी हैं। उनकी तपस्या पर आधुनिकता की आँच नहीं आई है, जबकि वह है बहुत शक्तिशाली। उसकी आँधी में संपादकाचार्य पं. बनारसी दास चतुर्वेदी का जनपदीय आंदोलन उड़ गया। (बलिया जनपद में श्री कुलदीप नारायण 'झड़प' और डॉ. अनिल कुमार 'आंजनेय' ने इस आंदोलन को लगभग सन् 1970 तक सक्रिय रखा। एक वार्षिक पत्रिका 'चतुर्मुख' नाम से निकली, मगर वह अ.भा. जनपदीय परिषद् अब नाम शेष मात्र रह गई है।) आंचलिकता की बलवती-वेगवती लहरें उड़ गईं और महात्मा गांधी की 'गाँवों की ओर लौटो' की धारा भी उनके जीवन-काल में ही सूख गई। डॉ. अर्जुनदास केसरी अपने 'लोकवार्त्ता शोध संस्थान, सोनभद्र (उ.प्र.)' और अपनी पत्रिका 'लोकवार्त्ता शोध पत्रिका' के द्वारा जनपदीय चेतना को जीवित-जाग्रत् करने का झंडा मजबूती से थामे लड़ रहे हैं।

डॉ. अर्जुनदास केसरी को सोनभद्र का सर्वतोभद्र कहा जाए, तो अनुचित नहीं होगा। उनके विपुल कृतित्व से कम वजनदार नहीं है उनका सौम्य, शांत, शालीन और सभ्य सांस्कृतिक व्यक्तित्व। इस व्यक्तित्व को उन्होंने एकांतिक रूप में विकसित न कर अनेकांतिक रूप में सर्वजनहिताय में बिखेर दिया। इतिहास उनके बिखरे अवदान को समेटने लगेगा, तो आश्चर्य होगा—कैसा विविधवर्णीय है यह अवदान, वर्तमान के अवदानों

से अधिक ध्यानाकर्षक है विलुप्तप्राय होती अपनी साहित्यिक, सांस्कृतिक और लोक-तात्त्विक उपलब्धियों के विविध आयामों को सहेजने-बटोरने से संबंधित अवदान, 'विजयमल' और 'लोरिकायन' जैसी वीरगाथाओं से लेकर लावनी, करमा, कजरी आदि जैसे लोकगीतों के संकलन-संपादन के मूल्यवान, अवदान, ऐतिहासिक ही नहीं, प्रागैतिहासिक महत्त्व की धरोहरों, पुरातात्त्विक महत्त्व की कलाकृतियों से लेकर दुर्लभ प्राचीन पांडुलिपियों आदि की खोज संबंधी अवदान न केवल खोज, बल्कि उनके संग्रह और पुनः संग्रहालय की विधिवत् व्यवस्था के अवदान, सूची बड़ी लंबी हो जाएगी, डॉ. अर्जुनदास केसरी के अवदानों की। इन अवदानों की सूक्ष्म तरंगें हताश-उदास जनजीवन को आत्मविश्वास का संबल प्रदान करती हैं। हीनत्व-ग्रंथि से पीड़ित सड़े-सिकुड़े जीवन को आत्मबल प्रदान करती हैं।

सबसे महत्त्वपूर्ण उनके सर्जनात्मक साहित्य का अवदान है। वे हिंदी भोजपुरी के मर्मज्ञ लेखक हैं और उन्होंने निबंध, वार्त्ता, संस्मरण और शोध-समीक्षा आदि विविध विधाओं के समर्थ लेखक के रूप में लगभग चालीस से ऊपर कृतियों का सृजन कर यश अर्जित किया है। उनकी प्रकाशन संस्था का नाम है—'लोकरुचि' और उन प्रकाशनों को देखनेवाले उन्हें इस रूप में देखते हैं, जैसे वे लोक-प्रज्ञापुरुष हैं। क्यों नहीं, और एक साथ आदर्श शिक्षक हैं, लोकवार्त्ता प्रशिक्षक हैं, लोक-संगीतकार हैं, उसे और क्या कहा जाए? मेरी दृष्टि में उनमें एक ही अवगुण है और वह यह है कि वे अत्यंत विनम्र हैं। अरे भाई! आपने इतना-इतना किया, थोड़ी वैशिष्ट्य की अकड़ भी होनी चाहिए। खैर, नहीं है तो ठीक भी है, क्योंकि आप गुहाकलाओं के भी खोजी हैं। गुहा तो फिर गुहा है, चाहे वह पहाड़ में स्थित अँधेरी गुहा हो, चाहे वनवासी जाति-जनजाति के अदेखे जीवन की गुहा हो, झुककर ही प्रवेश करने पर सफलता मिलती है। सफलता इन्हें मिली भी है। मुगलकाल आदि के इतिहास-पुरुषों से लेकर उनके स्मृतिचिह्नों को, देवकी नंदन खत्री के तिलिस्मी गढ़ों को, जनपदीय विभूतियों और ऐसी अनेक ज्ञातव्य ऐतिहासिक महत्त्व की जनपद की भूगर्भ-स्थित संपदा को उन्होंने अपनी रचनाधर्मी

पत्रकारिता की कलम से प्रामाणिक रूप से उजागर करने में अपने को खपाया है। सोनभद्र जनपद अपनी भूगर्भ स्थित अतुल संपदा के लिए प्रसिद्ध है, डैम और उद्योग के लिए प्रसिद्ध है, कुल मिलाकर ये प्रायः उत्खनन प्रक्रिया से जुड़े हैं। इन्हीं सब उत्खनन-प्रारूपों में एक महत्त्वपूर्ण प्रारूप डॉ. अर्जुनदास केसरी के कृतित्व से जुड़ता है। वे सही अर्थों में उत्खनन-केसरी हैं। उन्होंने मिर्जापुर-सोनभद्र जनपद की जीवन-धरित्री के भीतर से भौतिक संपदा का नहीं, बल्कि अभौतिक, प्राकृतिक, जातीय और मूल स्वभाव की संपदा के उत्खनन में अपना संपूर्ण जीवन झोंककर कीर्तिमान स्थापित किया है। इसके लिए सोनभद्र जनपद ही नहीं, पूरा हिंदी जगत् उनके प्रति कृतज्ञ रहेगा। □

वेदप्रकाश अमिताभ : समीक्षक अर्थात् 'सार सार को गहि'

प्रचार-प्रसार और गोल-गुटबाजी से दूर डॉ. वेदप्रकाश अमिताभ एक ऐसे सहज, सरल व निश्छल व्यक्तित्व का नाम है, जिसका सृजन ही धर्म है और कृति एवं कृतिकारों के साथ पूर्णतः न्याय करना ही कर्म है। जिसने लिखने-पढ़ने को ही अपना ओढ़न-बिछावन बना लिया है, जो साहित्यिक तप का पर्याय है। जो आजीवन अध्ययन-अध्यापन और चिंतन-मनन में लगा रहा। जिसके जीवन का समग्र साहित्य समाज को समर्पित रहा। अन्यों पर उन्होंने खूब लिखा, जमकर लिखा, पूर्ण मनोयोग से लिखा; पर स्वयं उन पर उस अनुपात में नहीं लिखा गया, जिस अनुपात में लिखा जाना चाहिए।

यहाँ यह लिखने में हिचक नहीं हो रही है कि यदि वे विनम्र, उदार एवं संकोची स्वभाव के न होते, जुगाड़तंत्र पर भरोसा करनेवाले होते तो अब तक उन पर न जाने कितने काम हो गए होते और पत्रिकाओं के विशेषांक छप गए होते। कारण, जहाँ बिना कुछ किए लोगों पर कार्य हो जाते हैं, वहाँ डॉ. अमिताभ ने तो प्रचुर कार्य किया है, गुण और मात्रा दोनों के स्तर पर। उनका सृजनात्मक लेखन, संपादन, समीक्षा-कार्य, सब उच्च कोटि का है। उच्चता की तो जैसे वे प्रतिमूर्ति ही हैं, 'हृदय की अनुकृति बाह्य उदार'।

उन्होंने 37 वर्ष धर्मसमाज कॉलेज, अलीगढ़ को अध्यापन में सौंपकर तथा पचपन शोधछात्रों को पी-एच.डी. एवं कइयों का डी.लिट् में मार्गदर्शन

किया है। सर्जना के क्षेत्र में अब तक उनके दो काव्य संग्रह—'वसंत के इंतजार में' तथा 'कितनी अग्नि परीक्षाएँ', तीन कहानी संग्रह—'दूसरी शहादत', 'दुःख के पुल से' एवं 'गुलामी', एक व्यंग्य संग्रह—'तीसरी आजादी का सपना', 'आदर्श जीवन' नाम से एक जीवनी, एक साक्षात्कारों का संकलन—'रचनाधर्मिता और मूल्यबोध', एक शोधग्रंथ—'हिंदी के आंचलिक उपन्यासों में मूल्य संक्रमण' तथा बीस से अधिक समीक्षात्मक ग्रंथ प्रकाश में आ चुके हैं, जिनमें प्रमुख हैं—'उपन्यासकार जैनेंद्र और त्यागपत्र', 'हिंदी कहानी : एक अंतर्यात्रा', 'हिंदी कहानी के सौ वर्ष', 'नई कहानी : प्रतिनिधि हस्ताक्षर', 'समकालीन काव्य की दिशाएँ', 'रामदरश मिश्र : रचना समय', 'अक्षरबीज की हरियाली', 'साहित्य और परिवेश', 'भक्तिकाव्य : आधुनिक संदर्भ में', 'साहित्य और हमारा समय' तथा 'हिंदी कविता : आधुनिक और समकालीन'।

इन सर्जनात्मक और समीक्षात्मक कृतियों के साथ ही उन्होंने 'समकालीन हिंदी साहित्य', 'उपन्यासकार हजारीप्रसाद द्विवेदी', 'प्रेमचंद का कथा-संसार', 'हिंदी उपन्यास के सौ वर्ष', 'आचार्य रामचंद्र शुक्ल : रचना और दृष्टि', 'प्रसाद का काव्य', 'सृजन-समर्पण की उत्तरशती', 'सर्जनात्मकता में गाँव', 'ललित साहित्य-विमर्श', 'डॉ. विश्वंभरनाथ उपाध्याय : सर्जनात्मक स्मरण' तथा 'बूँद-बूँद नदी' जैसी दो दर्जन से ऊपर उल्लेखनीय पुस्तकों का संपादन भी किया है।

प्रसंगवश चर्चा कर दूँ कि डॉ. अमिताभ ने दिनेश पालीवाल के साथ एक पुस्तक—'समकालीन हिंदी कहानी' में सहलेखन भी किया है। पत्र-पत्रिकाओं में अब तक उनके दो सौ अधिक आलेख, तीस शोधपत्र और चार सौ के आस-पास पुस्तकों की समीक्षाएँ प्रकाशित हैं। उनके इस महनीय अवदान के मूल्यांकन रूप में दयालबाग डीम्ड विश्वविद्यालय, आगरा, कुरुक्षेत्र विश्वविद्यालय, हरियाणा तथा गुरुकुल काँगड़ी विश्वविद्यालय, हरिद्वार ने उनके साहित्य पर पी-एच.डी. कराई है। 'डॉ. वेदप्रकाश अमिताभ : शब्द यात्रा' शीर्षक से उनके व्यक्तित्व एवं कृतित्व पर एक उच्च कोटि का मूल्यांकन-ग्रंथ भी प्रकाशित है। इन सबके साथ ही देश के कई

अन्य विश्वविद्यालयों में उनके साहित्य पर शोधकार्य चल रहे हैं।

इन चर्चाओं के बीच उनके यशस्वी संपादन में पिछले बीस वर्षों से लगातार छप रही, जनधर्मी सर्जना और चिंतन की प्रतीक पत्रिका 'अभिनव प्रसंगवश' (सै.) की चर्चा न की जाए, तो चर्चा अधूरी रह जाएगी। कहा जा सकता है इस पत्रिका ने उनके सर्जक और समीक्षक व्यक्तित्व में चार चाँद तो लगाया ही, उन्हें मुकम्मल पहचान भी दी। सत्तर के शिखर को छू रहे संपादक के लिए अब अपेक्षित भाग-दौड़ और लिखा-पढ़ी रोग-जर्जर शरीर के साथ संभव नहीं हो पा रही है, जिसकी वजह से इस अनवरत प्रवहमान यात्रा को पत्रिका के अक्टूबर-दिसंबर, 2015 के अंक में संपादक ने विराम देने की इच्छा व्यक्त की है, हालाँकि यह विराम अल्प विराम होगा या अर्द्धविराम या पूर्ण विराम; पाठकों की चहेती एवं प्रिय पत्रिका होने के कारण; संपादक यह घोषणा करने का साहस नहीं जुटा पाया है। संपादक की ईमानदारी का पता इस एक वाक्य से ही चल जाता है कि 'जो हमारे मित्र पिछले एक-दो वर्षों में ही सदस्य बने हैं और उन्हें लगता है कि वे छले गए हैं, तो उनकी धनराशि लौटाई जा सकती है।' कहाँ और कितने लोगों में बची है इस तरह की नैतिकता? साथ-ही-साथ इस कथन में एक माली की अपने हाथ से लगाए और पाल-पोसकर बड़े किए गए पौधे को न बचा पाने की पीड़ा एवं छटपटाहट भी है।

ईश्वर से प्रार्थना है कि वे स्वस्थ रहकर अपने कार्य का पूर्ववत् संपादन करते रहें। उम्र-पीड़ा का क्या है? मैं तो स्वयं बानवे का हो रहा हूँ, शरीर और मन दोनों जैसे रोग-जर्जर और व्याधिग्रस्त हैं। समय और समाज तेजी से परिवर्तित हो रहे हैं। नए लोगों के साथ संगति नहीं बैठ पा रही है। दिशाहीनता, मूल्यहीनता और संस्कारहीनता की सर्वत्र बाढ़ दीख रही है। ऐसे में भी चल रहा हूँ; चल रहा हूँ और चलता जा रहा हूँ। कहाँ तक चलना है! नहीं पता। सबकुछ अज्ञात और अदृश्य है। आसमानी इंतजाम है। उन्मुक्तता की हद तक बस चलते जाना है। मैं डॉ. अमिताभ से भी कहना चाहूँगा कि रुकें नहीं, थकें नहीं; चले, चलते रहें। जीवन चलते रहने का नाम है, फिर

चाहे वह साहित्यिक जीवन हो अथवा खुद का जीवन। सर्जन और सृजन की इस अनथक यात्रा में कुछ देर सुस्ता भले लें, पर विराम के बारे में न सोचें।

और मुझे लगता है कि हिंदी का उनका अपना एक जो बहुत विशाल पाठक-वर्ग है, जो उन्हें वह सम्मान देता है, जो दुनिया के किसी भी सम्मान से ऊपर है, से ऊर्जा प्राप्त कर वे नई चेतना, स्फूर्ति एवं उमंग के साथ अपने बेहतर को अपने पाठकों के बीच रखने-देने का काम करते रहेंगे।

डॉ. अमिताभ की सृजनशीलता को पढ़ते समय एक बात साफ समझ आती है कि उनका लेखन हर तरह के वाद और आग्रह से परे होता है। उनकी न्यायप्रिय दृष्टि हर जगह न्याय करती है। किसी शिविर की प्रतिबद्धता में न बँधकर भी वे प्रतिबद्ध हैं; प्रतिबद्ध हैं अपने लेखन के प्रति। किसी झंडे के नीचे न होकर भी हर झंडे के अच्छे का सम्मान करते हैं तथा बुरे का नकार। वे मार्क्सवादी न होकर भी मार्क्सवादियों के प्रिय हैं। वे सिद्धांत से स्खलित मार्क्सवाद को कभी पसंद न करनेवाले साहित्यकार हैं। वे जनवादी चिंतक तो हैं, पर प्रतिबद्ध या जड़वादी नहीं। वे हर जगह परिवर्तनकामी शक्तियों के साथ खड़े नजर आते हैं, पर अपने आदर्शों और मूल्यों का गला घोंटकर नहीं। शायद इसीलिए वे केवल वामपंथियों और दक्षिणपंथियों के नहीं, सबके प्रिय हैं। वे एक सीधे-सच्चे और सरल इनसान हैं और उनके यही गुण उन्हें सबका प्रिय बनाते हैं। गलत के प्रति हर सीधा-सच्चा और सरल इनसान जिस तरह छटपटाता है, कुछ उसी तरह वे भी छटपटाते हैं और विरोध के स्वर में उठ खड़े होते हैं।

आज की समीक्षा सीधे-सीधे या तो प्रशंसा के मूड में लिखी जा रही है अथवा तेजाब में कलम डुबोकर। डॉ. अमिताभ इन दोनों प्रकार के अतिरेकों से बचते हुए किसी भी कृति अथवा कृतिकार पर कलम चलाते हुए उसका तटस्थ, वस्तुनिष्ठ, संतुलित एवं निष्पक्ष विश्लेषण प्रस्तुत करते हैं। कृतिकार से अधिक कृति को महत्त्व देते हैं। कथ्य एवं शिल्प को महत्त्व देते हैं। भाषा तथा संप्रेषण को महत्त्व देते हैं। वे अपनी कृतियों में जहाँ भ्रष्ट व्यवस्था, जड़-परंपराओं एवं मृत रूढ़ियों पर निर्मम प्रहार करते हैं, वहीं आदर्श मूल्यों

एवं संस्कृति की रक्षा करते भी दीखते हैं। एक सफल वस्तुनिष्ठ समीक्षक, ईमानदार सर्जक, शील-सौजन्य की प्रतिमूर्ति और व्यवस्था-परिवर्तन के सहज आग्रही डॉ. अमिताभ की मुकम्मल पहचान शब्दों के द्वारा चित्रित कर पाना असंभव नहीं तो कठिन अवश्य है।

सामंतवाद, पूँजीवाद जैसे शब्दों से उन्हें चिढ़ है। उन्हें लगता है, इन शब्दों ने देश को अंदर से खोखला बनाया है। आज का समाजवाद और लोकतंत्र भी उन्हें बहुत आश्वस्त नहीं कर पाता। उसमें व्याप्त खामियाँ उन्हें परेशान करती हैं, उद्वेलित करती हैं। वर्तमान लोकतांत्रिक व्यवस्था में जनसत्ता की प्रतिष्ठा के साथ-साथ वे उसके अंतर्विरोधों को भी देखते और विरेचित करते हैं। नवसामंती तत्त्वों एवं नवपूँजीवादी शक्तियों का उदय उनके रचनाकार को अंदर तक मथता-हीढ़ता है। ऐसी अवस्था में वे अपनी लेखनी के माध्यम से व्यवस्था-विरोधियों के पक्ष में खड़े नजर आते हैं।

आज की इस व्यवस्था में वे सिद्धांत और व्यवहार में अंतर पाते हैं। आम आदमी के शोषण और उत्पीड़न के साथ ही स्त्री और दलितों के जीवन में दुर्गति देखते हैं और ऐसे में उनका सृजनकार शिवप्रसाद सिंह, रामदरश मिश्र, राही मासूम रजा, श्रीलाल शुक्ल, विवेकी राय, हिमांशु श्रीवास्तव, जगदीशचंद्र, मधुकर सिंह, ललित शुक्ल, मैत्रेयी पुष्पा, कृष्णा अग्निहोत्री, यादवेंद्र शर्मा 'चंद्र', जयप्रकाश कर्दम, ज्योतिष जोशी और वीरेंद्र जैन आदि के रूप में व्यवस्था से दो-दो हाथ करने के लिए उठ खड़ा होता है। इन कलमकारों के प्रति उनकी पक्षधरता इस बात का प्रमाण है। वे गाँव की माटी से जुड़े और पले-बढ़े लेखक हैं, इसलिए गाँव का और गाँव पर लिखा उनको प्रिय लगता है। वे साहित्य को समय से जोड़कर देखते हैं। समय-समय पर लिखे गए और संगोष्ठियों में पढ़े गए कुछ आलेखों का 'साहित्य और हमारा समय' संज्ञक पुस्तक-रूप में प्रकाशन इस तथ्य को पुष्ट करता है। फिर चाहे वह नंददुलारे वाजपेयी अथवा हजारीप्रसाद द्विवेदी की समीक्षा-दृष्टि पर बात हो, या स्वातंत्र्य की खोज में संघर्षरत चरित्रों (संदर्भ-अज्ञेय के उपन्यास) की बात।

सोहनलाल द्विवेदी की कविता में जहाँ वे शक्ति और सार्थकता को रेखांकित करते हैं, वहीं शमशेर की कविता में अनुभूति की सच्चाई को दर्शाते हैं। मार्कंडेय यदि उन्हें ग्रामीण जीवन के विश्वसनीय कहानीकार के रूप में नजर आते हैं, तो जहीर कुरैशी की गजलों में व्यवस्था-विरोध दीखता है। समकालीन हिंदी उपन्यास के फ्रेम में वे 'लोकतंत्र' को कसते हैं, साथ ही नए विषय, नई चुनौतियों और सार्थक संभावनाओं की तलाश भी करते हैं। हिंदी के विकास में जहाँ भोजपुरी के योगदान को स्वीकारते हैं, वहीं उपन्यास विधा को लोकसंस्कृति और आधुनिकता के साहचर्य के रूप में चित्रित करते हैं। नई शती के कथालोचन का मूल्यांकन करते समय वे पुनर्मूल्यांकन की आवश्यकता पर बल देते हुए (उसकी) कुछ दिशाएँ भी सुझाते हैं। महेंद्र कार्तिकेय का काव्य-विवेक उन्हें प्रभावित करता है। स्वयं कवि के तौर पर महेंद्र कार्तिकेय 'रचना' को ज्ञान-प्राप्ति का एक ढंग मानते हैं। 'कविता' श्री कार्तिकेय के लिए मनोविनोद का विषय न होकर गंभीर सरोकारों से जुड़ी है। रामदरश मिश्र की कहानियाँ समीक्षक (डॉ. अमिताभ) को काठ होती संवेदना और मनुष्यता की संजीवनी के रूप में प्रभावित करती हैं।

समीक्ष्य पुस्तक दो खंड में है, एक विवेचन खंड, दूसरा मूल्यांकन खंड। विवेचन खंड में जहाँ 16 महत्त्वपूर्ण आलेख-शोधपत्र प्रकाशित हैं, वहीं मूल्यांकन खंड में ख्यात, अल्पख्यात और अख्यात लोगों की कुल 14 पुस्तकों की मनोयोगपूर्ण समीक्षा लिखकर उन्होंने साबित कर दिया है कि उनके लिए रचना महत्त्वपूर्ण है, न कि रचनाकार। सभी समीक्षित पुस्तकों पर उन्होंने पूरी ईमानदारी से कलम चलाई है।

एक पुस्तक डॉ. अमिताभ ने प्रस्तुत लेख के लेखक मुझ विवेकी राय के व्यक्तित्व एवं कृतित्व पर भी लिखी है—'अक्षर बीज की हरियाली' (2002)। पाठकों ने इस पुस्तक का खुले मन से स्वागत किया। कारण लेखन के सभी पक्षों पर व्यापक विचार-विमर्श का कार्य इस कृति द्वारा पहली बार हुआ था। अपनी जमीन से जुड़ी हुई रचना-संवेदना, ग्राम-जीवन के प्रति अकृत्रिम लगाव एवं गाँव के प्रति चिंता की आत्मीय, किंतु

सर्जनात्मक अभिव्यक्ति को जिस रूप में इस पुस्तक में चित्रित एवं रेखांकित किया गया है, वह पुस्तक को विवेकी-साहित्य के अध्ययन का दस्तावेज साबित करता है। मेरी रचनाधर्मिता को रेखांकित करनेवाली कोई रेखा अमिताभ के बिंदु को स्पर्श किए बिना नहीं रह पाएगी। सतही निष्कर्षों और चालू कथनों से बचते हुए अमिताभ ने 'रचनाकार' के समग्र रचना-व्यक्तित्व को जानने-बूझने का विवेच्य कृति में सफल प्रयास किया है। पूरी पुस्तक दो खंडों में विभक्त है—अनुशीलन खंड एवं समीक्षा खंड। अनुशीलन खंड में गाँव को समर्पित मेरी संपूर्ण रचनायात्रा को दस शोध-पत्रों के माध्यम से विश्लेषित-विरेचित किया गया है, जबकि समीक्षा खंड में समीक्ष्य दृष्टि से चयनित विभिन्न विधाओं की मेरी कुल पंद्रह पुस्तकों की गहन एवं सूक्ष्म पड़ताल की गई है।

भक्ति काल को आधुनिक संदर्भों में रेखांकित करती डॉ. अमिताभ की एक महत्त्वपूर्ण कृति आई है—'भक्ति काव्य : आधुनिक संदर्भ में' (2012) । संस्कारवश उन्होंने प्रस्तुत पुस्तक में 'भक्ति काव्य' को 'आधुनिक संदर्भ' में देखने का प्रयास किया है। पुस्तक के फ्लैप पर प्रकाशित इस सत्य से शायद ही कोई असहमत हो कि आधुनिकता और समकालीनता के संदर्भ में 'परंपरा' से निरंतर संवाद की जरूरत से इनकार नहीं किया जा सकता। परंपरा से प्राप्त अनेक मूल्य आज भी हमारे लिए प्रेरणाप्रद हैं और अवमूल्यन तथा अमानवीयकरण के भयावह दौर में सार्थक बने हुए हैं। पूरी पुस्तक इसी विमर्श के इर्द-गिर्द घूमती है। अफसोस का विषय है कि किंचित् कारणों से पुनश्चर्या और पाठ्यचर्चा करनेवाले लोग हिंदी साहित्य से मध्यकाल को बाहर करने में लगे हुए हैं। फिर मध्यकाल ही क्यों! प्राथमिक से लेकर उच्च शिक्षा तक में जो कुछ भी अच्छा था, श्रेयस्कर था, शिक्षाप्रद था, पुरानेपन का चोला उतारने और प्रगतिवादी-प्रगतिशील बनने के नाम पर बाहर किया जा रहा है। पुराना सब जा रहा है और नया हर तरह से सर्वग्राह्य नहीं। ऐसे में खुशी है कि डॉ. अमिताभ ने अपनी इस पुस्तक के माध्यम से एक कैंडिल (मोमबत्ती) जलाकर अँधेरे समाज को रोशनी देने का प्रयास किया है। भक्ति

आंदोलन की साझी सांस्कृतिक विरासत को कबीर, सूर, तुलसी, जायसी, मीरा, रहीम, रसखान से होते हुए शुक संप्रदाय, चरणदास, हरिदास और नारायणदास से जोड़कर आज के संदर्भ में जनकल्याणी प्रस्तुति की है।

साहित्य को परिवेश से जोड़ने के हिमायती डॉ. अमिताभ समकालीन हिंदी साहित्य को संवेदना और विमर्श तक ले जाते हैं। हिंदी कविता को आधुनिक और समकालीन परिप्रेक्ष्य में आँकते हैं। वैसे तो 'साहित्य और परिवेश' संज्ञक पुस्तक में प्रकाशित सभी लेख उच्च कोटि के एवं महत्त्वपूर्ण हैं, पर यहाँ भी उनका मन मुख्यतया व्यवस्था-विरोध और ग्राम-केंद्रित रचनाओं अथवा रचनाकारों में ही ज्यादा रमा है। 'आजादी का स्वप्न और हिंदी साहित्य', 'समकालीन हिंदी उपन्यासों में नारी विमर्श', 'दलित साहित्य : अवधारणा, उपलब्धि और अंतर्विरोध', '1857 और हिंदी की साहित्यिक पत्रकारिता', 'लघु-पत्रिका आंदोलन और व्यवस्था-विरोध', 'गीत में घर और गाँव', 'आलोचना विधा में अनुसंधान : दशा और दिशा' आदि पुस्तक के 'विमर्श खंड' के कुछ ऐसे आलेख हैं, जिनका उल्लेख न करना बेमानी होता। इसी तरह 'मूल्यांकन खंड' में नाथूराम शंकर शर्मा 'शंकर', महादेवी, रामकुमार वर्मा, रामविलास शर्मा, द्विजेंद्र नाथ मिश्र 'निर्गुण', रामधारी सिंह 'दिनकर', नरेश मेहता, रघुवीर चौधरी, विवेकी राय, रामदरश मिश्र, शरद जोशी, त्रिभुवन सिंह, सूर्यबाला आदि के रचना-साहित्य पर केंद्रित लेख पुस्तक को पठनीय और महत्त्वपूर्ण बनाने के साथ-साथ साहित्यिक-ऐतिहासिक दस्तावेज का स्वरूप प्रदान करते हैं। पुस्तक में संकलित कथाकारों के बहाने समीक्षक यथासंभव उस अमानवीयकरण का विरोध करता है, जो भूमंडलीकरण के अंतर्गत चाहे-अनचाहे बढ़ता ही गया है। वह 'नारी-मुक्ति' की नहीं 'नारी-समानता' की बात करता है। समीक्षक की दृष्टि है कि व्यवस्था चाहे जनतांत्रिक हो या समाजवादी, पुरुष की पकड़ और सत्ता बनी रहती है और स्त्री-पुरुष के लिए अलग-अलग मानदंडों का कुफल मुख्यतः नारी को भोगना पड़ता है।

'हिंदी कविता आधुनिक और समकालीन' (2014) में डॉ. वेदप्रकाश

अमिताभ लिखते हैं, बीसवीं शती की हिंदी कविता हर दृष्टि से उल्लेखनीय और समृद्ध है। व्यवस्था के प्रतिवाद और प्रतिरोध का नैरंतर्य उत्तरशती की हिंदी कविता को वैचारिक ऊर्जा से संपन्न करता है। इस पुस्तक में संकलित कुछ टिप्पणियाँ संक्षिप्त हैं, जो समय-समय पर समाचार-पत्रों और आकाशवाणी के लिए लिखी गई थीं, पर उनकी संक्षिप्तता से उनकी महत्ता अथवा उपयोगिता पर कोई फर्क नहीं पड़ता। समीक्ष्य पुस्तक में डॉ. अमिताभ ने नाथूराम शंकर शर्मा 'शंकर' (1859-1932) से लेकर मैथिलीशरण गुप्त, हरिऔध, जयशंकर प्रसाद, रांगेय राघव, मलखान सिंह सिसौदिया, अज्ञेय, मुक्तिबोध, धूमिल, शमशेर बहादुर, नागार्जुन, नरेश मेहता, भवानीप्रसाद मिश्र, बालकृष्ण राव, सर्वेश्वर, रामदरश मिश्र, ललित शुक्ल, विश्वनाथ प्रसाद तिवारी, नरेंद्र मोहन, महेंद्र भटनागर, गुलाब खंडेलवाल, रामनवल मिश्र, विष्णु विराट तक विस्तार से कलम चलाई है। कहना असंगत नहीं होगा कि उपर्युक्त कवियों के कवि-कर्म को पूरी तरह प्रस्तुत करनेवाली यह अकेली और मुकम्मल पुस्तक है। इस पुस्तक में कई पुरानी स्थापनाएँ और मान्यताएँ खंडित हुई हैं तथा गहन अध्ययन-मनन और विश्लेषण के बाद नई मान्यताएँ उभरकर सामने आई हैं। विद्वान् समीक्षक ने गुप्तजी के कवि-कर्म के व्याज से यह सिद्ध किया है कि तत्कालीन और सामयिक आशयों से जुड़ी कविता का मूल्य तभी होता है, जब उसका बोध लोकमंगल या मानवहित से संबद्ध हो। प्रसन्नता है कि डॉ. अमिताभ की यह पुस्तक इसी लोकमंगलाख्यान को प्रस्तुत करती है। 'प्रलय की छाया' में 'स्त्री-विमर्श' मन को भा गया। मलखान सिंह सिसौदिया को पढ़ने के बाद समीक्षक के इस निष्कर्ष से सहमत हुआ जा सकता है कि उनकी संपूर्ण काव्य यात्रा संशयरहित मृत्युंजय संकल्प से आविष्ट है, जिसकी जड़ें जन सामान्य के जन संघर्ष में गहरे धँसी हुई हैं।

जनधर्मिता के संदर्भ रूप में अज्ञेय, तिलिस्मी सत्ताएँ तोड़ देने के लिए संकल्पित मुक्तिबोध, सहज अनुभूति और सहज अभिव्यक्ति के प्रतीक बालकृष्ण राव, जनधर्मी चरित्र लिये नागार्जुन, अनुभूति की सच्चाई को

बाँटते शमशेर, श्रेष्ठ को जगाने की चाह में नरेश मेहता, सरकंडे की कलम से विरोध के मंत्र लिखते रामदरश मिश्र, जिसने पक्के मकान के आँगन में/थोड़ी सी कच्ची जमीन छोड़ रखी है; ललकार-चेतना और विद्रोह के कवि धूमिल आदि डॉ. अमिताभ को विशेष रूप से प्रभावित करते हैं, जिन पर लिखने में समीक्षक ने अपनी कलम तोड़ दी है, पर वस्तुनिष्ठता, सत्यता और यथार्थ का यहाँ भी ध्यान रखा गया है। पुस्तक से एक उदाहरण द्रष्टव्य है—(धूमिल का सवाल) 'बीस साल बाद/मैं अपने आपसे एक सवाल करता हूँ/जानवर बनने के लिए कितने सब्र की जरूरत होती है?' 'बीस साल' की जगह पैंसठ साल कर दें तो यह सवाल आज भी उतना ही तीक्ष्ण और बेधक है (पृ. 105)। ऐसे में 'जिंदा रहने के पीछे/अगर सही तर्क नहीं है/तो रामनामी बेचकर या रंडियों की/दलाली करके रोजी कमाने में/कोई फर्क नहीं है (पृ. 108)।' बियाबान में पगडंडी का व्यक्तित्व लिये ललित शुक्ल भी समीक्षक को कुछ इसी कदर प्रभावित करते हैं। वे लिखते हैं—ललित शुक्ल में 'विचार' आरोपित या बड़बोलेपन के रूप में प्रस्तुत नहीं है। वह काव्य-संवेदना में संश्लिष्ट और अंतर्भुक्त है। इसी तरह श्री विश्वनाथ प्रसाद तिवारी की कविताओं के केंद्र में स्थित सच्चाइयों की परिधि को उन्होंने उनकी संपूर्ण व्यापकता में आँका है। बकौल डॉ. अमिताभ—'श्री तिवारी की कविताएँ वैचारिक ऊर्जा से दीप्त हैं, लेकिन केवल 'विचार' फेंकना इनकी आदत नहीं है। वे प्राय: कहीं-न-कहीं, किसी संवेदना की छुअन छोड़ जाती हैं। यह ज्ञानात्मक संवेदन कविताओं को एक ओर गंभीर बनाता है, दूसरी ओर रागतंत्री को झनझनाता भी है (पृ. 132)।'

महेंद्र भटनागर की कविताओं के बारे में अपनी राय देते हुए वे लिखते हैं, 'वे ही कवि प्राय: पढ़े और सराहे गए हैं, जिनकी कविता की जड़ें व्यापक जनसमुदाय के सुख-दु:ख, आकांक्षाओं और संघर्ष से खाद ग्रहण करती रही हैं। महेंद्र भटनागर का अधिकतर काव्य इसी प्रगतिशील काव्यधारा के रंग में रँगा हुआ है (पृ. 135)।' महेंद्र भटनागर के बारे में की गई टिप्पणी के माध्यम से अनजाने में मानो उन्होंने अपनी उस प्रतिबद्धता और शिविरबद्धता

के बारे में जता दिया है, जिसके बारे में मैं आरंभ में संकेत कर चुका हूँ। इस प्रकार वे (अपनी प्रकृति से) प्रतिबद्ध होकर भी शिविर और गोल-गुटबाजी से पूरी तरह मुक्त हैं एवं अपनी सृजनशीलता, रचनाधर्मिता तथा समीक्षा-कर्म की खाद वे भी वहीं से ग्रहण करते हैं, जहाँ से उन्होंने अन्यों के लिए संकेत किया है।

बिना किसी पूर्वग्रह या शिविरबद्धता के समकालीन हिंदी साहित्य को समर्पित आलोचना की एक और उनकी पुस्तक प्रकाश में है—'समकालीन हिंदी साहित्य : संवेदना और विमर्श' (2012)। अपने समय के साहित्य की प्रमुख प्रवृत्तियों को रेखांकित करते हुए समवेत विजन का निर्धारण कृति की उपलब्धि है। विवेच्य पुस्तक में डॉ. अमिताभ समकालीन कविता को जन-प्रतिरोध एवं मुक्ति की चेतना के रूप में रेखांकित करते हुए समकालीन काव्य को पर्यावरण-विमर्श तक ले जाते हैं। 'समकालीन कहानियों को किसान जीवन के यथार्थ' रूप में देखते हुए उन्होंने इस बात पर जोर दिया है कि गाँव के जीवन में गिरावट बहुआयामी है, लेकिन आर्थिक संदर्भ विशेष रूप से गाँव को प्रभावित करता है।

नवें दशक की हिंदी कहानियों का कथ्य और शिल्प—विश्लेषण करते हुए वे समकालीन कहानी के सामने भविष्य की चुनौतियों का उल्लेख करना भी नहीं भूलते। दसवें दशक के हिंदी उपन्यासों और समकालीन हिंदी उपन्यासों के अध्ययन में वे व्यवस्था-विरोध एवं मूल्यबोध के प्रति रचनाकारों की आसक्ति को प्रमुखता से दर्शाते हैं। 'साठोत्तर हिंदी नाटक', 'साठोत्तर हिंदी गीति काव्य', 'हिंदी निबंध : उत्तरशती' (संदर्भ-ललित निबंध) संज्ञक लेख प्रस्तुत पुस्तक में कुछ विशेष रूप से आकर्षित करते हैं।

अपने समय के एक बड़े कवि धूमिल की पंक्ति है कि 'लोहे का स्वाद लुहार से नहीं/उस घोड़े से पूछो/जिसके मुँह में लगाम है', इस पंक्ति के ब्याज से मैं कहना चाहूँगा कि गत चार-पाँच दशकों के साहित्य का पाठ और पुनर्पाठ कर डॉ. अमिताभ ने हिंदी साहित्य-जगत् को जो नवनीत दिया है, उससे पूरा समाज लाभान्वित हुआ है। हाँ, एक बात की कसक जरूर

है कि नवनीत पाने, देने और खाने के प्रयास में नवनीत किससे बनता है, इसे शायद लोग भूल सा गए हैं। सीधे शब्दों में कहूँ तो उनकी समीक्षाएँ भी सर्जना का सुख देती हैं, पर वह रूप इतना बड़ा हो गया है कि उसके आगे उनके (मूल) सर्जक का रूप दब सा गया है। उम्मीद है कि आनेवाले समय में लोगों का ध्यान इस ओर जाएगा और उनके सर्जक रूप के साथ भी न्याय होगा। डॉ. अमिताभ की अमित आभा बनी रहे और वे स्वस्थ, सक्रिय एवं सार्थक जीवन जीते रहें, यही कामना है।

□

ऋतु शुक्ल : धारा के विरुद्ध बह रही 'अरुंधती'

कथा लेखिका के रूप में ऋतु शुक्ल का नाम हिंदी जगत् में सम्मान के साथ लिया जाता है। 'क्रौंचवध', 'दंश', 'अग्निपर्व' और 'शेषगाथा' आदि दर्जन भर बहुचर्चित कथा कृतियों पर मँजी हुई आपकी सशक्त लेखनी से सांस्कृतिक उपन्यास 'अरुंधती' ने उछाल लिया, तो हिंदी-संसार ने उसे हाथोहाथ लिया! संदर्भ इसमें भी वही है उत्तर-आधुनिकता के नारी विमर्श का, मगर संवेदना पृथक् है। इसमें नारी का परंपरागत शील सुरक्षित है। ऐसा लगता है कि ऋतुजी आधुनिका नहीं हैं। इनकी अरुंधती नारी संबंधी परंपरावादी जीवन-मूल्यों का प्रतिमान बनकर सामने आई है। प्रमुख चिंता संबंधों के क्षरण की है। आँखों में सपना है सुहाग सुख और पातिव्रत का, परंतु आँखें खुलने पर यथार्थ क्या है ? समस्त अस्तित्व हिलाकर रख देनेवाले भूचाल की भाँति तनाव, टूटन, बिखराव और भटकाव। अरुंधती इनसे दो-दो हाथ करती अपने सिद्धांत 'धारा के विरुद्ध बहो' को जीवन में उतारती हुई चित्रित है।

जगदीशपुर कोठी के राजसी ठाट-बाटवाले प्रतापी रईस राय सोमेश्वर की दुर्भाग्य पीड़िता पुत्री अरुंधती की गाथा का लेखन लगता है, सत्य है, स्वयं ऊर्जस्वित की गई एक लेखन यातना है। उक्त राजसी परिवार की सुख-वैभव वंचिता सर्वहारा कन्या अभागी माँ सहित शरणार्थी बनकर शुभंकर मामा की सीढ़ी पर चढ़कर बड़े गुरु राघवानंद के शांति तीर्थ काशी तक

पहुँची अवश्य, परंतु वहाँ भी शांति कहाँ? नई अशांति उसकी प्रतीक्षा में थी और यह एक भावात्मक जुड़ाव के रूप में थी। इस जुड़ाव में गहन भावों की लहर नहीं, एक उद्दाम ज्वार रहा, मगर उपन्यास का पाठक महसूस करता है कि उनकी टकराहटों से अरुंधती टूटती नहीं है। उसकी मनोदशा सुरक्षित रहती है। तमाम-तमाम विरोधी स्थितियों, जटिलतम परिस्थितियों में भी उसका न टूटना और न बिखरना एक बहुत प्रभावशाली संदेश है। अरुंधती का सात्त्विक वैदुष्य और संस्कारों की परंपरा से रक्षित सुदृढ़ चट्टान, जिस पर वह खड़ी है, सबकुछ एक संदेश है, हार न मानने का तथा प्राप्ति का नहीं, त्याग का।

ऋतु शुक्ला की यह कृति एक प्रकार से उपन्यास की इतिहास शैली सहित उसकी विविध आधुनिक और प्राचीन शैलियों के प्रति विद्रोह प्रतीत होती है। कहानी संवाद के छोटे-छोटे टुकड़ों से आगे बढ़ जाती है अथवा पीछे का कोई अनखुला संदर्भ खुल जाता है। इससे उपन्यास की गति में तीव्रता तो आती है, परंतु पाठक को किंचित् उलझन होती है। इससे सामान्य पाठकों के लिए उपन्यास दुरूह हो जाता है। वास्तव में यह पीड़ा-भाव की आंतरिक गहनता में डूबकर लिखा उपन्यास उच्च साहित्यिक संस्कारवाले सहृदय पाठक वर्ग में समादृत होने की योग्यता रखनेवाली कृति है। रूनिया की लोककथा और गौरी-शिवजी के विवाह वाले लोकगीत जैसे अनेक लोकगीतों का प्रस्तुतीकरण भी पाठकों को सामान्य लोक जीवन के सहज-सरल धरातल पर लाने की जगह विचार-चिंतन की किसी अचिंत्य ऊँचाई पर पहुँचा देते हैं।

अरुंधती में 'धारा के विरुद्ध बहो' प्रमुख प्रस्थान बिंदु है। इस स्थिति का शिल्प में समावेश देखा गया। वास्तव में लेखिका अपनी उसी धरती पर है। उत्तरशती की कथा-धारा में स्त्री-विमर्श और दलित विमर्श-सहित व्यक्ति या समाज गंधी या राजनीति दुर्गंधी हस्तक्षेप, प्रतिरोध, प्रासंगिकता, सरोकार और प्रतिबद्धता जैसी वस्तुएँ हैं, जो प्रायः सृजन प्रेरणा बनती हैं। यहाँ ऐसा कुछ भी नहीं है। ऋताजी इस धारा के विरुद्ध बहती हैं। वे कुम्हार

की गति को उलट देना चाहती हैं। आलोचकों की चिंता से मुक्त होकर वे पारंपरिक आस्था की जमीन पर खड़ी होकर धर्म-दर्शन का गहन तथा जीवंत परिवेश निर्मित करती हैं। कृति का केंद्र शांतितीर्थ स्वयमेव एक भारी संकेत है। राघवानंदजी का आश्रम भी गांधीवादी आश्रम से भिन्न है।

आज की जीवन दशा लेखिका की दृष्टि में क्या है, 'एक बूँद आस्था पर टिकी जिजीविषा' को 'आउटडेटेड' कहकर नकार देने का भाव। ऐसा प्रतीत होता है कि इसी 'आउटडेटेड' का स्वीकार लेखिका का धारा के विरुद्ध बहने का संकल्प बना है। वस्तुतत्त्व और शिल्प के अतिरिक्त उपन्यासगत संवेदना में इसी का प्रकल्प है। प्राच्य विद्या, योगदर्शन, साधना, त्याग-तप, सांस्कृतिक पक्षधरता, समर्पित प्रेम की सुगंध, एकल भाव की पारिवारिकता, संबंधों की आंतरिकता और देवदीप्ति से दीप्त नए ढंग के एक स्नेहिल संसार से जुड़ी उपन्यास की संवेदनाएँ उक्त संघर्ष के ही व्यक्त रूप हैं।

'अतिशय भाव-प्रवणता को संवृत करो। तुम्हारे भीतर बीजरूपा शक्ति है, उसका आवाहन करो।' राघवानंद का यह गुरु-मंत्र, जो अरुंधती को दिया गया है, वह ऐसा लगता है कि अरुंधती के बहाने पाठकों को दिया जा रहा है। यह मंत्र कथामंथन का अमृतसार है, संघर्ष का शंखनाद है।

वह उक्त गुरुमंत्र को लेकर अरुंधती को आगे बढ़ते हुए देखता है। वह शिक्षा वंचिता विश्वविद्यालय प्रोफेसर पद तक पहुँची तो अवश्य, परंतु किस मूल्य पर। सुख भोग से विमुख उसे अंत में एक अभिनव गुरुकुल की संचालिका के रूप में देखना मर्माहत करता है। यह गुरुकुल भी कैसा? 'शापित-तापित नवजातों के सखा विश्वजीत का होता है, जिसके साथ उसका प्रेम विकसित तो होता है, पर पूर्णता तक पहुँचते-पहुँचते कहीं अटक जाता है। यह अटक क्या है? नारी जीवन के पीछे लगा एक सनातन अभिशाप है। यह कभी संदेह, कभी कलंक और कभी भ्रम रूप में आया है। राम-सीता से लेकर प्रसादजी के बुद्धगुप्त और चंपा (आकाशदीप) तक में हमने उसका उपद्रव देखा। वह यहाँ अरुंधती में भी उपस्थित है।'

जिसे हमने ऊपर अभिशाप कहा है, उसे भारतीय संस्कृति में नारी

जीवन की एक उच्च वरेण्य आत्मसुख की स्थिति के रूप में मान दिया गया है। ऋता शुक्ल ने भी मान दिया है। त्याग और सेवा यहाँ श्रेष्ठ जीवन-मूल्य के रूप में चित्रांकित हैं। भौतिक देह-सुख से बहुत ऊपर आत्मसुख को प्रतिष्ठित किया गया है। समर्पण और तप से जुड़ी मौन प्रेम की पीड़ा को यह उपन्यास नए स्तर पर, नई पृष्ठभूमि पर प्रतिष्ठित करता है। ऋतु शुक्ल की एक कविता है 'सबका अपना जीवन है, सबकी अपनी रीत। कालकूट पी के हँसे वही बने जगदीश'। यहाँ विश्वजीत और अरुंधती हैं, जो कालकूट पीकर जगदीश बने चित्रांकित हैं। रागबद्ध मौन, निर्विकल्प मौन 'विभेदयुक्त तद्रूपता', 'संयमित अनुराग', 'संयम की प्रव्रज्या', 'जीवन रहते पराजीवन की शुभता' और 'समस्त कर्मों के बंधन में बँधकर तप करना' जैसे पद अरुंधती और विश्वजीत के संबंधों को जो आयाम देते हैं, वह भारतीय संस्कृति के संस्कार शिखर जैसा है।

ऐसा लगता है कि बचपन में अरुंधती तारा के सपनों में खोई-खोई रह कालांतर में रूपांतरित हो, उसने वास्तव में वसिष्ठप्रिया अरुंधती हो, अपने प्रिय विश्वजीत को पांडित्य, तप और तेज से दीप्त कर दिया। शांति तीर्थ बनाम स्वाध्याय तीर्थ में गुरुकुल है, पराविद्या और प्राच्च विद्या का परिवेश है और दोनों का कुल मिलाकर ऋषि जीवन है। बहुत गझिन बुनावटवाली और परत-दर-परत खुलनेवाली यह कृति पाठकों के साथ समीक्षकों के लिए भी चुनौती है। इस चरम सीमा के च्युत संस्कृति के काल में यह उच्चादर्श कथा यदि भीतर पचती नहीं है, तो इसे अस्वीकार भी करते नहीं बनेगा।

गंगा की गोद से शिंजिनी की प्राप्ति से उपन्यास आरंभ हुआ और ठीक उसी प्रकार ऋषिका की प्राप्ति से अंत हुआ। गुरु राघवानंद का स्थान अरुंधती ने ले लिया। ध्यान जाता है कि अपने घर, परिवार और 'अपनों' से रहित लोगों का यहाँ आश्रमीय परिवार है। विद्याध्ययन, ऊँचे लक्ष्यों की प्राप्ति और पूजा-पाठ से लेकर विवाहादि मांगलिक कृत्यों की गहमागहमी है, उल्लास है, आनंद है, सहयोग है, कई प्रांत, वर्ग और समुदाय के लाग हैं, वहाँ सब है। तो क्या 'अपना' और 'मैं' से आवृत, जो परंपरागत घर-परिवार

है, वहीं नरक है? कृति इस प्रश्न का उत्तर देती है और 'धारा के विरुद्ध बहो' वाले मार्ग पर प्रतिष्ठित रहती है।

हमने देखा विदुषी लेखिका की कलम से सँवारी गई अरुंधती की कहानी 'घर' के उपद्रव से कढ़कर 'आश्रम' के उत्सवी परिवेश में पहुँच जाती है। केंद्र में एक जटिल प्रेम कहानी है, जो लोकगीतों की जमीन और दार्शनिक चिंतन के आसमान के बीच रची गई है। बुनावट में संवेदना के अति सूक्ष्म तार प्रयुक्त हैं। मंद-मंद चलती, जब कहानी ठहराव पर पहुँचती है तो कहानी कपूर की तरह उड़ जाती है। सुगंध के रूप में रह जाता है संदेश मनोबल का, जिजीविषा का, विषाद और पीड़ा का, जीवन सबल बनाने का तथा सेवा और त्याग की कर्म-संस्कृति के रूप में स्वीकृति का। यहाँ सबकुछ धारा के विरुद्ध है, किंतु स्वीकार्य है। आज के कुसंस्कारों की ज्वाला में जलते संसार के लिए ऋतु शुक्ल का कृतिजन्य रचनात्मक संदेश संजीवनी जलधारा जैसा मूल्यवान है।

□

रामावतार : ढलती शाम के बूढ़ों को आश्वस्ति मिलती रहे

'ढलती शाम' प्रेमचंद की परंपरा का ऐसा आदर्शोन्मुख यथार्थवादी उपन्यास है, जिसका केंद्रवर्ती कथ्य वृद्ध विमर्श है। इस विमर्श के इर्द-गिर्द मानवीय संबंधों का पुनर्पाठ, क्षरण होते उच्च जीवन-मूल्यों की पुनर्प्रतिष्ठा, पारिवारिक विघटन के विविध आयाम और इन्हीं के भीतर सकारात्मक स्थितियों की तलाश, बिखरते-टूटते सामाजिक जीवन के बीच आलोक-स्तंभ की भाँति आदर्श चरित्रों के चित्रण, रुग्ण समय के लिए स्वस्थ संदेश टँके हैं। वृद्ध विमर्श से निचुड़कर सतह पर आए वृद्धाश्रम तथा आश्रम जीवन की परिकल्पना संपूर्णता के साथ साकार हुई है। इसी के साथ सानंद-संतुष्ट सामुदायिक जीवन जीने के प्रयोग की रचनात्मक कलमकारी हुई है। पूरी कृति में फोकस पारिवारिक जीवन पर, उसकी विद्रूप-सद्रूप स्थितियों पर ही केंद्रित है, अतः बहुत चटक है।

लेखक समाजवादी विचारधारा से जुड़ा हुआ है। उपन्यास के आरंभ में विभिन्न जाति-वर्ग के बालकों को एक साथ हिल-मिलकर उत्साहपूर्वक कबड्डी खेलते देखकर कृति के नायक नागेश्वरदास सोचते हैं कि 'इस देश में समाजवाद आएगा, तो इसी तरह का नजारा देखने को मिलेगा।' अर्थात् जाति-वर्गादि के भेद-भाव की दीवारें टूट जाएँगी। वास्तव में यही वाक्य उपन्यास का बीज (आदि) है। अनेक अवरोधों को पार कर यह नायक का संकल्प 'वृद्धाश्रम' के रूप में साकार होता है। इस वृद्धाश्रम में

समाजवाद का स्वरूप खड़ा दृष्टिगोचर होता है। इस प्रकार उपन्यास के 'आदि' और 'अंत' की संगति बैठती प्रतीत होती है। उक्त दो छोरों के मध्य उपन्यास के मध्यवर्ती विकासवाले भाग का विश्लेषण करते हैं तो ऐसा प्रतीत होता है कि ईमानदार लेखक के हाथ से कलम छूट गई है और कृति गांधीवाद और समाजवाद का संगम हो गई है। एक जगह नागेश्वर दास सोचते हैं, 'जीत सत्य की होती है। जो सत्य और सुमार्ग पर है, उसे भय कैसा?' (पृ. 66) वे एक अन्य जगह स्वीकारते हैं, 'हम जो चाहते हैं, नहीं होता है और जो नहीं चाहते हैं, वह हो जाता है।' यह कथन गांधीजी के उस कथन का भावांश है, जिसमें वे कहते हैं, ''बिना ईश्वर की मर्जी के एक पत्ता भी नहीं खड़कता है।'' इसमें चित्रित संघर्ष समाजवादी है, परंतु नायक का शत प्रतिशत सत्यवादी होना, उसका नैतिक-मूल्यों, मानवीय-मूल्यों के लिए समर्पित होना, उसमें करुणा, वात्सल्य, परंपरा संरक्षण और न्यायोचित औदार्य की स्थिति कुछ स्पष्ट संकेत करती है। आश्रम की परिकल्पना अपने आपमें गांधीवाद का उद्घोष है। हृदय-परिवर्तन आदि के चित्रों सहित समाज सुधार के आदर्शों की रचनात्मक चित्रावलियाँ भी कुछ कहती हैं।

पहले कृति के मूल द्वंद्व वृद्धजन बनाम आधुनिक बेटे-बहू की चर्चा करें। उपन्यास नायक इसी त्रासदी से जूझ रहा है। प्रतिष्ठा सहित घर, परिवार और मुनाफे की दुकान जोड़नेवाला गृहपति नागेश्वर दास पग-पग पर छला जा रहा है। घुट-घुटकर जी रहा है। उधर उनकी पत्नी अर्थात् गृहस्वामिनी सुजाता नौकरानी जैसे जीवन का विष मौन भाव से पीती चल रही है। निष्कर्ष निकलता है, 'इज्जत बचानी है तो आँख-कान बंद करके रहना होगा।' मगर कब तक? एक ओर दुष्टता चरम पर और दूसरी ओर भौचक्का बन झेलता सौजन्य। इतने पर भी सज्जन और प्रतिष्ठा-समर्पित पिता अपने लोहे का व्यवसाय सँभालने के लिए छली पुत्रों को गोदाम की कुंजी दे देता है। उधर तिकड़म से मुनाफेवाला व्यवसाय अति घाटे के साथ बंद की स्थिति में पहुँचा तो मालिक को स्थिति का विषपान कर इधर या उधर हो जाने की

सूझी। बेटे-बहुओं की दया-भिक्षा पर पले या कुछ और करे, तनकर शान से रहे, मगर मार्ग?

उपन्यास के इसी चरम बिंदु से उद्दिष्ट विमर्श का आरंभ होता है। इस आधुनिक विमर्श में दर्जन भर बेटे-बहू और प्रताड़ित वृद्ध सम्मिलित हैं। निष्कर्ष रूप में सामने आता है संघर्ष का मार्ग। वरिष्ठ नागरिक समिति बने, वृद्धाश्रम की योजना बने और कार्यान्वित हो। इस उपन्यास में संघर्षवाले मार्ग की परिकल्पना नई है। इसे आधुनिक कहें या समाजवादी सोचवाली, दोनों समीचीन हैं। परंपरागत पुराने इज्जतदार उत्पीड़ित वृद्ध-वृद्धाओं ने अपने नियति-निर्धारित पीड़ा-भोग को ही गले लगा लिया। नई कहानी के प्रमुख हस्ताक्षर उषा प्रियंवदा ही नहीं, प्रेमचंद में भी यही स्थिति है।

उषा प्रियंवदा की कहानी 'वापसी' में अवकाश प्राप्ति के बाद गजाधर बाबू अपने बनाए मकान में परिवार के साथ सुखपूर्वक अपना शेष जीवन व्यतीत करने का सपना पाले घर आते हैं, तो कुछ ही समय बाद सपना बुरी तरह टूट जाता है। वे आधुनिक बेटे-बहुओं के लिए भारी अंडस पड़कर खिसकने-दुबकने के लिए विवश हो जाते हैं। अपने ही लोगों के बीच में जैसे अजनबी हो जाते हैं। भरे परिवार के बीच अकेलेपन से जूझते हुए ऊब उठते हैं परंपरागत मर्यादाएँ और शील-सौजन्य को निभाने में उन्हें भारी कीमत चुकानी पड़ती है। वे घर में कूड़ा जैसे होकर अपने निजी कक्ष से बुहारे जाने के क्रम में अंततः पूरी तरह बाहर आ जाते हैं। युग के धक्के से सारे संबंध टूट गए हैं। अंतिम संबंध पत्नी का भी टूट गया है। वह भी बेटे-बहू के साथ है। शांतिप्रिय गजाधर बाबू मर्यादा बचाने के लिए अपने पुराने परिचित स्थान पर वापस आ जाते हैं। लगता है कि परायों के बीच अपनेपन का स्नेह मिला है और अपनेपन के बीच परायेपन की उपेक्षा, अनपेक्षित पीड़ा और प्रतिष्ठा-प्रतारणा प्राप्त होती रही है।

स्थितियाँ ठीक यही प्रेमचंद की लंबी कहानी 'बेटोंवाली विधवा' में हैं। अति प्रतिष्ठित और समृद्ध पं. अयोध्या नाथ की मृत्यु के बाद एक सप्ताह तो सब यथावत् चला, परंतु ब्रह्मभोज के दिन से ही पंडितजी की विधवा के

दुर्दिन का ग्राफ बढ़ने लगा। आगे कुछ ही महीनों में उसकी हैसियत घटते घर की लौड़ी-मजदूरनी जैसी हो गई है। सर्वस्व चला गया। अपना शयन कक्ष भी। एक तंग कोठरी में वह गृहस्वामिनी भिखमंगिन जैसी हो कुलशील बचाए अब समाज दृष्टि से भी ओझल रही और एक दिन जब वह सीढ़ियों पर से फिसलकर गंगा की गोद में समा गई, तो लोगों ने साश्चर्य जाना कि यह बुढ़िया उस बड़े आदमी पं. अयोध्या नाथ की विधवा रही, जिसके दो-दो कमानेवाले बेटे हैं।

उक्त दो कथाओं की ही तरह उपेक्षा, प्रताड़ना और सर्वस्वापहरण की जमीनी स्थितियाँ 'ढलती शाम' में भी हैं। अंतर यह है कि इसका नायक नागेश्वर दास 'लोग क्या कहेंगे' और कुलशील की उस लक्ष्मण रेखा को साहसपूर्वक लाँघ गया है, जिसे गजाधर बाबू और फूलमती नहीं लाँघ सकीं। उन्होंने अपने अधिकारों के लिए संघर्ष करने की जगह मौन पीड़ा भोग को अंगीकार कर लिया। इससे भी अधिक द्रावक कथा प्रेमचंद की 'बूढ़ी काकी' की रही। मेरे उपन्यास 'पुरुष पुराण' का अस्सी पार नायक दूखन भी बहू-बेटे से उत्पीड़ित हो गृह-त्याग करता है। उक्त दो पुराने रवैये के दो कथा-युग का अतिक्रमण कर आधुनिक काल आया। वृद्धजनों की पुरानी समस्या सामने आई। आधुनिक बेटे-बहुएँ बनाम मर्यादित वृद्ध गृहपति पिता और उनकी वृद्धा पत्नी, गृहस्वामिनी—नागेश्वर दास और सुजाता का केस। इस कृति का नयापन यह भी है कि अंधे आधुनिकों से एक आँखवाला आधुनिक लड़ जाता है और परास्त कर देता है। प्रतिष्ठा, कुलशील और मर्यादा के प्राचीन जड़बोझ को फेंककर कपटाचारियों को दंड देने और नए ढंग से सुखद स्थितियों में जीने के संदेशवाला यह पारिवारिक उपन्यास इस अर्थ में बहुत नया है।

'ढलती शाम' के नएपन का एक और आयाम है और वह यह है कि इसमें प्रस्तुत वृद्धाश्रम वैसा नहीं है, जैसे पश्चिमी देशों के अनुकरण पर इस देश में भी खड़े हुए हैं तथा जहाँ पहुँचकर वृद्धजनों को पूर्ण संतुष्टि नहीं मिलती है। नागेश्वर दास के वृद्धाश्रम की स्थिति कुछ और है। वहाँ की

व्यवस्था पारदर्शी और सहयोग- सद्भाव पर आधारित है, स्नेह-समरसता से पूर्ण है तथा आधुनिक सुख-सुविधा संपन्न है। इसके पीछे आश्रम के अध्यक्ष नागेश्वर दास का व्यक्तित्व है। उनके हृदय में कुलशील, मर्यादा, परिवार, प्रेम और सेवा आदि के भाव; कुल मिलाकर एक परंपरा का भाव है और बुद्धि में प्रगतिशीलता है। इसीलिए उनकी सोच के आश्रम का रोडमैप बहुत सही सटीक उतरा है। नागेश्वर दास के चरित्र के गठन में तथा आश्रम निर्माण की स्थितियों को प्रस्तुत करने में कथाकार रामावतार ने अपनी भाषा-शैली की सारी शक्ति झोंक दी है।

लेखक ने एक अक्खड़, तेजस्वी, न्यायप्रिय और नरमदिल वृद्धपति की भाषा, बहुओं और व्यवसाय विफल नारी-दास युवा पुत्रों की भाषा, अति संकीर्ण मानसिकता- वाली स्वार्थी तथा कुटिल आधुनिक बहुओं की भाषा, विशुद्ध परंपरा और कुल की मर्यादाओं में ढली तथा पतिव्रता सास (पत्नी) की भाषा और इस परिवार के इर्द-गिर्दवाले विविध स्थितियों के प्रताड़ित जनों की भाषा को बहुत प्रभावशाली रूप में प्रस्तुत किया है। इसके फलस्वरूप पाठकीय चित्त में भी आश्रम निर्माण के निर्णय के पक्ष में प्रेरणा उठती है। उपन्यास लेखक की सफलता की यह भी एक कसौटी है कि वह मंतव्य-गंतव्य में पाठकों की भागीदारी को समेटता चले।

'ढलती शाम' एक रोमांचक मोर्चाबंदी है। वृद्धावस्था धक्का खाकर 'न दैन्यं न पलायनम्' वाली नीति पर उतर आई। नागेश्वर दास ने दुर्बुद्धि-प्रेरित पुत्रों और दुष्ट पुत्र वधुओं को उनके पाप के लिए क्षमा न कर उन्हें दंडित किया। मकान-दुकान बेचकर आश्रम बन गया। आश्रम एक आदर्श है। उसे देखते लगता है, जो अपना नाम का घर है, वह नरक है। वह 'घर' पूरी थकानेवाली समस्या है, घोर श्रम है और अशांति है। उधर आश्रम आश्रम है, नित्य शांति तथा विश्राम है, एक समाधान है। ऐसे आश्रम की निर्मिति के पीछे कितने-कितने विघटन-बवंडर उठते हैं, उठापटक और चिंतन-मंथन होते हैं, सबको कथाकार ने बहुत धैर्य के साथ, क्रम से, सूक्ष्म कथा धागों से विस्तृत बुनावट में इस प्रकार ढाला है कि पढ़ने पर वह

सब उबाऊ नहीं लगता है, आश्चर्य नहीं कि उपन्यास में पाठक स्वयं को देखने लगता है। यह गृहकलह तो 'आज घर-घर की कहानी' बन गया है। कथाकार रामावतार ने घर के अंदरूनी झगड़ों को, प्रपंच को, त्रियाचरित्र के आयामों को और कुटिल-कलुषमति जनों को ठीक से समझा है। साथ ही उसे रोमांचक शिल्प में प्रस्तुत किया है। नागेश्वर दास जैसा दृढ़ व्यक्ति क्षुब्ध और विचलित होकर सोचता है, "नागेश्वर दास को पहली बार अनुभव हुआ कि बहू-बेटे किस सीमा तक नीचे गिर सकते हैं...माता-पिता को घुट-घुटकर मरने के लिए विवश कर सकते हैं।...नारी उत्पीड़न की तरह वृद्ध उत्पीड़न रोकने के लिए कानून बनना चाहिए।...अन्याय का प्रतिरोध न करना; उसे जारी रखने की मौन स्वीकृति है।...बहू-बेटे की नंगई बर्दाश्त करते हुए जीने की अपेक्षा मर जाना बेहतर है...प्रतिरोध करेंगे।...लोहे से लोहा काटा जाता है।" (पृष्ठ 113-14)

इस प्रकार पात्रों की मन:स्थिति के लेखकीय कथन से कृति का मान बढ़ता है। ऐसे स्थलों पर कथाकार का गंभीर और मौलिक चिंतन बहुत सहजता से उछल आता है। उक्त उद्धरण में आन-बान संपन्न वृद्ध की तड़पन, उसका मोह भंग और प्रतिरोध के इर्द-गिर्दवाला चिंतन-अनुचिंतन पूरी पकड़ के साथ व्यक्त हुआ है। घटनाओं के भीतर से उभरे सामाजिक विषयों से संबंधित सटीक चिंतन, मूल्यवान नीतिवाक्यों से कृति भरी पड़ी है, किंतु यह सब ऐसे सृजनात्मक संदर्भों में घुले-मिले हैं कि कथाकार उपदेशक जैसा नहीं लगता है। गृहकलहादि द्वंद्वों और इनसे जुड़े नकारात्मक विचारों और स्थितियों को ही नहीं, सकारात्मक उज्ज्वल पक्ष का उभरते चलना भी पाठकों का ध्यान आकर्षित करता है।

प्रस्तुत उपन्यास नए दौर के नई काव्यधारा के विपरीत बहाववाला है। इसके खतरों को मोल लेकर कथाकार ने इस उपन्यास का संयोजन किया है। बुढ़ौती के नरकीले परिवेश की नकारात्मक वस्तु स्थितियों को पूरी शक्ति के साथ संयोजित करने के साथ कथाकार ने इसके इर्द-गिर्द, उन स्थितियों से जुड़ी सकारात्मक स्थितियों की प्रस्तुति और स्वस्थ संदेशों का रचनात्मक

संप्रेषण किया है। मैत्री, सहयोग, पड़ोस धर्म, नारी के पतिव्रता स्वरूप, मूल्य-संरक्षण, संबंधों के निर्वाह, मानवता, भले जनों को मान्यता, हृदय परिवर्तन, सत्यवादिता को मान्यता के चित्र पूरी कृति में बिखरे हुए मिलते हैं। उपन्यास का पूर्वार्द्ध यदि टूटन का है तो उत्तरार्द्ध जुटन का। पिछड़े लोगों को प्रगतिशील बनने और गिरे हुए लोगों को उठने की प्रेरणा देनेवाले संदर्भ कृति को गंभीर बनाते हैं। कृति का सबसे बड़ा सकारात्मक स्वरूप वृद्धाश्रम निर्माण की सफलता है। वह एक नई दुनिया जैसा लग रहा है। यह कहना सही होगा कि उपन्यास समाज के समस्त उत्पीड़ित वृद्धजनों को उत्साहित करता है और उन्हें मार्ग देता है। यह इसकी अन्यतम विशिष्टता है।

कथाकार रामकथा के पास सहज संप्रेषणशील कथाभाषा है। इससे स्वतंत्र स्थितियों को आत्मसात् करने में सुगमता होती है। कथाकार भावात्मक और चौंकानेवाली भाषा से बचता है। वह ठोस, तथ्यपरक तथा विचार-चिंतन प्रभावित शिल्प का पक्षधर है। इसीलिए पूरी पुस्तक में नीति सूक्तवाले छोटे-छोटे वाक्य प्रसंगवश भरे मिलते हैं। उदाहरणार्थ—'मरखना बैल और बिगड़ैल पुत्र बहुत कम सुधरते हैं (पृ. 19) जो कष्टों में भी हँसकर जिए, वही मनुष्य है (पृ. 25)। दुष्ट, अकृतज्ञ और अकर्मण्य के प्रति उदारता विनाश का कारण बनती है (पृ. 39)। जो सत्य और सुमार्ग पर है, उसे भय कैसा (पृ. 66) ? निष्काम मनुष्य चिंतामुक्त होता है (पृ. 135)। व्यक्त की अपेक्षा अव्यक्त नाराजगी मनुष्य को चिंतित कर देती है (पृ. 136)। यदि अपना भी पराया जैसा व्यवहार करता है, तो मनुष्य टूटकर बिखर जाता है (पृ. 138)। दुःख का कारण धन संचय है (पृ. 174) इत्यादि।'

कथा-भाषा की कसौटी संवाद-योजना होती है। सफल लेखक व्यंग्य को वाच्य बनाकर सबकुछ स्वयं ही नहीं कह देते। वह सब संवाद के भीतर से कढ़ता चले, तब प्रभावशाली होता है। परकाया प्रवेश की प्रक्रियापूर्वक कथाकार किसी पात्र के मंतव्य-गंतव्य सहित व्यक्तित्व की सूक्ष्म से सूक्ष्म रेखाओं को चित्रलिपि संवादों में उभार देता है। रामावतार की प्रस्तुति कृति में स्थान-स्थान पर संवाद योजना का चमत्कार देखने को मिलता है। इन

संवादों के भीतर से चारित्रिक गुण-दोष सहित मन के भीतर की सर्दी-गर्मी कढ़कर उस स्थिति विशेष के पदार्थ को पूरी तरह खोल देती है। इन संवादों में नागेश्वर दास के पुत्र विनोद और प्रमोद की पत्नी विमला का संवाद, जो पच्चीस लाख रुपयों के संदर्भ में हुआ है, बहुत तेज गति का धारदार संवाद है। इसी प्रकार आश्रम की समस्या पर नागेश्वर दास, तपेश्वर, सूरदास आदि के साथ हुआ संवाद, विवाहिता पुत्री नलिनी और बहू विमला के बीच का संवाद, पुत्र प्रमोद और पिता दास बाबू का लंबा उत्तेजनापूर्ण विवाद-संवाद और 37वें अध्याय 'कर्तव्य और अधिकार' संबंधी संवाद, जो पितृ-अपराधी प्रमोद और प्रो. संकटा प्रसाद के बीच आयोजित है, अत्यधिक गंभीर, तर्कपूर्ण और विचारोत्तेजक है।

इन संवादों के भीतर से सकारात्मक-नकारात्मक चरित्रों की मुद्राएँ कढ़ती हैं और पाठकों से संवाद करती हैं। ऐसे संवाद करनेवाले चरित्रादर्शों की कृति में भरमार है। अधिकता भले चरित्रों की है। इन भले लोगों में जो भी भले हैं, वे संपूर्ण रूप से भले हैं। कुंदन सिंह एक आदर्श मित्र है, तो बिरजू पहलवान श्रेष्ठ सहयोगी पड़ोसी है। वह न्यायप्रिय है, संस्कारी है। नायक का ज्येष्ठ पुत्र प्रमोद और उसकी पत्नी विमला दोनों संपूर्ण रूप से दुष्टता की भूमिका में हैं। छोटे पुत्र विनोद और उसकी पत्नी साधना, दोनों पहले तो संगदोष के कारण बिगड़ते हैं, पर पुनः सचेत हो माता-पिता की सेवा में आ जाते हैं। प्रमोद का साला महेश सघन अपराधी चरित्र-संपन्न है। प्रो. संकटा प्रसाद वृद्धाश्रम के प्रमुख परामर्शी और समय-समय पर आश्वस्तकारी सलाह देनेवाले आदर्श शुभचिंतक हैं। स्वयं नागेश्वर दास में एक उत्तमोत्तम आदर्शवादी नायक के गुण हैं और उनकी पत्नी सुजाता एक पतिव्रता नारी होने के साथ परिवार की प्रतिष्ठा 'लोग क्या कहेंगे' की भावना से भरी एक आदर्श संस्कारशील परंपरावादी पत्नी है। कथाकार ने बड़ों के साथ दोनों बेटों के दो आदर्श बालकों का चरित्र भी प्रस्तुत किया है। ये वात्सल्य के प्रतीक हैं और साथ ही दोनों परिवारों को जोड़ने की आदर्श भूमिका निभाते हैं। लेखक द्वारा सृजित सबसे दिलचस्प चरित्र घुरहू

नाई की पत्नी सुनीता का है। यह जीवटवाली नारी समय पड़ने पर एक सधे हुए लठैत का काम करती है और हत्यारे महेश के छक्के छुड़ा देती है। इसके चरित्र से नारी सशक्तीकरण का एक संदेश समाज को जाता है। नए दौर में दुष्कर्म की घटनाओं को रोकने की समस्या के संदर्भ में भी एक मार्ग निर्दिष्ट होता है। कथाकार ने बहुत साहस के साथ इन चरित्रादर्शों और इनसे कढ़ते संदेशों का सृजन तो कर दिया है, पर एक खतरा भी मोल ले लिया है। उसकी मंशा और रचनात्मकता को न देख संयोगाधारित गढ़न और तराश संबंधी शिल्प की कमजोर रगों पर आलोचकों का ध्यान जा सकता है और वे उन पर उँगलियाँ रख सकते हैं। वैसे कथाकार में बहुत संयम है। इसके साथ चिंतन और गांभीर्य भी भरपूर है। ऐसे गंभीर चिंतनात्मक संदर्भ कृति को प्राणवान बनाते हैं। अति जटिल संवेदनशील दो प्रकरणों की कुछ पंक्तियाँ देखी जाएँ। बेटे-बहू द्वारा उत्पीड़ित नागेश्वर दास का अंतर उद्वेग—

"वही घर, वही पुत्र और वही बहुएँ, जिन पर कभी वह प्राण निछावर करते थे, वे आज उनकी जान के दुश्मन बन गए हैं। जो घर खुशियों से सराबोर रहता था, वह आज ईर्ष्या-द्वेष की अग्नि में जल रहा है।...संपत्ति के लोभ में अपने भी बेगाने हो जाते हैं।...जिस घर में प्रवेश करते ही वह सम्मान से झुक जाता था, वह आज तनकर खड़ा है और चुनौती दे रहा है।... प्रमोद (पुत्र) उन्हें (पिता को) कुटिल दृष्टि से देखता रहा, मानो वह पिता न हों, शत्रु हों।...गृहस्वामी अपने घर से ऐसे जा रहा था, जैसे उन्हें धक्का मारकर बाहर कर दिया गया हो।" (पृष्ठ 69)

"मैंने कौन सा अपराध किया है कि मेरे इस वृद्ध शरीर को आराम नहीं, कष्ट मिल रहा है, शांति नहीं, बेचैनी मिल रही है, अपनत्व नहीं, वैमनस्य मिल रहा है। संपत्ति रहते हुए भी मेरी वृद्धावस्था सुख-शांति से नहीं बीत रही है।" (पृ. 173)

चोट बहुत गहरी है, किंतु 'ढलती शाम' के नायक नागेश्वर दास को वह अंततः आहत कर झुका कहाँ पाती है? यह नागेश्वर दास कैसा है? "लंबा-चौड़ा, गोरा शरीर, तेजस्वी आँखें, चमकता चेहरा और विशाल

ललाट, चमचमाते सफेद रंग के खादी के कुरते में देखकर नहीं लगता कि वह सत्तर पार कर गए हैं।'' (पृष्ठ 213) कथाकार ने उसे सामान्य नहीं, असमान्य वृद्ध के रूप में प्रस्तुत किया है। उसकी स्वप्न सिद्धि की यह गाथा—वृद्धाश्रम निर्माण की सफलता—अंतिम अध्याय में भरपूर तृप्तिवाले बिंदु पर पहुँचती है और नागेश्वर दास के जामाता बहू-प्रताड़ित जयराज के आश्रम में आ जाने से जैसे उस प्रामाणिकता की अंतिम मुहर लग जाती है। अपने ससुर को पग-पग पर धकियानेवाली यह बहू स्वयं नागेश्वर दास की पुत्री नलिनी है। इसलिए एक खुले द्वंद्ववाला यह रोमांचक अध्याय बहुत मार्मिक बन गया है। पिता नागेश्वर दास के सामने ही अपने सीधे-साधे सज्जन ससुर जयराज को आग-बबूला हो खरी-खोटी सुनाती तथा डाँटती हुई बहू नलिनी का एक चित्र द्रष्टव्य है।

''अगर इनकी (अपने ससुर की) चल गई तो आज के बुड्ढे तानाशाह हो जाएँगे।...बहू-बेटे टुकुर-टुकुर तमाशा देखेंगे। मैं ऐसा नहीं होने दूँगी। मैं प्रमोद नहीं, नलिनी हूँ। ईंट-से-ईंट बजा दूँगी। आज मैं अपने पापा-मम्मी को भी नहीं छोड़ूँगी। बर्र की तरह ऐसा डंक मारूँगी कि छनछना जाएँगे। वे नाराज हों तो होते रहें।...बहू-बेटे माता-पिता की सेवा करें या न करें, संपत्ति उन्हीं को मिलेगी।...यही कानून है।...मेरे ससुर को अपनी संपत्ति बेचकर हमें बेघर और नंगा करने का कोई अधिकार नहीं है।...अधिकार निर्बल के पास नहीं, बलवान के पास रहता है। मेरे ससुर निर्बल हैं, इसलिए अपनी संपत्ति के मालिक होते हुए भी मालिक नहीं हैं।'' (पृष्ठ 267)

तो यह रहा 'ढलती शाम' का अंतिम सीन, जिसके पीछे उपन्यास नायक के संघर्ष और वृद्धाश्रम निर्माण सहित वृद्ध-विमर्श-गाथा सृजित है और नए समय का नया बूढ़ा खड्गहस्त दीखता है। वह परंपरागत बूढ़ा नहीं है, जिसके बारे में कहा जाता है कि वह 'ईख की खोइया' जैसा होता है, सूखे हाड़ जैसा खड़खड़, हल्का, नाचीज, घूर-कतवार जैसा, सारा रस चूसित पर कीमती भी, जलावन का काम करता है, जल-जलकर अपने घरवालों के लिए मिठास-साधक बनता है।

कथाकार रामावतार ने अपनी कृति में परंपरित शोषित और उत्पीड़ित वृद्धजनों के लिए एक आश्वस्तकारी पैगाम दिया है। 'ढलती शाम' के आहत जनों के लिए कृति मूल्यवान मरहम है। वृद्धावस्था अभिशाप नहीं, वह वरदान बन सकती है, इस संदेश का उद्घोष करती प्रस्तुत रचना स्वागतार्ह है।

□

पी.एन. सिंह : निष्प्रभ-प्रभ आईना और उसमें झलकती कुबेरनाथ राय की प्रभा

डॉ. पी.एन. सिंह मार्क्सवादी सोच-संपन्न प्रख्यात लेखक और पत्रकार हैं। साहित्य और समाज से जुड़े सरोकारों पर वे बेबाक टिप्पणियाँ करने के लिए प्रसिद्ध हैं। उन्होंने अंग्रेजी साहित्य का गंभीर अध्ययन किया है। हिंदी साहित्य में उनकी अच्छी रुचि और गति है। मार्क्सवादी दर्शन, विश्व और देश की राजनीति तथा इनसे जुड़े महापुरुषों और मार्गदर्शकों का भी आपने गंभीर अध्ययन किया है। आधुनिकता के इर्द-गिर्द बनते-बिगड़ते चिंतनात्मक आधारों पर आप पैनी दृष्टि रखते हैं और अपने स्वतंत्र चिंतन में किसी प्रकार का समझौता न करते हुए दृढ़तापूर्वक अपना पक्ष रखते हैं। पक्ष रखने में पक्षधरता प्रधान होती है। अभिव्यक्तियों को धार देनेवाली इन सब प्रातिभ क्षमताओं को लेकर उनका साहित्यिक व्यक्तित्व एक आलोचक के रूप में प्रख्यापित हुआ है। अंग्रेजी के विद्वान् हैं, लेकिन उनकी लगभग एक दर्जन पुस्तकें हिंदी में प्रकाशित हुई हैं। अंग्रेजी की भाँति उनका हिंदी भाषा पर भी अधिकार है। 2112 में प्रकाशित डॉ. पी.एन. सिंह की तीन पुस्तकें 'निष्प्रभ आईना', 'कुबेरनाथ राय : साहित्यिक-सांस्कृतिक दृष्टि' और 'गांधीजी और उनका वर्धा' सामने हैं, जो उक्त विचारों की पुष्टि करती हैं।

'निष्प्रभ आईना' में कुल दो दर्जन रचनाएँ संकलित हैं, जो पी.एन. सिंह के पत्रकार और साहित्यकार व्यक्तित्व के चढ़ाव काल की हैं। इन्हें

विचार-काव्य की श्रेणी में रखा जाना उचित होगा। इस तरह की कविताएँ भाव संवेदना का सूक्ष्म धरातल छोड़कर प्रायः स्थूल भौतिक जगत् की अभाव-(सं.) वेदना की कोख से आयु के उतारकाल में उपजती हैं। भावाच्छन्न, अलंकृत और अप्रस्तुतों की ऊँची उड़ानवाले प्रकृति के सुकुमार कवि सुमित्रानंदन पंत भी इस उतारकाल में विचार-भूमि पर खड़ हो गए थे। उन्होंने घोषणा की—

तुम वहन कर सको जन मन में मेरे विचार
वाणी मेरी चाहिए तुझे क्या अलंकार?

युग-जीवन की विसंगतियों, त्रासदियों और जटिल समस्याओं ने नए दौर के सर्जकों को भाव जगत् से उतारकर विचार बनाम प्रहार, ललकार, फुफकार की कड़ी जमीन पर उतार दिया। इस काल के कवियों की रचनाएँ प्रमाण हैं। उनमें आक्रोश है, तेवर है, विद्रोह है। प्रमुख स्वर नकार अस्वीकार का है। पी.एन. सिंह की कविताओं में भी यही सब है। आश्चर्य नहीं कि वे आयु के तरंगित चढ़ाव काल की हैं। वे आरंभ से ही सोच-विचारवाले साहित्यकार रहे। ये सोच-विचार बहुत गरम थे, उग्र थे, मगर मार्क्सवादी चिंतन से नियंत्रित थे। ये समकालीन सोच कविताओं में व्यक्त तो हो रहे थे, मगर कविता का फ्रेम डॉ. सिंह को छोटा लगा तो अपने विचार-चिंतन को वृहद् फलक देने के लिए उन्होंने 'समकालीन सोच' नामक एक गंभीर पत्रिका का प्रकाशन दो-ढाई दशक पहले आरंभ किया, जो अब तक चल रही है। कविताएँ पीछे छूट गईं, लेकिन उन्हें प्रकाश में आना ही था, सो अच्छे वक्त पर आ गईं। उनके मूल्यांकन की वे पृष्ठभूमि हैं। वे अब तक उसी पर खड़े हैं। असंतोष, चिंता, कड़ुवापन, संघर्ष, कटु कटाक्ष, धक्का, जलते प्रश्न और चुनौती भरी, खरी-निखरी, आक्रामक भाषायी स्वादवाली, पी.एन. सिंह की काव्य-कृति के भीतर से गुजरते हुए पाठकों का प्रथम तो अनुरंजन होगा, परंतु अंत में वह विचारोत्तेजना में परिवर्तित हो जाएगा। यही इस कृति की मूल्यवत्ता है।

लेखक की दूसरी कृति का नाम है—'कुबेरनाथ राय : साहित्यिक-

सांस्कृतिक दृष्टि'। कुबेरनाथ राय को समीक्षकों ने ललित निबंध का प्राज्ञ शिखर-पुरुष, उच्चभावभूमि के साहित्य स्रष्टा, गंधमादन का प्रतिवेशी, हिंदी निबंध के कुबेर, ललित कलाओं के साहित्यिक संयोजक और रसआखेट कुबेर आदि-आदि कहा है। निस्संदेह कुबेरनाथ राय आधुनिक काल के महान् निबंधकार हैं। उन्होंने इस एक विधा में आजीवन बहुत दूर तक, इस छोर से उस छोर तक, अप्रतिम दौड़ लगाई है। अपनी एकांत गहन साधना में उन्होंने भारतीय संस्कृति और साहित्यिक अवधारणाओं को बहुत ही दृढ़ता से प्रतिष्ठित किया है। उनकी महान् साधना को देखते हुए उनके कृतित्व पर नए दौर में चर्चाएँ चलती रहनी चाहिए थीं, परंतु अनेक कारणों से उनके दिवंगत होने के बाद उक्त संदर्भ में सन्नाटा छा गया। डॉ. पी.एन. सिंह को धन्यवाद कि उन्होंने इस सन्नाटे को बहुत ओजस्वी ऊँचे स्वरों में तोड़ा है। उनकी प्रस्तुत कृति कुबेरनाथ राय पर नई चर्चाओं का द्वार खोलनेवाली सिद्ध होगी। डॉ. सिंह ने इस निबंध-पुरुष को तन्मयता और आत्मीयता के साथ बहुत शक्तिशाली कलम से छेड़ा है। उन्होंने आलोच्य लेखक को बहुत पसंद किया है, तो बहुत नापसंद भी। दोनों ही बिंदु प्रासंगिक हैं और विचार-चर्चा योग्य हैं।

इस पुस्तक में कुबेरनाथ राय पर तीन निबंध हैं। पहला निबंध भूमिका के रूप में है। यह परिचयात्मक भाग बहुत ही कसा हुआ, समग्र मूल्यांकन और तटस्थ विश्लेषण से परिपूर्ण है। दूसरा अध्याय 'कुबेरनाथ राय की सांस्कृतिक-साहित्यिक दृष्टि' शीर्षक में है। यही मुख्य भाग है और 75 पृष्ठों के विस्तार में राय साहब के लेखन को कठिन कसौटियों पर परखा गया है। ये कसौटियाँ अति आधुनिक हैं और प्रायः पश्चिम की हैं। राय साहब कहीं खरे उतरते हैं और अधिकांश बिंदुओं पर फिसल जाते हैं। उनकी फिसलन में, पी.एन. सिंह के इस विश्लेषण में, भारतीय परंपरा, सौंदर्यबोध और साहित्यिक-सांस्कृतिक दृष्टियाँ ही आड़े आती दिखाई पड़ती हैं। कहीं-कहीं अपने लेखन में राय साहब अति दर्पस्फित निष्कर्षों की अतियों पर उतरते दीखते हैं, तो सिंह साहब उन पर झुँझला-झुँझलाकर झपटते हैं, "श्री राय के

साहित्यिक प्रतिमान इतने पुराने हैं कि वे नएपन को पहचान देने की स्थिति में नहीं हैं।'' (पृष्ठ 28) उन पर 'जिद्दी आदर्शगतता' और 'पुस्तकीयता' हावी है। (पृष्ठ 73) कहीं सहमति से सिर हिलाते हैं, 'उनमें शुद्धतावादी उत्साह है, जो अभिभूत करता है।···उसमें बहुत कुछ है, जो प्रकाश देता है और मानकों की खोज एवं व्याख्या के लिए प्रेरित करता है।' (पृष्ठ 73)

कुबेरनाथ राय की सांस्कृतिक और साहित्यिक दृष्टिवाले इस निबंध में डॉ. पी.एन. सिंह ने उनकी स्थापनाओं की समीक्षात्मक परख-पड़ताल में बहुत श्रम किया है। पश्चिम के साहित्य, साहित्य-दर्शन, विविध आस्तिक-नास्तिकवाद, मूल्यों-मानकों और प्रतिमानों के श्रेष्ठ स्रष्टाओं, जैसे—मार्क्स, कामू, सार्त्र, काफ्का, कीर्केगार्द और नीत्से आदि-आदि का गंभीर अध्ययन डॉ. सिंह ने किया है। उनका यह अध्ययन अति आधुनिक है तथा प्राचीनता के संज्ञान से समन्वित है। उनमें तुलनात्मक पैनी दृष्टि और समर्थ समीक्षक प्रतिभा है। इसके साथ ही उनके पास जुझारू भाषा है। यह कहना पड़ रहा है कि आपकी उक्त अध्ययन शक्ति और जुझारू भाषा तथा समाधानक प्रत्याखानक शिल्प लेकर डॉ. सिंह ने कुबेरनाथ राय के साहित्य सागर का भली-भाँति मंथन किया है।

उस मंथन के कुछ निष्कर्षों को यहाँ संक्षेप में उपस्थित किया जा रहा है। पहले अस्वीकृतियों को—

''···उनकी भाषा बोझिल है। उनका पांडित्य आत्मसात् कम आरोपित अधिक लगता है, जिससे सहजता, सरलता और लालित्य तीनों बाधित हुए हैं। उनका आलोचनात्मक बोध अतीत-मोह से आच्छादित है जिसके चलते वह जड़ पुरोहितवाद की भर्त्सना से आगे नहीं बढ़ता। 'सेक्युलर' मानवतावाद की समझ उनकी कमजोर है और मार्क्सवाद की पकड़ भी विश्वसनीय नहीं है। उन पर अतीत के मानकों का असर इतना गहरा है कि आधुनिकता के प्रति वे पूर्णत: निषेधात्मक हैं।'' (पृष्ठ 95)

अब कुबेरनाथ राय के प्रति लेखक की स्वीकृतियों को संक्षेप उपस्थित करूँगा।

"...उनके निबंध वास्तव में लयबद्ध क्रमिक अन्वेषण हैं।...उनमें अन्वेषण की शास्त्रीय गंभीरता तथा व्युत्पत्तिपरक बुद्धि की तीक्ष्णता है। वे लोकसंस्कृति और लोकमानस के गंभीर अध्येता हैं। उनके चिंतन और लेखन का सारांश है आर्ष चिंतन। वे वैष्णव धर्म को वर्चस्व प्रदान करते हैं, फिर भी उनकी धारणा है कि भारतीयता सत्य के विविध पक्षों को मान्यता देती है। निबंधकार के रूप में आचार्य हजारीप्रसाद के बाद श्री कुबेरनाथ राय का ही स्थान है। उनकी गद्य-शैली औदात्य से परिपूर्ण है तथा इसमें ओज की पराकाष्ठा है।" (भूमिका से)

अंत में कुल का समवेत सारांश यह कि 'कुबेरनाथ राय ने कुछ ऐसी अंतरदृष्टियाँ दी हैं, जिनके प्रकाश में योरुप तथा भारतीय चेतना तथा सौंदर्यबोध को समझा जा सकता है। इतना ही नहीं, श्री राय ने साहित्य को इतिहास-निर्मित मानव नियति का पहरुआ घोषित कर हमारे युग के सरोकार के रूप में प्रस्तुत किया है, जो आज दुर्लभ है।' (पृष्ठ 82) इसी क्रम में डॉ. पी.एन. सिंह ने उनमें 'श्रेष्ठ दायित्वबोध' और 'विश्व के श्रेष्ठ निबंध साहित्य की कोटि के लायक' जैसी विशेषताओं को भी रेखांकित किया है।

इस प्रकार डॉ. पी.एन. सिंह ने प्रस्तुत पुस्तक में निबंधकार कुबेरनाथ राय के साहित्यिक और सांस्कृतिक अवदान को भली-भाँति देशी-विदेशी कसौटियों पर कसकर अपनी समाजवादी चिंतन दृष्टि से परखने का प्रयास किया है और कुछ निष्कर्षों को प्रस्तुत किया है। वे निष्कर्ष बताते हैं कि इस महान् निबंधकार पर और-और शोध होना चाहिए। उनके वैविध्य भरे विशाल निबंध-संसार के अनेक अछूते भाग हैं, जो शोधकर्ताओं और समीक्षकों के लिए चुनौती जैसे हैं।

□

मांधाता राय : सूरदास पर पुनर्पाठ

डॉ. मांधाता राय एक सुधी समीक्षक हैं। भक्ति साहित्य के शूर-कवि सूरदास पर रचित उनकी कृति 'सूरसागर में लोकतत्त्व' को हिंदी जगत् में पर्याप्त ख्याति मिल चुकी है। आपने सूर साहित्य का गहन अध्ययन कर उस पर एक शोधकार्य भी संपन्न किया है। यह शोधकार्य 'सूरसागर और प्राकृत अपभ्रंश का कृष्ण साहित्य' शीर्षक ग्रंथ के रूप में प्रकाशित है, जिसे विद्वानों ने बहुत सराहा है। सूरदास से संबंधित विशेषज्ञता और अपने अनुभवों को झोंककर लेखक ने इस महाकवि के संपूर्ण, समवेत और सांगोपांग अध्ययन को 'सूरदास नए संदर्भ' संज्ञक अपनी नवीनतम कृति में प्रस्तुत किया है। कृति वृहदाकार नहीं है, परंतु इसमें समाविष्ट विषयवस्तु का वृहद् रूप स्पष्ट लक्षित है, जो बहुत ढब से, सार्थक कसाव के साथ प्रस्तुत किया गया है। इसे इस प्रकार कह सकते हैं कि अपनी कृति 'सूरदास नए संदर्भ' में डॉ. मांधाता राय ने इस भक्त-शिरोमणि कवि के साहित्य सागर को अपनी कृति के 'गागर' में भरने का प्रशंसनीय प्रयास किया है।

'सूरदास नए संदर्भ' की रचना-प्रेरणा की पृष्ठभूमि के विषय में लेखक ने भूमिका में लिखा है, "मेरे भीतर प्रेरणा जगी कि गुरु (डॉ. शिव प्रसाद सिंह) के विचारों तथा अपने शोध के आलोक में क्यों न सूरदास पर कुछ अलग हटकर पुस्तक लिखने का प्रयास किया जाए।"

ऊपर जो कुछ अलग हटकर वाली बात कही गई है, उसकी ओर संकेत करके लेखक ने लिखा है, "इस पुस्तक में सूरसागर में वर्णित ब्रज की लोक-संस्कृति तथा लोक-तत्त्व के अन्य पक्षों के साथ प्राकृत अपभ्रंश

कृष्ण-काव्य के प्रभावों के विश्लेषण का प्रयास किया गया है।'' वास्तव में यही वह मौलिकता और नूतनता है, जो पुस्तक का प्राणतत्त्व है तथा जिसके कारण कृति सूर पर लिखी समीक्षात्मक पुस्तकों के बीच रेखांकित की जाएगी। कुल 19 अध्याय की इस समीक्षात्मक कृति में छह अध्याय उक्त मौलिकता से संपृक्त हैं। 'सूरसागर में प्रगतिशील दृष्टिकोण', 'शिल्प-योजना का लोकात्मक स्वरूप', 'सूरसाहित्य की प्रासंगिकता', 'ब्रजभाषा के वाल्मीकि' और 'सूर की लोक-संस्कृति और प्राकृत अपभ्रंश' आदि अध्याय समीक्षक के कुछ अलग हटकर वाले संकल्प को चरितार्थ करते प्रतीत होते हैं। 'सूर की भक्ति, अप्रस्तुत योजना, वात्सल्य चित्रण और सौंदर्य दृष्टि' में भी समीक्षक कुछ आधुनिक स्तर देने का प्रयास करता है।

समीक्षक डॉ. राय ने अपनी इस कृति में सूर साहित्य के अंतर्गत लोक-चेतना की परख-पड़ताल में अधिक रुचि प्रदर्शित की है। वास्तव में यह कठिन कार्य है, किंतु बहुत आत्मविश्वास के साथ इसमें हाथ डाला गया है। हिंदी साहित्य के सूर और अनन्य लीला पद गायक सूरदास का मूल्यांकन पारंपरिक दृष्टि से हो या आधुनिकता के परिप्रेक्ष्य में अथवा उसे युगीन संदर्भों से जोड़ा जाए; इस पर मैंने भी कुछ विचार किया है। ऐसा नहीं कि खोजने पर आधुनिकता न मिल जाए, पर उचित यही लगता है कि उनमें शाश्वत मानवीय संदर्भ ही विश्लेषित किए जाएँ। परंपरित पुराण कथा को सूर ने इस प्रकार प्रस्तुत किया है कि उसमें उदात्त मानवीय-मूल्यों के साथ लोकोन्मुखी सांस्कृतिक चेतना का अपूर्व स्वच्छंद प्रवाह लहराता हुआ उपलब्ध होता है और आस्था के लिए सुदृढ़ भूमि निर्मित हो जाती है। सामाजिक, सांस्कृतिक, धार्मिक और राजनीतिक दृष्टि से तत्कालीन अर्थों में जिस प्रकार जातीय जीवन टूटकर उध्वस्त हो गया था, उसे देखते हुए आस्था ही वह वस्तु थी, जिसकी तब प्राथमिक माँग थी।

आज के जीवन के समकालीन अथवा आधुनिक अर्थों में आस्था ही वह वस्तु है, जिसका अकाल पड़ जाने से मनुष्य का जीवन बंजर हो गया है। कुंठित-संत्रस्त आधुनिक मन और कहीं नहीं, वह सूर की आस्था है,

जिसमें डूबकर विराम लाभ कर सकता है। सूर के लीला पद गायन, कीर्तन के केंद्र में उनके आराध्य भगवान् कृष्ण हैं। यह कृष्ण के प्रति सुदृढ़ अनन्य और तदाकार (आस्था) जिसे प्रकाशित करती अति जीवंत ब्रज संस्कृति है। इस संस्कृति की लोक-चेतना का और लोकतत्त्व का बहुत विशद और सारगर्भित विश्लेषण डॉ. राय ने अपनी प्रस्तुत समीक्ष्य कृति में किया है। डॉ. राय लिखते हैं, ''लोकतत्त्व का संबंध आम आदमी के जीवन-मूल्यों से है। 20वीं शताब्दी के आरंभ में भारतीय जीवन में उदार मानवतावाद के प्रवेश के साथ साहित्य में जनसामान्य (आम आदमी) का वर्णन आरंभ हुआ, किंतु आज से पाँच सौ वर्ष पूर्व सूरदास ने सूरसागर में ब्रज के जनसामान्य के जीवन-तत्त्वों का चित्रण कर लोक-संस्कृति के वर्णन की आधारशिला रखी थी। यही कारण है कि भागवत के कृष्ण के अलौकिक रूप से भिन्न उनकी लौकिक लीलाओं के चित्रण में कवि का मन अधिक रमा है।...अहीर संस्कृति की मान्यताओं के अनुरूप कुलदेवता की उपासना करते हैं। नजर बचाने के लिए डिठौना लगाते हैं और पानी उतारते हैं। बालक के कल्याण हेतु राईलोन उतारने, तिनका तोड़ने, सिर पर अक्षत-दूब रखने...'' (पृ. 81)

इस प्रकार बहुत विस्तार के साथ ब्रज के विशिष्ट लोकाचार, संस्कृति, लीला, त्योहार, नृत्य-गायनादि का वर्णन समीक्षक ने प्रस्तुत किया है। इन सबके केंद्र में कृष्ण हैं, पुष्टिमार्गीय सेवाविधि है और सर्वोपरि है गोपी-ग्वालों की आस्था। इस संबंध में डॉ. राय का यह कथन भी यथार्थपरक है कि 'सूरसागर की शिल्प-योजना लोक-तत्त्वों पर आधारित है।' इस शिल्प में पुष्टिमार्गीय आचारों की झाँकी सूर ने प्रस्तुत की है, वह ऐसी कवित्वमय झाँकी है, जिसमें भीतर प्रभु का आनंदमय और रसमय लीला रूप बहुत स्पष्ट रूप में झलक जाता है। इस जीवंत लोक-चेतना की झाँकी में यद्यपि बल्लभ संप्रदाय की दार्शनिकता और वैष्णव भक्ति की सुचिंतित पृष्ठभूमि है तथापि उसकी एक स्वच्छंदता भी बनी हुई है। एक भक्ति संप्रदाय के बँधे ढाँचे में लोक-जीवन की ऐसी विराट् स्वच्छंदता कैसे अभिव्यक्त हो सकी? आश्चर्य होता है, संभवत: इसका कारण यह भी है कि सूरदास ने

कविता लिखी नहीं है, उसे गाया है। वह एक प्रभु के दरबार का कीर्तन है। उक्त स्वच्छंदता के एक प्रमुख स्वरूप का उल्लेख डॉ. राय ने अपनी कृति में इस प्रकार किया है, 'सूरदास ने अपनी रचना में झोंपड़ी संस्कृति और महल संस्कृति का समन्वय स्थापित किया है। इसमें महल संस्कृति झोंपड़ी की सादगी से अभिभूत होकर उसकी अनुगामिनी बनकर आई है।' (पृ. 81)

वास्तव में लोकतत्त्व के निरूपण से लेकर लोक संस्कृति, सत्य, शिव, सुंदर, सौंदर्य की नूतन दृष्टि आदि से संबंधित कुछ अध्याय ऐसे हैं, जो बहुत ही गहराई में डूबकर लिखे गए हैं और भरपूर रससिक्त हैं। सूर की सौंदर्य और रस दृष्टि को अपने भीतर कर समीक्षक ने उसे अपनी विवेचनाओं में ढाल दिया है। इसीलिए रोचकता और पठनीयता का अनुगामी बनकर गांभीर्य आया है। पाठक को एक बात खटक सकती है कि इस प्रकार के अध्याय कुछ और बड़े क्यों नहीं हुए? किंतु मुझे लगता है कि आधुनिक काल के पाठकों की 'डिजिटल' की मानसिकता को देखते हुए समीक्षक पुस्तक को एक सीमा में बाँधता है। इस अतिव्यस्त युग में वृहदाकार ग्रंथ पढ़ने की किसे सुविधा है? उक्त अध्यायों को ही नहीं, अन्य अध्यायों में भी ऐसा लगता है कि सामासिक प्रवृत्ति से कसाव देकर आधुनिक सूर के अध्येताओं के अनुरूप बनाया गया है।

उक्त विचार के परिप्रेक्ष्य में ऐसा लग सकता है कि कृति की भूमिका कुछ विस्तृत हो गई है, किंतु ध्यान डॉ. राय के इस प्रस्थानिक संकल्प पर जाना चाहिए। समीक्षक लिखता है, 'पुस्तक में मौलिक से अधिक ध्यान उस समय तक हुए सूरदास से संबंधित अध्ययन को समेटने का किया गया है। यह पुस्तक अनुसंधान करनेवालों से अधिक महत्त्वपूर्ण स्नातकोत्तर अध्ययन करनेवालों के लिए है।' (पृ. 10) इस विस्तृत भूमिका में उक्त कारणों से आचार्य रामचंद्र शुक्ल, डॉ. ब्रजेश्वर वर्मा, आचार्य विश्वनाथ प्रसाद मिश्र, पं. जनार्दन मिश्र, डॉ. दीनदयालु गुप्त, डॉ. हरवंश लाल शर्मा, डॉ. सत्येंद्र और डॉ. शिव प्रसाद सिंह के सूरदास से संबंधित अनुसंधानपरक ग्रंथों की, उनके अवदान की तथा उनकी नूतन दृष्टि की चर्चा है। ऐसा लगता है कि

डॉ. राय की दृष्टि में अनुसंधान करनेवाले भी रहे हैं। वे लिखते हैं, ''पुस्तक का शीर्षक 'सूरदास नए संदर्भ' लिखने की आवश्यकता इसलिए पड़ी कि अनुसंधित्सुओं और उच्च कक्षा में सूरदास के अध्येताओं को नवीन अध्ययन से अवगत कराया जा सके।'' (पृ. 10) समीक्षक सूरसागर को कृष्ण काव्य की सर्वोत्कृष्ट उपलब्धि घोषित करते हुए लिखता है, 'भाषा की दृष्टि से भी उसमें ब्रजभाषा का चर्मोत्कर्ष प्रस्तुत हुआ है।' (पृ. 11)

डॉ. राय के उक्त भाषा संबंधी विचार को देखते हुए ऐसा लगता है कि सूर के भाषिक सौंदर्य और शक्ति बल पर एक पृथक् अध्याय होना चाहिए। भाषा-शैली वह सृजन तत्त्व है, जो कवि मानस और भाव जगत् के प्रत्यक्षीकरण का माध्यम है। यद्यपि शिल्प-योजना में लोकात्मक स्वरूप और अप्रस्तुत योजना और वाग्विदग्धता वाले दो अध्यायों में प्रकारांतर से भाषा-शैली से ही जुड़ी बातें विवेचित की गई हैं तथा पृथक् से पड़नेवाले प्रकाश से सार्थकता बढ़ जाती है। डॉ. राय ने उक्त वाग्विदग्धतावाले अध्याय में सूर की प्रसंग और पात्रानुरूप ढलनेवाली भाषा, व्यंग्य की तीव्र गतिक भाषा एक-एक शब्द प्रयोग में गहरी व्यंजना उत्पन्न करनेवाली भाषा, अलंकारों के प्रयोग-चमत्कार अथवा उनसे उत्पन्न संवेदनाओं की भाषा और विभिन्न मानवीय भावों और मनोराज्य की भाषा का संक्षिप्त रूप में, परंतु पूरे संतुलन, सामंजस्य और कसाव के साथ विवेचना की है। समीक्षक ने माना है 'उत्प्रेक्षा के वे सम्राट् माने जाते हैं।' उनके उपमान चाक्षुष, ध्वनिमूलक, स्पर्शबोधक, स्वादमूलक और घ्राणमूलक हैं। शब्दों के प्रयोग में एक बाँकपन और तराश है। इसी प्रकार अन्य अध्यायों में विचार-क्रम में सूर के भाषा-शिल्प पर समीक्षक प्रकाश डालता रहता है।

डॉ. राय पर लिखे अपने एक अन्य आलेख में मैंने लक्ष्य किया है कि वे गंभीर वैचारिक प्रकृति के व्यक्ति हैं। उनके व्यक्तित्व से प्रभावित रचनाओं में भावात्मक उड़ानों के प्रति प्रायः बचने की मुद्रा दीख पड़ती है। उनकी समीक्षाओं में भी यही स्थिति है। 'सूरदास नए संदर्भ में' समीक्षा का जो गंभीर, वैचारिक, शोधपरक और संश्लेषण-विश्लेषणमूलक पक्ष है,

उस पर अधिक बल पड़ा है। अपनी 11 पृष्ठ की भूमिका में सूरदास की भक्ति के दार्शनिक पक्ष—शुद्धाद्वैत दर्शन, बल्लभाचार्य की स्थापनाओं के विस्तृत विश्लेषण, उनकी साधना पद्धतिवाले 'पुष्टिमार्ग', अष्टछाप और सूर-साहित्य के आरंभिक विख्यात व्याख्याकारों आदि का क्रमशः बहुत सुलझे ढंग से परिचय देते हैं। लगता है कि उनकी दृष्टि उच्च कक्षा के छात्रों और शोधार्थी जनों पर विशेष रूप से टिकी हुई है। इसी प्रकार सूरसागर के महत्त्व के आकलन में 14 पृष्ठ दिए गए हैं। यह गहन अनुसंधानपूर्ण और तुलनात्मक दृष्टि-संपन्न प्राथमिक अध्याय एक प्रकार से सूरदास के अध्ययन की अनिवार्य पृष्ठभूमि है।

उक्त स्थिति कुछ और गुरु-गंभीर रूप में 'सूरसागर का रचना का काल और सूरसागर के विभिन्न संस्करण एवं पाठ शोधवाले लेख में लक्षित होती है। इन गहन शोध के विषयों को विस्तार देना उचित ही है, पर इनकी तुलना में कवि के साहित्यवाले सौंदर्यबोध के पक्षवाले अध्यायों का संकोच कुछ खटकता है। जैसा कि ऊपर कहा गया है, इस खटकने के मूल में समीक्षक का गंभीर वैचारिक व्यक्तित्व है। इस गंभीर वैचारिकता को लेकर सूर-साहित्य के शेष भक्ति, रस, सौंदर्य-बोध, लोकतत्त्व आदिवाले अध्यायों को छोटे-छोटे अध्यायों में बाँटकर बड़ी-से-बड़ी बातों को अपने कसे मर्मस्पर्शी शिल्प में कह डाला है। बस अंतवाले अध्याय 'सूरसागर की रामकथा और मानसवाले अध्याय को वही विस्तार और गांभीर्य प्राप्त हो गया है। इसमें तुलनात्मक पक्ष खुलकर सामने आया है। वास्तव में यह अध्याय सूर की भक्ति की अनन्यता को समझने के लिए आवश्यक था। तुलसी की अनन्यता वहाँ दिखती है, जहाँ वे कृष्ण के आगे अड़ जाते हैं 'तुलसी मस्तक तब झुके जब धनुष-बाण लो हाथ।' दूसरी ओर सूरी की स्थिति कुछ और प्रकार की प्रतीत होती है।

वाल्मीकि से प्रभावित रामभक्त तुलसी ने जिस रामकथा को जनजीवन के लिए प्रकाश-स्तंभ एवं अचूक संजीवनी बनाया, उसे कृष्ण भक्त सूरदास ने भी पूरी तन्मयता के साथ प्रस्तुत किया, 'कीर्तन' के रूप में नहीं, 'कथा'

के रूप में। सूर के इस समन्वय से पूर्णतः सिद्ध हो गया कि राम और कृष्ण एक ही हैं। सूर-सागर का नवम स्कंध इस काव्य-सागर में परमप्रकाशमय दीपोत्सव की भाँति छवि-मान है। इस छवि का सांगोपांग विश्लेषण डॉ. राय ने प्रस्तुत कृति में किया है। मुझे यहाँ सूर की अनन्यता के विषय में कुछ कहना है। सूर की इस सागरीय रामकथा के अंत में सूर की भक्ति-भाव भरी दीनतापूर्ण एक छटपटाहट व्यक्त हुई, 'विनती किहि विधि प्रभुहि सुनाऊँ, महाराज रघुवीर को समय न कबहूँ पाऊँ' अर्थात् सूर उनके दरबार में पहुँचने, दर्शन करने और विनती सुनाने के प्रति उदासीन हैं। जहाँ राम के गुणगान में सूरदास कहते हैं, 'बड़ी है रामनाम की ओट। बैठक सबै सभा सभी हरिजू के, कौन बड़ो को छोट!' वहाँ उक्त कथन सिद्ध करता है कि नारायण के अवतार राम की लीला-कथा को वे कहते हैं, पर कृष्ण के प्रति अपनी अनन्यता को सुरक्षित रखते हुए। एक बहाना बना लिया, अरे मैं कहाँ वहाँ पहुँचूँगा? वे महाराज तो बड़े लोगों से घिरे रहते हैं, दीन सूर को समय ही नहीं मिलता है। उधर अपने इष्टदेव कृष्ण के प्रति क्या स्थिति है? वहाँ 'हमारे हरि हारिल की लकड़ी' में क्षणमात्र का विलगाव नहीं है। कवि जहाज के पक्षी की भाँति और कहीं नहीं, कृष्णमय होकर ही सुख पाता है।

धनुष-बाणधारी से मुरलीधर के एकनिष्ठ भक्त सूर ने बहुत ढब से अंत में अपनी दूरी भी बना ली और उल्लासपूर्वक कथा रस प्रवाहित कर भक्ति भाव को भी अक्षुण्ण रखा। सूर के शौर्य का यह भी एक आयाम है, जिसके चलते उन्हें 'सूर सूर...' कहा गया अथवा सार-सार सूरा कही' जैसे पदों से प्रतिष्ठित किया गया था। डॉ. राय ने अपनी कृति में सूर के शौर्य अथवा उक्त प्रकार के वैशिष्ट्य के विविध आयामों को कई अध्यायों में विवेचित किया है। 'भक्ति का नया स्वरूप', 'सूरसागर में लोकतत्त्व' और 'सूरसागर में प्रगतिशील दृष्टिकोण' आदि ऐसे ही अध्याय हैं। डॉ. राय लिखते हैं, ''कोई भी साहित्य तभी कालजयी होता है, जब वह अपने समय की सीमाओं का अतिक्रमण करके जनमानस से जुड़ता है। यही उसकी सांदर्भिकता और प्रगतिशीलता का आधार-बिंदु होता है। सूरसागर जैसे

मध्ययुगीन धार्मिक प्रवेश में रचित काव्य में प्रगतिशील दृष्टिकोण का संदर्भ उसमें वर्णित जनसामान्य से जुड़ा है।" (पृ. 125) अथवा 'सूरदास ने कृष्ण के परिप्रेक्ष्य में बाल-मनोविज्ञान का जितना सूक्ष्म और गहराई से सविस्तार चित्रण किया है, वह आधुनिक संदर्भ में अधिक प्रासंगिक है।' (पृ. 88)

सूरदास के मूल्यांकन के संदर्भ में डॉ. राय ने यहाँ जो प्रगतिशील दृष्टिकोण और आधुनिक संदर्भ शब्द का प्रयोग किया है, वह उसके सामान्य अर्थ के रूप में किया है। प्रगतिशील, आधुनिक और आधुनिकता के संदर्भ जैसे शब्दों में समय की नई हवा में अपना सामान्य अर्थ खो दिया है और असामान्य प्रचलित अर्थ में इन शब्दों के भीतर आस्था और प्रभु भक्ति के लिए अथवा परंपरा के लिए कोई स्थान नहीं है और यह बात सूर के प्रतिकूल पड़ेगी। वास्तव में सूर की जमीन भक्ति और भाव साधना की है। कवि में कलात्मक गहराई और रसात्मक पकड़पूर्वक शुद्ध मानवीयता है। यह मानवीयता तमाम प्रकार के विधि निषेधों और वर्जनाओं से ऊपर है। मानवीय सत्य को कलात्मक रूप में प्रस्तुत करने के कारण सूर को सूर्य जैसा जाज्वल्यमान कहा गया है। उसमें हीनत्व उदास चेतना नहीं, लोक पुनर्जागरण का सरस संगीत है। संगीत-पदों में शक्ति है। लगने पर लोग शरीर धुनने लगते हैं। इस जागरण में किसी स्तर पर नए दौर के राजनीतिक जागरण के आयामों को व्याख्यायित नहीं कर सकते हैं। यह जागरण शुद्ध मानवीय है। इसमें नारों का नहीं, शुद्ध कथा-कीर्तन का आयोजन है।

डॉ. राय ने उक्त लोक-जागरण के विविध आयामों का कई अध्यायों में विभिन्न संदर्भों में वर्णन किया है। ऐसा लगता है कि समीक्षक की दृष्टि सबसे अधिक इसी बिंदु पर है। यह उचित भी है और समय की माँग भी। ऐसे स्थलों पर डॉ. राय ने बहुत पकड़पूर्ण कलमकारी की है। सूर की रसात्मकता में डूबे लेखक का कथन कहीं-कहीं रम्य रचना का रूप लेता है। 9वें से लेकर 13वें तक के अध्यायों में यह अनुरंजक, किंतु तथ्यपरक शिल्प अपना रंग दिखाता है। कृति के कुल उन्नीस अध्यायों में सूर-साहित्य का एक प्रकार से संपूर्ण अध्ययन, रचनाकाल, पाठ-शोध, संस्करण, विभिन्न

प्रभाव और प्रबंधत्व आदि तक कोने-कोने की सामग्री जुटा दी गई है। पता नहीं क्या सोचकर लेखक ने इस कृति को उच्च कक्षा के छात्रों और शोधार्थियों तक सीमित किया है। यह भक्तिकाल, विशेषकर सूर से संबंधित अध्ययन की रुचिवाले सभी सुधी पाठकों के लिए भी बहुत उपयोगी है। सूर ने कृष्ण भक्ति तत्त्व का रसात्मकता सौंदर्य-बोध, प्रेम-शृंगार और लोक-चेतनादि क्षेत्रों का सारा सारतत्त्व समेटकर अपने सागर में मिला दिया, कुछ भी नहीं छोड़ा है। ठीक इसी प्रकार अपनी कृति 'सूरदास नए संदर्भ' में समीक्षक डॉ. मांधाता राय ने भी सूरदास के काव्य से संदर्भित समीक्ष्य वस्तुओं में से कुछ भी नहीं छोड़ने का ध्यानाकर्षक यत्न किया है।

□

रमापति पांडेय : रामकथा विश्राम

सच है, प्रतिभाओं का सम्यक् मूल्यांकन उनके जीवन-काल में नहीं हो पाता। वास्तव में ऐसे व्यक्ति मूल रूप में अपने भीतर होते हैं और उनके इर्द-गिर्दवाले लोग उनके बाह्य व्यक्तित्व के ही माया-जाल में उलझे रह जाते हैं। उनका वास्तविक रूप छिपा ही रह जाता है। समय-समय पर व्यक्त भी होता है, तो संसार की व्यावहारिक-प्रतिभासिक सत्ता को ही सत्य माननेवाले सामान्यजन अपने ही अर्थों में उन्हें भी ग्रहण कर लेते हैं। तत्त्वान्वेषी अथवा सूक्ष्म अन्वेषी बुद्धि सामान्य जन के पास होती नहीं और समाज में बहुलता घिसा-पिटा जीवन जीनेवाले सामान्यजनों की ही है, विशेषकर गाँवों में स्थिति बहुत ही चिंतनीय है। प्रभु के कृपा-प्रसाद से यदि कोई प्रातिभ व्यक्ति गाँव में जन्म लेता है, तो उसकी एक विशेषता होती है कि वह अपने को छिपाकर जीता है। गाँव में रह गाँव के लोगों की ही भाँति बात-व्यवहार और पहनावा-ओढ़ावा रख पाता है। इतने पर भी प्रतिभा का आंशिक प्रकाशन समय-समय पर होता रहता है और लोग उतने को ही समग्र मान आदर देते हैं। अपने प्रचार और यश से निरपेक्ष ऐसा व्यक्ति जब संसार में नहीं रहता है और उसके कृतित्व की परतें जब धीरे-धीरे खुलती हैं तथा समग्र मूल्यांकन का पथ प्रशस्त होता है, तो दाँतों तले उँगली दबा लेनी पड़ती है। ऐसे ही एक प्रतिभाशाली व्यक्ति थे कनुआन (गाजीपुर, उ.प्र.) के पं. रमापति पांडेय।

जीवनकाल में उनके व्यक्तित्व के अनेक समाजोपयोगी और वैयक्तिक वैशिष्ट्य के आयाम तो उभरे, पर उनके भीतर एक तत्त्वान्वेषी 'रामायणी'

छिपा है, यह तथ्य सामने तब आया, जब उनकी कृति 'रामकथा की छाँव' सन् 2007 में प्रकाशित हुई। इसमें प्रकाशित कुल पाँच चिंतनात्मक निबंधों में तुलसी की रामकथा के ही संदर्भ छाए हुए हैं। इसी प्रकार यह जो दूसरी कृति 'रामकथा विश्राम' उसके तीन साल बाद छप रही है, इसमें कुल तेरह निबंध हैं और यह भी उसी रंग में रँगी हुई है। पं. रमापति पांडेय की निबंधगत रामकथा का रंग अति चित्र-विचित्र, शब्द-स्फूर्ति-संपन्न, अनुरंजक, मौलिक और सार्थक अन्वेषण-दृष्टि संपन्न है। इसे पढ़कर लग सकता है कि अपने व्यावहारिक जीवन में अपना पृथक् रामायणी-व्यक्तित्व प्रकाशित करते हुए जीते रहेंगे। बात-बात में मानस की चौपाइयों की उठा-पटक को दर्शाते होंगे, कुछ वेश की भी विशेषता रखते होंगे और लोगों को उपदेश भी करते होंगे, पर उनके निकट रहकर मैंने ऐसा कुछ नहीं देखा। हाँ, उनकी अन्वेषी-दृष्टि का पता छात्र-जीवन में ही मिल गया था। उन्होंने ही सर्वप्रथम गाँव के 'जंगली कवि खोरा' की प्रतिभा को पहचाना और मुझसे परिचित कराया। बाद में उन्हें 'करइल का कबीर' कहा गया और उनकी कृति 'खोरा लहरी' प्रकाशित हुई।

एक सीधे-सादे किसान और अध्यापक की वही सामान्य धोती-कुरतावाली वेशभूषा और रहनी। भोजपुरी भाषा में पारस्परिक व्यवहार। अति हँसोड़ इस अध्यापक में सामान्य रूप से नहीं दिखता था कहीं से कि कैसा-कैसा नवचिंतन, कैसी नई दृष्टि इस व्यक्ति के भीतर है। अब, जब वे संसार में नहीं हैं, उनके क्रियाकलाप का वैशिष्ट्य सामने आने लगा है। अति सामान्य सोच के एक किसानों के गाँव में रहकर उन्होंने समर्पित जनों का संगठन खड़ा किया, सो भी बिना हल्ला-गुल्ला और प्रचार के। नए-नए विदग्ध-स्निग्ध सोच-विचार का संसार उनके भीतर जाग्रत् किया, संस्कृति और साहित्य से संदर्भित सार्थक आयोजनों को गाँव के लोगों के बीच सफलता के साथ उतारते चलने का व्रत निभाया और गाँव के सुरुचिपूर्ण जनों की तीन पीढ़ियों—बाल, युवा और वृद्धजनों में प्राण फूँक उन्हें एक मस्ती में, एक साथ बैठ, सुर में सुर मिलाते, एक मंच पर बिठा दिया। तीन पीढ़ियाँ

एक साथ बैठकर होली गा रही हैं, चैता गा रही हैं, रामायण की पोथी आगे खोलकर शास्त्रीय संगीत की धुन बाँध चौपाइयों-दोहों को गा रही हैं, झूम-झूमकर और पूरी निष्ठा से गा रही हैं, आश्चर्य है कि इस घोर अवमूल्यन के युग में भी कनुआन गाँव में, नए गाँव में पुराना श्रद्धाजीव गाँव अपनी पूरी रस मग्नता से जीवित है। जैसी शांति और तन्मयता में गाँव का यह समाज होली-चैता-रामायण और हरिकीर्तन गायन के मंच पर दीखता है, उसी सद्भाव से गाँव में आयोजित कवि-सम्मेलन, साहित्य-गोष्ठी, सम्मान सभा, पुस्तकों के लोकार्पण समारोह, विचार-गोष्ठी, सालो-साल नाटक के मंचन, उसके लेखन से लेकर निर्देशन आदि और इस प्रकार के अन्यान्य आयोजनों में दीखता है। सूत्रधार पंडितजी अर्थात् रमापति पांडेय सबके बीच हैं, सबकी तरह से हैं, कभी कुछ भाषण भी किया, तो उसमें अहंकार की बू नहीं, अपनी विद्वत्ता का प्रदर्शन नहीं, विशेषकर ऐसा कुछ कभी नहीं दिखा या दिखाया गया कि रामचरितमानस के भीतर गहरी पैठ है और उसके छींटे भाषण में उड़ रहे हैं।

रामचरितमानस का चिंतन वास्तव में पंडितजी के भीतर-ही-भीतर पक रहा था, कलम-कागज के सहारे कुछ बाहर उतर रहा था। उनका एकत्रीकृत रूप एक लंबी-चौड़ी, मोटी रोलदार कॉपी पर उनके प्रस्थान के बाद ही सम्यक् रूप से उनके दो सुपुत्रों के संज्ञान में आया। पुनः मेरे सामने वह कृतित्व आया। पांडुलिपि पढ़कर मैं हैरान। जिसे जीवन भर विनम्र शिष्य समझता रहा, इसी भाँति वे व्यवहार में भी आते रहे, वे पं. रमापति पांडेय तो गुरु निकले। पूरा जीवन पिछड़े गाँव में बीता, शिक्षा-दीक्षा जनपद के भीतर ही संपन्न हुई, नौकरी भी गाँव में ही की। स्वाध्याय का कहीं कोई बड़ा साधन नहीं, सत्संग नहीं। कहाँ से रामचरितमानस में ऐसे गहन अवगाह्न के संस्कार मिले? पूर्वार्जित संस्कारजन्य यह संस्कारित प्रतिभा सचमुच ध्यानाकर्षक है।

मैं इस प्रस्थानिक में 'रामकथा विश्राम' की समीक्षा लिखने नहीं बैठा हूँ और इस प्रकार इस कृति और इसके सुधी पाठकों के बीच में आने की

मंशा नहीं है। यहाँ बस एक आंतरिक अहोभाव है, जो रमापति के प्रति, राम के प्रति और 'रामकथा विश्राम' के प्रति है और यह इन चंद शब्दों में व्यक्त हो रहा है। इस अवसर पर मुझे मैथिलीशरण गुप्त की कुछ पंक्तियाँ याद आ रही हैं—

"राम तुम्हारा वृत्त स्वयं ही काव्य है,
कोई कवि बन जाय, सहज संभाव्य है।"

रामकथा के चमत्कारक प्रभाव को अस्वीकार नहीं किया जा सकता। हाँ, श्रद्धा चाहिए। अपने ग्राम-जीवन के एकांत क्षणों में पं. रमापति रामकथा में श्रद्धापूर्वक डूबे और डूबे-डूबे कुछ ऐसे विचार-रत्न निकाल लाए, जो सर्वथा नूतन हैं। उन्होंने अपने निबंधों में वही नहीं कहा, जो कहा गया है, जो कहा है उसमें अधिकांश नया कहा है, नए ढंग से कहा है, अपने निजी तेवर में कहा है, क्या है, कैसा है उनका तेवर, आप पुस्तक पढ़कर देखें, एक प्रकार से वे सर्वथा आक्रामक तेवर में सर्वत्र दिखेंगे। यह आक्रामकता आज की विरोधाभासी प्रवृत्तियों के प्रति है। बात-बात में 'रामचरितमानस' की दुहाई देनेवाले हिंदीभाषी भारतीय समाज के भीतर आज जैसी गिरावट आई है, जिस प्रकार वह आकंठ अवमूल्यन की सड़न में डूबा है, वह इस कृति के लेखक को तिलमिलाकर झकझोरती है और उसके निबंध-शिल्प में तथा निबंध के प्रस्तुतीकरण में गजब की अनुरंजनपूर्ण विचारोत्तेजक फोर्स आ जाती है। पूर्व प्रकाशित 'रामकथा की छाँव' में प्रकाशित एक निबंध 'यह गली वहीं जाएगी नं. ?' में उन्होंने धर्ममार्गाश्रित जातिवाद, संप्रदायवाद और अलगाव पर गहरी चोट करते हुए जो विश्लेषण किया है, उसका एक संदर्भ तथा उसमें प्रयुक्त उनकी भाषा-शैली प्रश्नशील बनावट-बुनावट बराबर मेरी स्मृति में बनी रहती है। उसके कुछ अंश मैं पाठकों के सामने प्रस्तुत करूँगा—

"अब हम 'रामचरितमानस' की ओर चलें। जटाजूटधारी, भूमिशयनकारी, फलभक्षी और कौपीनधारी भरत ने राज्य चलाया और राम को सौंपा आदर्श राज्य। उन्होंने कौन सा संप्रदाय बनाया था? पूछो उसी से, जो आदर्श राज्य बनता है, "तेरा कौन सा संप्रदाय है, गेरुआ या सफेद,

दंडी या त्रिदंडी, नंगा या सवस्त्र, एकजुनिया या दिन भर जुनिया, भभूत या चंदन, झोंटा या कपरछिलवा, कामधेनुआ या भैंसिया, चटकी-खड़ाऊँ पैदलिया या मरुतिया?'' अरे संप्रदायवादियो! धर्म को दफनानेवाला संप्रदाय कुछ चालबाज लोगों का ऐसा संगठन है, जो सदा चाहता है कि आम-जनता प्रभुपदप्रीति न जान ले। उसकी उसे जिज्ञासा भी न हो। उसकी मति बाह्य क्षेत्रों में घूमती रहे, उच्छृंखल बनकर खाती-पीती रहे।''

वास्तव में लेखक ने रामकथा को मुख्यतः सामाजिक संदर्भों को सामने रखकर व्याख्यायित किया है, उसके भीतर से भक्ति, नीति और रीति-प्रीति सबका सहज भाव से प्रस्तुतीकरण होता चलता है। इसीलिए कृति पाठकों को तृप्त और संतुष्ट करने में समर्थ दिखती है। पूर्व कृति में पाठकों को रामकथा की छाँव मिली, तो वह तृप्त हुए और इस कृति में उन्हें इस छाँव में भरपूर विश्राम मिलेगा तो पूरी तरह संतुष्ट हो सकेंगे, ऐसा मेरा विश्वास है।

□□□